謹訳 源氏物語 七

改訂新修

林望

目次

装訂　太田徹也

柏木《かしわぎ》

源氏四十八歳

衛門の督の病重り悩みは深まる

衛門《えもん》の督《かみ》の病状は、ますます悪くなるばかりで、いっこうに好転せぬまま、その年は暮れ、新年を迎えた。

前太政大臣《さきのだいじょうだいじん》も北の方も、案じ嘆くことひとかたでない。

両親の嘆きを見るにつけ、督の懊悩《おうのう》はなお深まる。

〈……ああ、もうこんなことなら、無理にでも死んでしまおうか……いや、そんなことをしてもなんの甲斐《かい》もない……それどころか、親に先立つことは不孝の第一、親不孝の罪の重さもおそろしい〉と、そう思う気持ちはそれとして、またいっぽうでは、〈まだ、強《し》いてこの世から消えてしまうことも踏ん切りがつかぬ……が、そんなふうに惜しんで現世《うつしよ》に留《とど》めておきたいほどの我が身であろうか……。まだ子どもだったころから、思えばずいぶん高望みばかりして、どんなことだって、人よりも一段上に行こうと思っていた。宮中でのことばかりではない、わたくしごとについても、半端でなく高いことばかり望んでいたものだったが、ああ、結局その望みは叶《かな》わぬことであったな……。あのこと、このこと、願いが打ち砕かれるたびに、自分は駄目な男だと見下げ果てた思いがしてきた……昔の男は「大方のわが身一つの憂《う》きからになべての世をも怨《うら》みつるかな（わが恋は実らなかった、それでなんとなくこの身の辛《つら》さが心を苦しめるから、おしなべて恋というものをなにもかも恨めしく思ってしまうことよ）」などと嘆いたが……なるほど、なにもかも、この世の中などというものは、少しも面白くなくなった……こんなことなら、いっそ出家して仏の道に心潜《こころひそ》めたいと、その願いばかりが募るけれど……しかしもし、私が世を捨てたりすれば、それはそれで、父や母の悲嘆《ひたん》は並々ではあるまい。……思えば、「いづくにか世をば厭《いと》はむ心こそ野にも山にもまどふべらなれ（世を捨てると言ったところで、さてどこに身を隠そうか。この体だけなら、俗世から隠しおおせようけれど、心はそうはいかぬ。野にいても山にいても、心はやはり惑うてさまよってしまうだろうから）」と古い歌にも詠じてある……、野にも山にもさまよってゆく我が身にとって、父母の嘆きはきっと重い絆《ほだ》しになるに決まっている……ああ、「世の憂きめ見えぬ山路《やまぢ》へ入《い》らむには思ふ人こそほだしなりけれ（世の中は辛いことばかりだ。そんな俗世のなにもかもが見えなくなる山路へ入《はい》って仏の道へ進むためには、心に思いをかける人を持っていることが絆しとなることよな）」と昔の人も嘆いているとおりだ……〉。

衛門の督は、こうして、ああでもない、こうでもないと思い悩み、またその悩みを紛らしなどしつつ、出家を果たすこともできずに時を過ごしてきた。

〈……こんなことになるまえに出家でもして、恋慕の思いをすっぱりと絶ち切ってしまえばよかったものを、未練の果てに、とうとうこんなふうに、一人前の人間として立派に立って行くこともできぬような身の上になってしまって……あの恋慕の情《じょう》が、いまやのっぴきならず我が身を呵《さいな》むからとて、さてそのことは自分以外の誰を恨むことができるだろう。しょせんは、我が心の不埒《ふらち》から、こんなふうになにもかも、し損《そこ》なってしまったように思えるものを……〉

衛門の督はそう思って、次第に諦念《ていねん》に似たものを抱くようになった。

〈このうえは、誰と恨むべき人もないし、神や仏に不平のいいようもない……ということは、すなわちこれも前世からの因縁だったのであろうな。「憂くも世に思ふ心にかなはぬか誰《たれ》も千年《ちとせ》の松ならなくに（どうしてこんなにも辛いことばかり、恋しい人のことが思うようにならぬのだろうか。誰もあの千年の松のように長い命があるわけではないのに）」と昔の人の歌に言ってあるとおり、誰だって、あの千年の松のように長い命を保てるわけではない。いずれ消えてゆく身だ……。それなら、こんなことになって、少しはあの人に思い出してもらえるかもしれない今、たとえかりそめの憐憫《れんびん》でもかまわないから、かわいそうな男だと情をかけてくださる人がいる……せめて、そのことだけを、「夏虫の身をいたづらになすことも一つ思ひによりてなりけり（あの夏の虫が、うかうかと命を落とすのは、恋という一つの思ひの、その火に飛び入ってしまうからであろうな）」という歌さながら、私の一つの思ひに身を焼き尽くしてしまう証《しるし》としようか……、ここで、無理して生き長らえたとしても、それが却って立ってはならない浮き名の立つ基《もとい》ともなり、自分も、またあの人も、ともに心を苦しめるような揉《も》め事が出来《しゅったい》するかもしれぬ。……そんなことになる前に、いっそ死んでしまいたい。そしたら、無礼者よと、疎《うと》ましく思っておられる源氏の大殿《おとど》も、きっと、勘弁してくださるにちがいない。どんなことがあろうとも、人が死のうというときになれば、それまでの罪もみな消えるはずのことだから……。過《あやま》ちとては、ただあの人のことばかり、ほかにはなにも大殿に対して不届きをした覚えもない。また年来ずっと、折々の催しのあるごとに、いつだって大殿は私を呼んでは馴《な》れ馴れしくさせてくださったものだったのだから、そのことを思い出して、憐憫の情など抱いてはくださらぬものだろうか……〉

などなど、衛門の督は、病の床《とこ》の所在なきままに、かれこれと思い巡らす。それも、考えてみれば、まことに無益《むやく》の沙汰であった。

衛門の督、せめては文どもを書く

〈ああ、どうしてこんなことに……こうもあっけなく我が身をおとしめることになってしまったのだろう、密事《みそかごと》のつもりだったのに……〉

衛門の督の心は闇のように暗く、千々に乱れて、涙に枕も浮くばかり、ただ泣きに泣いて過ごしているが、それとて誰のせいでもない、身から出た錆《さび》にはちがいなかった。

しかし、すこしだけ小康を得て、これならしばらくは大丈夫だろうと、親や看護の人々が席を外したすきに、督は三の宮に手紙を書いて届けさせた。

「もはやわたくしの命も今日限りというようなありさまになっておりますことは、なにかのついでにお耳に入っているかと存じますが、それなのに、その後病《ごやまい》はどうかとお気にかけてもくださいませぬのは、いやそれも道理ではございますが、わたくしにはとても辛《つろ》うございます」

などと書いたが、ひどく手が震えて書き続けることも難しく、まだまだ言いたいこと思うことはいろいろあったけれども、それは書き残して、

「今はとて燃えむ煙《けぶり》もむすぼほれ
絶えぬ思ひのなほや残らむ
今はもうお別れいたしまして、わたくしの亡骸《なきがら》の燃える煙も、なおそのあたりに立ち迷って絶えますまい、絶えぬ思ひという火《い》が、なお残っておりましょうから
せめて、せめて『あわれな男よ』とだけでもお言葉を賜《たまわ》りたく。その一言《ひとこと》に、屈託《くったく》したわたくしの心も慰められて、誰のせいでもなく黄泉路《よみじ》の闇に立ち迷っております道の、道しるべの光ともいたしたく存じます」
と、それだけ辛うじて書いてあった。
衛門の督は、小侍従《こじじゅう》のもとへも、なお性懲《しょうこ》りもなく、悲嘆する心のあれこれを書いて文を送った。そこに、
「今いちど、人伝《づ》てでなく私自身出向いていって、そなたにもぜひ話しておきたいことがある」
と書いてある。

小侍従の母は三の宮の乳母《めのと》、その姉が衛門の督の乳母、とそんな縁に結ばれていたこともあって、子どもの頃から、小侍従と督とは、たがいの邸《やしき》を行き来するような関係で、見慣れていた人であった。それ故、こんなふうに身のほども弁《わきま》えない恋慕の心を、小侍従は疎《うと》ましいことに思っていたけれど、それでも、もういよいよ命の限りと聞けば、やはり悲しくて、泣きながら三の宮に訴える。

「まことに恐れ多いことながら、どうかせめてこの文へのお返事ばかりは書いてさしあげてくださいませ。これが正真《しょうしん》の最後のお手紙になりましょうほどに」

けれども、三の宮は、

「わたくしとて、命の限りが今日か明日かと、そんなふうに心細い思いでおりますのに……。あわれと思え、との申し条《じょう》ながら、今生《こんじょう》の別れは悲しいと、そのようにおおかたのところは思い知っていますけれど、あの方とのことは、それはもうひどく疎ましく辛いことと思って懲り懲りしていますから、お返事を書くなど、とても気が引けて……」

と言って、さらに書こうとはしない。

もともと心の強い重々しい性格の宮ではなかったが、ただ顔を合わせるだけでも気詰まりな源氏の様子が、なにかの折々にひどく不機嫌に見えることが、たいそう恐ろしくて悲観的な気分になるのであったろう。

しかし、小侍従は、どうしても返事を届けてやりたい。そう思って、硯《すずり》などをせっせと用意しては、一心に三の宮に懇願する。さすがに宮も否みきれなくなって、しぶしぶに返事を書いた。その返事を手に取ると、小侍従は、そっと宵闇に紛れて前太政大臣邸へ届けに行った。

父大臣　葛城山の聖など召し寄せる

前太政大臣邸では、霊験《れいげん》あらたかな行者を、葛城山《かづらきやま》から懇請《こんせい》して呼び迎えたのを、今や遅しと待ち受けて、ちょうどこれから加持祈禱《かじきとう》を始めさせようとしているところであった。

それまでも、御修法《みずほう》、読経《どきょう》など、びっくりするほどの規模で執行《しゅぎょう》させている。そのほか、人の勧めるのに任せて、さまざまの聖人めいた験者《げんざ》やら、あるいは世間にはまったく知られず深い山に籠《こも》っている高僧などをも、聞くに従って、督の弟君たちを遣わしては、捜し出して召し寄せる。さるなかには、いかにもむくつけき姿の、怪しげな山伏などもたいそう多くやってきている。

衛門の督の病状は、とくに苦悶するというのでもなく、ただなんとはなしに心細げで、折々に声を上げて悲泣《ひきゅう》するというような調子であった。

この病症を占った陰陽師《おんみょうじ》なども、多くの者は、

「女の怨霊《おんりょう》がついてございます」

とばかり占ったから、大臣《おとど》も、〈そうしたこともあるかもしれぬ〉とは思ったが、ではその女がどこのどんな怨霊かということは、さらに顕《あら》われてもこないので分からなかった。困り果てた大臣は、なんとかしてその怨霊を突き止めて調伏《ちょうぶく》せんものと、かかる深山《みやま》の奥までも験者どもを探し求めて召し寄せたのであった。

その日招かれて葛城山からやってきていた聖《ひじり》も、見ればひどく背が高く、眼光は炯々《けいけい》と鋭く、荒々しい大音声《だいおんじょう》を上げて陀羅尼《だらに》を唱えている。

衛門の督は、この憎らしいほどの加持祈禱の声を聞いて、

「ああ、いやだいやだ。我が身は、よほど前世からの悪業《あくごう》が祟《たた》っているのであろうか、あの陀羅尼の声の高いのが、とても恐ろしく感じられて、これではいよいよ死んでしまいそうに思われる」

と、そっと病の床を滑り出て、忍び参っていた小侍従と語り合った。

衛門の督、小侍従と語る

父大臣《おとど》は、しかし、まさかそうとは知らぬ。近侍《きんじ》の女房に、「衛門の督さまはおやすみになっておられます」と報告させておいたからである。そこで、大臣はすっかりそう思い込んでいて、声を忍ばせて、この聖と物語をしている。

もうさすがに老境には入っているけれど、なお華やかなところがあって、朗らかに笑うことの多い大臣であったが、それが今こうして不似合いな山伏風情《ふぜい》の者と向かい合って、息子の病気の一部始終を話している。督がこの病を発した最初のありさま、それから、どこが悪いというのでもないのに、ぐずぐずと意気阻喪《そそう》していって、次第に重篤な症状に陥っていったことなどを話しては、

「どうか、ほんとうにこの女の怨霊が正体を顕わすように、せいぜいご祈禱くだされ」

などなど、心細やかに申し合わせるのも、まことに憐れな親心であった。

「小侍従、あの祈禱の声をお聞き。ああやって父君は、私の身に添うているのが何の罪とも ご存じないのに、陰陽師どもが占ったとやらいう女の怨霊を調伏しているらしいよ。だけれどね、もしほんとうに、そんな祟るほどのご執心が、あの御方におありで、それが私の身に取りついているのだったらね、この厭《いと》うべき我が身も一転して、たいそうもったいないほどに思えようさ。そもそも、恐れ多い邪心を抱いて、あってはならないような過ちをしでかし、相手の人の名をも汚し、また我が身のなる果ても顧みないというような前例も、まあ昔の世にはまったくなかったというわけでもない……と、そんなふうに思い直したりもしてみるけれど、そんなことをしたって、やはり源氏さまのご様子が気掛かりで恐ろしくて、あのお心に、我が身の罪深い行ないを知られてしまったからには、もはや便々《べんべん》とこの世に生き長らえるなんてことも、ただただ厭《いと》わしいばかりだ。そんなふうに思うというのも、結局あの源氏さまのご威光が世の常ならぬものだということなのであろうな。それほどの重罪にあたるような過ちでもないのに、いつぞやの試楽《しがく》の夕べに、あの方と目が合ってしまった、その時から、すぐに心地《ここち》が悪くなって、我が身を離れた魂が、どうしてもこの身に還《かえ》ってこなくなってしまった……おそらくは、六条院のあの御方のあたりにうろついているのであろう……だから、どうかあちらへ戻ったら、魂結《たまむす》びのまじないをきっとしておくれよ」

などと、まるで抜け殻のようにうつけた様子で、力なく泣いたり笑ったりしながら、語り合うのであった。

三の宮も、なににつけてもただただきまりの悪い、また顔向けできないような思いで伏し沈んでいる……と、その様子を小侍従は物語る。それを聞けば聞いたで、督は、しかく意気消沈してげっそりと面瘦《おもや》せしてしまっているだろう宮の様子を、ありありと面影に見るような心地がして、痛切に思いやられる。こんなことでは、ほんとうに身を離れてさまよい出た魂が、あの宮のところへ行き通っているのであろう、などと思うほどに、ますます気分は悪くなる一方であった。

「もう今さら何を申しても、この宮の御事はどうにもなりはせぬ。これからは何も申し上げますまい。この世は、こんなふうに儚《はかな》いご縁ばかりで過ぎてしまったけれど、後《あと》に残った思いが、これから先ずっと永劫《えいごう》に続いていく後《のち》の世での、成仏の障《さわ》りにもなりはせぬかと思うにつけても……辛いな。ただ胸の痛むあのお産のことだけれど……せめて、ご平産あそばされたとだけでも聞き置いて、旅立ちたいものと思っている。あの日見た猫の夢のことは、私独りの心のなかで合点していたばかりで、他の誰にもこれを打明けることができなかったのが、ほんとうに心残りで気も晴れぬ……」

と、涙ながらに衛門の督は述懐して、あのこと、このこと、さまざまに思い集めては心に深く思い詰めている様子であった。これを見て、小侍従は、いっぽうでますます空恐ろしい思いに駆られ、かつまたもういっぽうでは、督がかわいそうでならぬ。堪《た》え難くなって小侍従もひどく泣きじゃくる。

女三の宮の返書を見て衛門の督また文を書く

紙燭《しそく》を持ってこさせて、宮からのお返事を見た。すると、その手跡《しゅせき》はまだたいそうたよりない感じで、しかし、なかなか風情のある書きかたをしている。

「ご病気のよし、胸の痛む思いにて聞きながら、なんとしてお見舞いなど申し上げることができましょうか。ただご推量くださいませ。ご状のなかに『残らむ』とございますが、

立ち添ひて消えやしなまし憂きことを
思ひ乱るる煙《けぶり》くらべに

あなたさまが煙となってここらに残っておられると仰せなら、わたくしもご一緒に煙となってしまって、でもわたくしはそのまま空に消えてしまいたい。こんなに辛いことを思ひ乱れている、その火も乱れている煙競べに……

後れを取ることがありましょうか……」

と、これだけ書いてあったのを、衛門の督は、〈ああ、なんともったいないことを〉としみじみ思うのであった。

「おお、せめては、この煙の御歌ばかりが、この世の思い出でもあろうな。煙のご縁、なんとまた、儚いご縁であろう……」

督は、こんなことを言ってはまた激しく泣いて、さらにその手紙への返事を、横になって、書いては休み、休んでは書きして、ようように書き綴《つづ》った。その文を見れば、言葉の続きようもおぼつかず、なにがなにやら分からぬ鳥の足跡さながらの乱れた筆跡であった。

「行方《ゆくへ》なき空の煙《けぶり》となりぬとも
思ふあたりを立ちは離れじ

これよりわたくしは、行方もしれぬ空の煙となってしまいますが、そうなっても、恋しく思う御方のあたりを、決して立ち離れはいたしますまい

とりわけ、夕べのころにこなたの空を思い眺めてくださいませ。お見咎《みとが》めになるはずのお方の目を、今はもうご心配なさることもございますまい。ただ、こうして煙になってしまっては、なんの甲斐もなきことながら、せめて、ああ憐れな男よと、そういうお情《なさけ》だけはどうぞ絶えることなくお掛けくださいますように」

などなど、乱れ書きをするうちに、ますます気分の悪さも募り来て、

「もうよいぞ。あまり夜の更けぬうちに、帰参して、こんなふうに、もはや命の限りのありさまであったと、そうご報告せよ。今になってこのように死んだとあっては、あれはどうしたことかと怪しむ人もあるだろうが……、死んでの後の浮き名まで気にかけるなど、まったく口惜しくてならぬ。いったいぜんたい、前世からのどういう因縁で、かかる叶わぬ恋が心に染《し》みついてしまったのであろう」

衛門の督は、こう言って、泣く泣くまた床の中に這《は》いずって行く。

〈いつもだったら、いつまでも帰してはくださらないで、もっと話せ、もっと聞かせろと

仰せになって、つまらない無駄話まで言わせようとなさるのに、今日は、口数も少なく……もう早く帰れだなんて〉と、小侍従は思って、その悲しさのあまり、どうしても帰っていくことができない。

衛門の督の側に仕えている乳母が、督の病状のあれこれを小侍従に語って聞かせては、またひどく泣いて身を揉んでいる。

父大臣などの嘆き悲しむ様子もただならず、

「昨日今日あたりは少し良いようだったが、今日はまた、どういうわけかひどく衰弱しているように見える」

と言っては大騒ぎをしている。

「いえ、父上、この分ではとうていこの命を長らえることはできますまい」

督は、そう父大臣に言いながら、自身も涕泣《ていきゅう》するのであった。

女三の宮に男子（薫）出生

三の宮は、この日の暮れ方から、俄かに苦しみ出したのを、いよいよ産気づいたのだと、様子を承知している女房たちは騒ぎたてる。このことを耳にして、源氏も押《お》っ取《と》り刀で駆けつけてくる。

その源氏の心中は、複雑であった。

〈ああ、なんと口惜しい……。これがなにかと不純な思いも交えずに、この産の時を見るのであったら、それはめったとない嬉しいことであったろうにな……〉と、そんなふうに思いはするものの、事実はかくのごときことなのだから、嬉しくは思えない。が、そういう心中を人に悟られまいと思うゆえ、常の作法に従って験者《げんざ》などを召し寄せ、平産祈願の加持祈禱を、常にも増して絶え間なく勤めさせる。世の僧どものなかでも験者として法力の強い者ばかりが皆参上してきて、盛大な加持祈禱をやかましいまでに執り行なう。

その夜《よ》一夜《ひとよ》を、苦しんで明かして、日のさし昇る時分に無事若君が生まれた。

男君ご誕生、と聞くにつけても、源氏は苦々《にがにが》しい思いを嚙《か》みしめる。

〈うーむ、このような隠し事のある子どもが男の子とな……、となれば、なんとしてもその顔つきは父親に似ずにはおくまい。しかも男は、どうしても人前に顔を出さずには済まぬのが不都合だ。もし女の子であったなら、深窓に秘めて育てることとゆえ、なにかとごまかすこともできるし、また邸の奥深く育てるからには、多くの人の目に触れる気遣いもないゆえ、さまで案じることもないのだが……〉と、源氏は思い巡らす。

〈とはいえ、こういう胸の痛むような疑いの混じっている子の場合は、婿選びやらなにやらと世話のかかる女の子でなくて、放っておいても大事ない男の子のほうが、却って好都合かもしれぬな。……なんと、まったく不思議なことがあるものだ。思えば、私自身がいままでずっと恐れおののいて過ごしてきた、藤壺《ふじつぼ》の宮との密事《みそかごと》の報いのように思える。それにしても、この現世《うつしよ》において、こんなにも思いがけぬ形で、ぴったりと符合する事実がめぐり来たのだから、もうあのことの報いは受けたも同然、されば来世での罪《つみ》も、少しは軽くなるかもしれぬ〉と、そのようにも源氏は考える。

源氏がこのように複雑な思いを抱いていることなど、当然のことながら、周囲の者たちは知らない。そこで、このように別格の正室の御腹《おんはら》に儲《もう》けた、しかも年長《た》けてから出来た子となれば、さぞ源氏のご寵愛《ちょうあい》ぶりは著しいことであろうと皆々思って、若君誕生からのさまざまな祝いごとも、せいぜい丹精《たんぜい》を抽《ぬ》んでて奉仕するのであった。

御産屋《おんうぶや》での儀礼のあれこれも、まことに厳然と格式を守り、その盛大なことは世人《よひと》の耳目《もく》を欹《そばだ》てさせずにはおかぬ。

各町《かくまち》の御方々からは、さまざまに工夫を凝らした産養《うぶやしな》いの品々、まずは定法《じょうほう》どおりの折《お》敷《しき》（角盆）、衝重《ついがさね》（脚付き角盆）、高坏《たかつき》などの風情も、皆々特に心を込めて作らせるなど、そういうところにも、女君がたの張り合う気持ちが見え隠れしている。

五日目の夜には、秋好む中宮のかたから、産婦の養生食や、また女房の一人一人に相応《ふさわ》しい品々を誂《あつら》えて、それはもう中宮としての高い格式を以て立派に調《ととの》えさせたものが届いた。すなわち、養生食としてのお粥《かゆ》、それから、おこわのお結び、これは下々の者の食べ料《りょう》として五十膳《ぜん》、さらに六条院の諸役人のための饗膳《きょうぜん》、また院内の下僕《しもべ》どもや事務所の雑用係に至るまで、痒《かゆ》い所に手の届くように、それはそれはきちんと盛大に贈り届けられた。

中宮職《ちゅうぐうしき》の官僚たちは、長官以下、冷泉院《れいぜいいん》に奉仕する殿上人《てんじょうびと》も皆打ち揃ってやって来た。

七夜《しちや》は、内裏のお上《かみ》から、これもちろん公式の格式を以て、厳《いか》めしい佇《たたず》まいで贈られてくる。

前太政大臣などは、この際、格別に心を込めてお祝いを仕《つかまつ》るべきところだが、このごろは、衛門の督の重病のことで頭が一杯で、他のことは何も考えることができなくなっている。そこで、いささかおざなりの祝いの使いを遣わしたにとどまった。

その他、宮たち、また上達部《かんだちめ》など、たくさんの人々がお祝いに訪れる。

源氏も、建前上おおかたの祝儀の形だけは、世にたぐいないほど念入りに執り行なったのではあったが、その内心には、胸痛む思いが伏在していて、正真《しょうじん》のところはそれほど盛大に祝う気にもならなかった。それゆえ、管弦の御遊《おんあそ》びなどは催されなかった。

女三の宮、出家を懇願

三の宮は、いかにもかよわげな身体《からだ》で、お産という気味の悪いことを初めて経験したのは、ほんとうに恐ろしく思って、薬湯《やくとう》なども口にしない。そして、内心には、我が身の辛い運命を、こんなひどい経験につけても痛切に感じ入って、こんなことなら、いっそこのついでに死んでしまいたいとまで思う。

源氏は、なんとかしてうまく周囲の手前を取り繕おうと思ってはいたが、しかし、生まれたばかりでまだふにゃふにゃと見苦しい様子の赤子に、取り分けて目をかけようともしない。これには、年配の女房などが、

「なんとまあ、ずいぶん疎《おろそ》かななされよう……。ひさしくお生まれのなかった若君が、こうしてお生まれになって、しかも拝見いたしますれば、なんだか不吉なまでにお美しい若君でいらっしゃるのに……」

と慈《いつく》しんで言うのを、三の宮は小耳に挟んで、〈ああ、これより先、ずっとこんなふうにお心を隔てて、冷たくなさることのみ、まさってゆくのでしょう〉と、源氏の仕打ちも恨めしく、また自身を責める思いも募って、早く出家して尼になってしまいたい、と早くもそういう思いが萌《きざ》したのである。

夜なども、源氏は、宮のかたに共寝をすることはない。ただ、昼間にちょっと顔を出す程度であった。

「世の中というものは、まことに無常なものだ。これを思うに、私などももうこの先長い命でもあるまいし、なにやら心細くて、とかく仏道の勤行《ごんぎょう》に励む毎日だから、このようなお産などは、とかく心騒がしい感じがするばかり、それゆえ、なかなか来ることは難しい。が、どうかね、ご気分はすっきりとされましたかな。まことにお労《いたわ》しいことで……」

などと言いながら、源氏は、三の宮の寝ている几帳《きちょう》のそばからちらりと覗《のぞ》き込んだ。

三の宮は、やっと枕から頭を上げて、

「今でも、生き長らえることなどできぬような心地がいたします。でも、こういうお産の床《とこ》に命を落とす人は罪が重いと聞きます。せめて尼になって、そしたら仏様にお仕えする功徳《くどく》を以て、少しは命を取り留めるかどうか試みてみたいとも思い、また仮に亡くなるとしても、出家の功徳で罪が消滅するかもしれない、とそんなことも思いなどいたします」

と、いつもの子どもらしい様子とはことかわり、たいそう老成した口調で答える。

「ご出家など、いよいよ良からぬ思案です。まことに不吉なことを仰せだ。どうして、そんなことまでお思いになりますか。お産というものは、さように恐ろしいものではありましょうけれど、それがためにみな落命するというほどのことでもありますまいに」

源氏はそう窘《たしな》めながら、内心には、つくづくと思い続ける。

〈ほんとうにそう思い詰めて仰せになるのであるならば、いっそ、尼になしてその姿でお世話をするというのが情深《なさけ》い致しようかもしれぬ。こうして、一方で妻としてお世話をしていても、やはりなにかにつけてよそよそしい扱いになってしまうのもお気の毒ではあるが、といって、我が心ながらどうしても例の一件については、決して許す気持ちにはなれないし、……かれこれ、辛い仕打ちが折々に混じるのは避けられぬ。さすれば、いずれはそういう態度が人目にもついて、自然と人が見咎めるということにもなりかねぬ。そうなればまことに厭わしい……、さらに、朱雀院《すざく》などのお耳にでも入れば、それこそ私の不行跡《ふぎようせき》ということにされてしまうことでもあろうし、いっそ今、三の宮のご病気に事寄せて、お望みどおりの尼姿にさせてさし上げることにしようか……〉などと思いもするが、また、そうなればなったで、たいそう残念な気もし、かわいそうにも思う。まだまだこれからいくらも春秋《しゆんじゆう》に富んで、長く長く伸びていくはずの御髪《おぐし》を、今ばっさりと切って、尼姿に窶《やつ》してしまうというのも胸が痛む。

「いやいや、なおもお心を強くお持ちなさい。ご病状は、さしたることもありますまい。今を限りと見えるほど病篤《やまいあつ》しかった人でも、案外と平癒した例《ためし》なども身近に見ております。されば、世の中というものは案外と頼み甲斐のあるもので……」

など言いながら、源氏は、手ずから薬湯を飲ませなどする。

三の宮はたいそう青ざめて痩せ、呆《あき》れるばかり頼りなげに横たわっている。その様子は、おっとりとしてかわいらしいので、源氏も〈あれほどひどい過ちを犯したとしても、この様子を見れば、ついつい心弱く許してやりたくなるようだな……〉と思って眺めている。

朱雀院、闇に紛れて女三の宮を見舞う

山寺に籠っている朱雀院は、三の宮のお産が平らかに済んだとお聞きになって心動き、ぜひ一目なりとも会いたいと思われたが、その後《のち》は、このように体調の悪い報告ばかり至るので、さてこの先どうなってしまうのだろうかと、心も上の空になり、勤行も手に付かぬほどであった。

出産以前から、あれほどに弱っていた人が、産後はまたろくに食事も食べぬまま何日も経ったので、いよいよ命のほども頼りなくなってしまった。

「もう何年もお目にかからなかった頃よりも、昨年の暮れにお姿を拝して以来は、とりわけ父院が恋しくてなりませぬ……それなのに、もう二度とお目にかかることもできぬままになってしまうのでしょうか」

と、三の宮はひどく泣きじゃくる。

宮がそんなふうに恋しがっているということを、しかるべき人を山寺まで遣わして院に奏上させたところ、院は堪えがたく悲しいと思って、出家の身にあるまじき行ないだとは

百も承知ながら、夜の闇に隠れてお出ましになった。

前もっての知らせもなく、突然に朱雀院がお出ましになったので、主人の源氏は、おどろきと恐縮の体《てい》で院をお迎えした。

「もとより出家の身、俗世のことは顧みるまいと思うておりましたが、それでもなお心惑いの覚めがたいものは、この親子恩愛の心の闇というもの……そのため勤行にも身が入《はい》らぬようになってしまいました。そしてもし、三の宮との縁《えにし》が、『後れ先立つ』順序を逆《さか》しまにするようなことになったなら、このまま会えずに別れた恨みが、たがいに来世まで残るであろう……そう思うと、やるせなさに引かれて、世の謗《そし》りも顧みず、こうして出向いてきました……」

朱雀院は、「末《すゑ》の露本《つゆもと》の雫《しづく》や世の中の後《おく》れ先立つためしなるらむ（葉末の露が先に落ち、やがてまた本の雫が滴《したた》って葉末から落ちる、そのように順序よく命を終えていくのが世の中の順逆の例《ためし》でもあろうが、先後《せんご》はあれ、いずれ儚《はかな》い露雫《つゆしずく》のようなもの、それが命なのだ）」という無常の歌を引き事にしながら、そう告白なさる。なるほど「人の親の心は闇にあらねども子を思ふ道に惑ひぬるかな（人の親の心が闇だというわけではないけれど、ただ子を思うときの親心ばかりは闇に惑うてしまうことよ)」という名高い古歌の心をさながら目前に見るような院の惑われようであった。

いまや僧形《そうぎょう》の異様なお姿ながら、院は、やはり昔とかわらず奥床しく親しみ深い様子であった。ただ、ごくお忍びの姿に身を窶《やつ》すために、法皇としての厳めしい法服ではなくて、一介の僧侶《そうりょ》のような墨染めの衣をまとっておられる。その佇まいが、やはり理想的に美しいのも、おなじく出家の志深い源氏には羨《うらや》ましいことに思われた。

いつもながら源氏は、まず涙を落とした。

「三の宮のご病状は、どこがどう悪いというのでもございません。ただ、ここ何か月と次第に衰弱なさっておいでなのに、しっかりとお食事なども召し上がらぬことが積もり積もったのでございましょうか、ここまでお弱りになってしまって……」

など、源氏は申し上げ、院を三の宮の病床へ案内する。

「まことに申し訳ないような御座《おまし》でございますが……」

そういって、源氏は、宮が臥《ふ》せっている帳台《ちょうだい》の前に座布団を用意させて、そこに朱雀院をお通しする。

宮も、お側《そば》仕えの女房どもが手伝って、あれこれ身なりを調えてから、母屋《もや》の床《ゆか》へおろした。

几帳をすこし脇《わき》に押しやって、朱雀院は宮に対面する。

「こんな姿で、まるで夜どおし加持祈禱する坊さまのような心地がするけれど、私はまだ祈禱によって効験《こうげん》を顕わせるほどの修行も積んでいないから、こんな格好をしているのは、きまりが悪い。ただ、そなたがもう会えないのではないかと案じていた私の姿を、こうあるがままにすっかりご覧になったらよい」

そういって、院は目を押し拭《ぬぐ》う。

宮も弱々しく泣いて、

「わたくしは、もはや生きていられそうな気がしませぬものを、こんなふうにお出ましくださったついでに、どうぞ仏の道へお導きあって、わたくしを尼にしてくださいませ」

と懇願する。

「そういうお望みがあるなら、それはまことに尊《とうと》いことだが、とはいえ、いかに重い病とは申せ、いつ果てるとも定めのない命だ。まだまだ若くてこれから先の人生も長い人の場合は、うかうか出家などすると、却って将来に人の誹《そし》りを受けるような悶着《もんちゃく》を起こさぬものとも限らぬ」

などと朱雀院は仰せになって、ふと源氏のほうへ向き直られた。

「どうであろうか。こんなふうにみずから進んで言うことだし、もしほんとうに今はの際《きわ》なのであれば、ほんのわずかの間でも、往生の助けになるように出家させてやってもいいと思うのだが」

源氏は答える。

「近ごろ、宮はいつもそのように仰せですが、悪い物の怪《もののけ》などが、弱っている病人の心をたぶらかして、こんな調子のことを言うように唆《そそのか》す、ということもあるやに仄聞《そくぶん》いたしますほどに、わたくしは聞き入れもせぬのでございます」

「いや、たとえ物の怪の教唆《きょうさ》するところであるにもせよ、それに負けた結果が、なにか悪いことをしでかすというのであれば、それは慎まなくてはなるまいが、ことは出家の望みではないか。すっかり病み衰えた人が、今生の限りと思って出家を願うのだろう……そういうことを聞き過ごそうというのは、後《あと》に悔いなど残って、心痛めることにもなりはせぬか」

そう仰せになる朱雀院のお心のうちは、複雑であった。

そもそも、鍾愛《しょうあい》する三の宮を源氏に預けたについては、この人に後見《うしろみ》を頼んでおけば、もう限りなく安心なことであろうと、そう思ったからこそであった。それを、源氏は、唯々《いい》として引き受けておきながら、実際には、さして情愛も深からず、かねて願っていたところとはまるで違っているらしい様子を、ここ何年ものあいだ、なにかにの折につけて、お聞きになって、院の胸のうちには憤懣《ふんまん》の思いが積もりに積もっている。しかし、そのことを、そうそう露骨に色に表わして恨みごとを言うわけにもいかず、結果的に、世の人々がなにかと噂《うわさ》の種にするところも口惜《くちお》しくお思いになる。

〈されば、いっそこういう機会に、宮が源氏からきっぱりと離れて出家してしまうというのも、それはそれでいいかもしれない。そうすれば、夫婦仲の悪いのを恨んで別れたというふうな体裁の悪いことには見えぬから……どうしてそれがまずかろう。源氏は、おしなべての後見役《こうけんやく》としては、今後ともまだまだ頼りになる気構えでおいでのようだから、ただ、三の宮を預けておいた甲斐はあったものと強いて思うことにして、ことを荒立てて源氏に背《そむ》き離れるというのでなく、なんとか丸く納めてしまいたいものだが……おお、そうだ、以前父帝《ちちみかど》からのご遺産分けに頂戴《ちょうだい》した、広くて風情のある宮殿がある。あれによく手を入れて、三の宮を住まわせることにしよう。……私の目の黒いうちに、尼姿になして、後々安心なようにしてやろう。そうすれば、源氏の大殿もまた、なんのかの言っても、結局は、まったく疎かな扱いで見捨てるようなこともあるまい。その源氏の心がけもよくよく見届けてやろう……〉と、朱雀院は思案を巡らして臍《ほぞ》を固め、

「それでは、こうして私が出向いてきたついでに、仏の道に入《い》るべき戒《かい》を受けることだけでも果たして、御仏《みほとけ》にご縁を結ぶことにしようぞ」

と仰せいだされる。

驚いたのは源氏である。もはや三の宮の不行跡《ふぎようせき》のことも忘れて、これはさてどういうことになるのであろうかと、かつは悲しく、また口惜しくもあって、どうしても気持ちの高ぶりを抑えることができず、矢も楯《たて》もたまらず几帳の内へ踏み入っていった。

「いったいどうしてまた、もはや老い先も長からぬわたくしを見捨てて、そのようなお気持ちになられたのですか。いましばらく、どうか心をお鎮めになって、まずは薬湯など服用され、また養生にお食事なども召し上がられますように。いかに出家が尊いこととは申せ、そのように衰弱したお体では、ろくに勤行も勤まりますまい。されば、ともかくまずは、ご養生が先決にて……」

源氏はそのように窘《たしな》めるけれど、三の宮は、いやいやをしながら、〈なんて冷淡なこと

をおっしゃるのでしょう……〉と思っている。

そんな宮の様子を見つめながら、源氏は、〈表面はさりげなく繕っているけれど、内心にはずいぶん恨めしいと思うこともあるのであろうかな〉と推量すると、なんだか痛々しく胸打たれる思いがするのであった。

女三の宮、ついに出家

三の宮の出家について、源氏は、なかなかこれを肯《うけが》わず、言葉を尽くしてそのことを翻意させようと努めている。これには、さすがに三の宮も躊躇《ちゅうちょ》せざるを得ない。

そうこうしているうちに、夜明けがたになってしまった。

これですっかり夜が明けてしまってから、西山の寺に帰り入ろうとするのも体裁が悪かろうと、朱雀院はそのまま帰山《きざん》を急がせなさる。そうして、その日祈禱のために詰めていた僧侶たちのなかで、とりわけて高徳の、尊い僧だけを簾中《れんちゅう》に呼び入れて、とうとう三の宮を薙髪《ちはつ》せしめたのであった。

混じり気なく長く美しい、今が盛りの宮の黒髪を削《そ》ぎ捨てて、仏法の戒律などという、神ながらの道から見れば忌むべきことを授けさせる、その作法を見ながら、源氏はとても堪《こら》えることができなくなって、ひどく泣き崩れた。

朱雀院もまた、この宮のことは他の御子たちよりもすぐれて愛情深く世話をしたいと思っていたからこそ、この源氏に降嫁させたというのに、豈図《あにはか》らんや、かように生きている甲斐もないような姿にしてしまったのも、どこまでも悲しいことに思って、ひたすら涙にくれておられる。

「よしよし、もはやこんなお姿になられたとても、その功徳《くどく》にて病《やまい》も平癒《へいゆ》されるであろうし、同じことなら、せいぜい念仏読経《どきよう》に努められるがよい」

院は、そう語り聞かせて、もうすっかり夜が明けてしまってから、急いで六条院を出て行かれる。

朱雀院、帰山

三の宮は、こうなってもまだ弱々しく命も消え入りそうな様子で、きちんと父院に対面することもなく、ろくにお礼の言葉も出ない。

源氏も、やはり充分に礼を尽くせぬことを詫《わ》びた。

「まことに夢の中のことのように、ぼんやりと心乱れておりまして……、こうして、ここにお姿を拝しますと、あの、以前に御幸《みゆき》を賜りましたときのことが思い出されますが……、今は何のおもてなしもお礼も申し上げることのできませぬご無礼の数々は、いずれ改めてお山のほうへ参上のうえ、お詫び申し上げましょうほどに……」

やがて、院が帰山されるお行列に、六条院からも多くの人々を供奉《ぐぶ》させなどするのであった。

帰るに際して、院はくれぐれも源氏に頼みおく。

「私がこの世にあるのも、もう今日か明日かと心細く思っておりました折に、万一自分にもしものことがあったら、あの三の宮は、後ろ楯になってくれる人もないままに、あてどもなく彷徨《さまよ》ってしまうのではないかと案じられて、なんとしても見捨てることができぬ思いでおりました。されば、ご本心では、お気に召さなかったかと拝見しましたが、そこを敢てこのようにお願いを申して、ここ何年かは安心な思いでおりましたものを、……もしこのまま宮が危うい命を永らえることができたら、かくもあやしい尼姿で、このまま人目の多いこなたの住まいも相応《ふさわ》しからぬことでありましょう。といって、遁世《とんぜい》の者の住む山里などにぽつんと離れて住むというのも、またさすがに心細いことではありますまいか。どうか今後とも、あのような尼の姿ながら、その身相応に、お見捨てなきように……な」

これには、源氏も、ややたじろぐ思いがする。

「いま改めて、そこまで仰せになられますのは、ああ、至らぬ我が身ゆえと、却ってわたくしのほうが面伏《おもぶ》せな思いでございます。今は気が動転しておりますれば、とかくに取り乱しておりまして、なにをどうしたらいいものか、弁《わきま》えもつかぬことで……」

そういって、源氏は、心底堪《しんそこた》えがたいらしい様子でうち沈んでいる。

六条御息所の死霊出現

その夜深《よふか》く、加持祈禱の最中のこと、突如として六条御息所《みやすんどころ》と見える物の怪が出現する。

「ふっふっふ、こんなふうにしてやった。あの対の一人については、まんまと取り返したとお思いのようだが、それが癪《しゃく》に障ったゆえ、この宮のあたりに、さりげなくつきまとっていたのだ。が、今は帰ろうかの」

気味の悪い高笑いとともに、物の怪は去っていく。

源氏は呆れ果てて、〈さては、あの物の怪が、こんなところにまでつきまとっていたのであろうか……〉と思うと、すべては自分の蒔《ま》いた種、宮にはかわいそうなことをしたと、悔しい思いにも駆られる。

物の怪が去ったせいか、宮はすこし生気が戻ってきたようであったが、それでもまだ、いかにも頼りなげな様子に見える。

お付きの女房たちも、宮が出家して、すっかり甲斐のない思いに気を落としている。そうして、〈こんな尼のお姿になられても、ただ、ご安寧《あんねい》でいてくださりさえすればよいけれど……〉と、せいぜい悲しみを堪《こら》えるばかりであった。

一方では、病魔退散の祈禱をさらに日延べしつつ、間断《かんだん》なく執行《しゆぎよう》させるなど、源氏は考えつくあらゆる手段を尽くしている。

衛門の督、危篤に

あの衛門の督のほうは、三の宮の出家のことを聞いて、ますます気落ちして病は重り、今や危篤状態に陥った。こうなっては、もはや命が助かるということはほとんど期待されぬ。

気にかかるのは二の宮、すなわち落葉《おちば》の宮のことである。このまま逢うこともなく死んでしまうのは、宮があまりにかわいそうだと衛門の督は思う。けれども、〈いまこの邸に呼び立てるのも、宮の身分を考えるといかにも軽々しいようだし、そこを押して来ていただいたとしても、母北の方も、父大臣《おとど》も、督の床《とこ》の辺《べ》を去らずに看病に当たっていることだし、万一にも落葉の宮の姿を見てしまうことがないとはいえぬ。そんなことになれば、宮としてはまことに体裁のわるい不名誉なことになる……〉そう思うゆえ、督は、心を励まして言う。

「あの一条の二の宮のところへ、なんとしてももう一度だけまいりたいのだが……」

しかし、そんなことができる状態でもなく、それを両親が許すことなどさらにないのであった。

落葉の宮の後事を思う

衛門の督は、周囲の誰彼を選ばず、この二の宮について後事《こうじ》を頼みわたる。

宮の母御息所は、この結婚には初めから不賛成で、なんとしても気の進まない縁であったけれど、太政大臣が奔走斡旋《あっせん》に努めて、くれぐれも懇《ねんご》ろに頼むものだから、そのあまりの熱心さに、結局父朱雀院も、〈さてどうしたものか……。まず許すほかはあるまい〉と根負けして、やっと成った縁談なのであった。

しかしながら、三の宮の六条院での不如意な有様にお心を痛めておられた折に、

「二の宮は、衛門の督のような男を得て、却って先々も安心なことだね、真面目な男を後ろ楯に持ったのだから」

と仰せになったという噂《うわさ》を耳にした時のことを思い出すにつけて、〈……それなのに、私はこんな頼み甲斐のない状態になって……まことに恐れ多いことになった〉とひたすら申し訳ない思いが、督の胸に満ちる。

「母上にお願いがございます。今は、あの宮をこうして……お見捨て申すことになってし

まうように思えます。それはいずれの方々にもお労《いたわ》しいことながら、寿命ばかりは、どうあっても思うようにはなりませぬ。もしわたくしに万一のことがあれば、この世にて添い遂げることのできなかった契《ちぎ》りを、宮はさぞお恨みに思って嘆かれることでしょう。それを思うと胸が痛みます。されば、わたくしの亡きあとも、どうかお心配りを賜りまして、折々にお世話をしてさしあげてくださいますように……」

衛門の督は、そういって母君に懇願する。

「なんと、まあ縁起でもないことを。そなたに先立たれなどしたら、わたくしこそ、もう長くは生きておられませぬ……、それなのに、なぜにそのような先々のことまで仰せになります」

母北の方は、そう言って、ただ泣きに泣いているので、督はそれ以上は言葉を進めることができなくなった。

そこで、督は、弟の右大弁《うだいべん》の君に、一通りのことを詳しく頼み置いた。

衛門の督、権大納言に昇進

そもそも衛門の督という人は、おっとりとした良い性格の君であったから、弟の君たち、とりわけ末々の若い君たちは、まるで親のように頼みにしている。そういう兄が、いまこんな心細いことを言うのを、誰も誰も悲しく思わぬ人とてなく、御殿のうちに奉仕する人々もみな挙《こぞ》って嘆いている。

帝も、この人を惜しみ、その才の失われることを残念がっておいでで、いまはもう命の限りというこの時になって、俄かに権大納言《ごんだいなごん》に昇格させることを仰せいだされた。帝のご心中には、〈もしや、この昇格の喜びに力を奮い起こして、もう一度内裏へも参ることができるかもしれぬ〉とご思惟《しゆい》あって、そのように仰せられもしたことだったが、じっさいには、督の病状はまったく改善の兆候もないまま、ただただ、苦しい息の下に、辛うじてお礼の言葉を申し上げたばかりであった。

父大臣も、これほどまで重い帝のお心を拝するにつけても、いよいよもって悲しく、また惜しんでも惜しみきれない思いに暗澹《あんたん》たる心地がする。

左大将の君（夕霧）、病床を見舞う

左大将の君は、つねづねたいそう深く思い嘆いて、しきりとお見舞いに訪れる。

この昇格の慶事があったときにも、真っ先にそのお祝いを申しにやってきた。衛門の督が寝ている対の屋のあたりにも、またこちらの門のあたりにも、お見舞いの馬や車が立て込んで、人声も騒がしくざわざわとしている。

今年になってから、督は、もはや枕を上げることもできぬ重態で、しかし左近衛府《さこんえふ》の大将という重々しい姿で見舞いに訪れる左大将に、寝乱れた姿で対面もなりがたく、といって会いたいと思い思いしつつ弱りきってしまうことを思うと、それも残念で、

「どうぞ、こちらへお入りください。たいそう取り散らしておりますが、そのあたりはどうぞお見許しをいただきまして……」

と、そこらにいた加持僧《かじそう》などはしばらく席を外させて、臥《ふ》している枕許《もと》へ、親しく左大将を招《しよう》じ入れた。

若い時分から、なんの隔てもなく仲睦《むつ》まじくしてきた親友どうしゆえ、いまこうして永《なが》

の別れをしなくてはならぬことが悲しくて恋しくて、嘆いている左大将の気持ちは、督《かみ》の親兄弟の思いにも劣らぬことであった。

しかし、今日は昇格の慶賀の日ゆえ、すこしは気分も良くなっていてほしいと大将は願ったが、それは残念ながら叶わぬ願いであった。

「どうして、こんなに弱りきってしまわれたのか。今日はこんな素晴らしいお祝いの日だから、多少なりとも元気を取り戻しておいでかと思ってまいりましたに……」

左大将は、そういって几帳の端《はし》を引き上げる。

「ああ、まことに口惜しいことに、もうこんな見る影もないことになってしまって」

督は、こう嘆きながら、せめて烏帽子《えぼし》ばかりをかぶると、少し起き上がろうとしたが、それはそれは苦しそうな様子であった。

白い衣の、しんなりと身に添うて柔らかそうなのを何枚か重ね着て、衾《ふすま》（掛け布団）を引きかぶって臥している。その床《とこ》の辺《べ》あたりは清潔に整えられて、ふわりと薫物《たきもの》の香りが漂い、病床ながら、心にくいばかりに住みなしている。

その様子は、すっかりうちくつろいでいながら、なお乱れたところがない。とかく重く患っている人は、自然と髪や髭《ひげ》がぼうぼうになって、いかにもむさくるしいところが出てくるものだが、督は、痩せさらばえているのが、却って色の白さを際立たせ、貴《あて》やかな気配があって、枕を立ててはそれに縋《すが》るようにして身を起こしながら、左大将と言葉を交わす、その様子は、たいそう弱々しく、息も絶え絶えで、見るもあわれであった。

衛門の督の述懐、落葉の宮の後事を左大将に托す

大将は、せめて励ますように言った。

「もうずいぶん長く患っているにしては、それほどひどく病み窶《やつ》れているようにも見えないな。以前よりも、却って男前がまさっているように見えるくらいだが」

そんなことを口には言いながら、大将は涙を押し拭う。

「私たちは、どちらが先に、どちらが後《あと》にと、そういう隔てなく、死ぬなら一緒にと約束したではないか。それなのに、なんとひどいじゃないか。君のご病気についてだって、どういうわけでこんなに重くなってしまったのかということも、私には見当がつかない。こんなに親しい仲だというのに、それがもどかしくてならぬ」

大将がそうかき口説くと、衛門の督が重い口を開いた。

「私の心には……さて、いつどうしてこういうふうに重くなったのか、そのきっかけも覚えておりません。ここが苦しいとか痛いとか、そういうこともなかったので、そう急にこんなことになろうとは思ってもおりませんでしたが、あれよあれよという間《ま》にすっかり弱りはてて、今は意識もぼんやりとしてしまって……。もとより惜しむほどの身でもありませぬが、さまざまに手を尽くして現世《うつしよ》に引き留められる加持祈禱、立願《りゅうがん》などの効果でしょうか、こんな調子でなんとか長らえているのも、しかし却って苦しいことでございます。されば、みずから進んで、あちらへの旅立ちを急ぎたい心地がいたします。とは申しながら、この世の別れともなれば、心のなかにあれやこれやと思い残すことがたくさんございます。……親にも充分な孝行ができませんでしたし、それどころか、こんなふうに今さらに両親のお心を悩ましております。……また、帝にお仕えすることも中途半端のまま……、身を立てて世のために働くということもまた、さらにさらにはかばかしからぬままになってしまいました、そのことが恨めしくはありますが、……それはいずれも世の中にありがちな嘆きですから、それはそれとして、また、私の心のうちに思い苦しむことが一つ……そのことを、いまこうして今はの際に臨《のぞ》んで、どうして人に漏らすべきであろうかと躊躇《ためら》うところもありますが、いや、やはり言わずにはおられませぬ……、それを君以外の、いったい誰に訴えたらいいのでしょうか。兄弟どもも、たくさん持っておりますが、さまざまに事情がありまして、あの者たちに仄《ほの》めかすのは、なにかと不都合にて……。

……じつは、六条院の大殿《おとど》に対して、いささか困った行き違いを起こしてしまいまして、ここ何か月と、心のうちに恐懼《きょうく》して過ごしておりましたが、それが、私としてはなんとしても不本意極まることで、……だんだんと世の中が心細く思われまして……ついに病みついてしまいました。ところが、その時分に、六条院のほうへお召しがかかりまして……朱雀院さまの五十の御賀《おんが》の楽所《がくそ》の試演《しえん》の折に、どうしても参らなくてはならなくなりました。その日、源氏さまのご様子を拝見しておりましたところ、どうしてもなお、お許しのいただけないお心と見えて、ちらりと私を目尻でお睨みになった、それを拝見しては、もう、私はとてもこの世に生きてはいられない、生きているだけでも憚《はばか》りが多いという思いが致しました。それで、もうすっかり世の中をはかなむ気持ちとなり、そこから心がふわふわと落ち着かなくなってしまいました。……いえ、私などは、もとより物の数には入れていただけない、つまらぬ人間に過ぎませんが、それでも、幼い頃から、源氏さまのことは深くご信頼を申しておりましたに、さてさて、いったいどんな讒言《ざんげん》沙汰があったことであろうかと思っております。されば、このことが、この世の恨みとして残ることでございましょうから、もちろんそのことは後世往生《ごせおうじょう》の障《さわ》りともなろうかと思っております。……どうか、しかるべきことのついでなど……ございましたなら、きっとこのことをご記憶にお留《とど》めくださって、私のため、よしなにお申し開きいただけませんでしょうか……。生きているうちはもはや望みがありませぬが、たとえ死んでの後でも、このご勘気をお許しいただけたなら、……それこそなによりの功徳……ともなりましょう」

そう述懐しながら、衛門の督の息遣いは、ますます苦しそうになっていく。

左大将は見るに堪《た》えぬ思いがして、〈そういえば、あの頃、たしかに様子がおかしかったが、さては……〉と思い合わせることもあるが、それ以上深い穿鑿《せんさく》はせず、慰めるように説いた。

「いったいどんな疑心暗鬼になって、そんなことを仰せやら。父大殿《おとど》は、さらさら勘気などという様子もなく、それどころか、君の病状が重いと聞いては、驚き嘆くこと限りもないくらいで、たいそう残念に思っているようであったけれど……。それにしても、なぜ、こんなにも懊悩されることがありながら、今まで打明けてもくださらなかったのか。そんなときこそ、私が間《あいだ》に立って、かれこれ申し開きなど致したことでございましょうほどに。ああ、今となっては、なにを言ってもしかたがないけれど……」

左大将は、返らぬ昔を、もう一度取り返したい、そんなふうに悲しく思うのであった。

「仰せの通り……すこしでも小康を得た時に、このことを申し上げてお考えを聞かせていただけばよかった。しかし、まさかこんなふうに命が今日明日の間《かん》に迫るとは……自分でも知れぬものは命の定め、まだもう少し時間がありそうな気がしておりましたのも、思えば儚いことでございました。……いま私が申し上げましたことは、どうか、お心一つに秘めて他言はご無用に……。けれども、もし、しかるべき機会がありましたら、その時は、どうか父君へ、よしなにお執《と》り成《な》しいただきたく、くれぐれもお願いしておきます。……それから、一条の御殿においでの二の宮のことですが、私に万一のことがあった後《のち》は、どうか折に触れて訪ねてさしあげてください。一人残ってしまったなら、宮は、さぞ辛いお暮らしをなさると思いますから、そのことはやがて朱雀院さまのお耳にもはいり、なにかとご心配になられましょう。だから、そこをなんとかご配慮願いたいのです……」

まだまだ言い残したいことはたくさんあったに違いないが、もはや苦しさに言い続けることができなくなった。

「……どうぞ……もう……お引き取り……を」

衛門の督は、息も絶え絶えになって、手で、帰ってくれ、というしぐさをする。

もはやこれまで、加持の僧どもも枕近くへまいり、母北の方も父大臣も、寄り集《つど》い来て、女房どもの様子もただならぬ気配に立ち騒ぐ。

左大将は泣く泣く帰っていった。

衛門の督、死去

衛門の督の妹君弘徽殿女御《こきでんのにょうご》は申すまでもなく、左大将の北の方、すなわちかの雲居《くもい》の雁《かり》なども、ひとかたならず嘆いている。

督という人は、心がけがたいそう良く、誰にとっても兄貴株に当たるような頼りになるところがあって、髭黒《ひげくろ》の右大臣の北の方玉鬘《たまかずら》も、異母弟に当たる衛門の督ばかりを、心を許しあえる仲良しの兄弟として慕っていたので、こういう状況のすべてを思い嘆いて、自分のところでも、特別の祈禱などを執行《しゅぎょう》させたが、かかる恋の病に効く薬とてもなく、なにを試みてもしょせんは甲斐のないことであった。

こうして衛門の督は、かの落葉の宮に、ふたたび見《まみ》えることも叶わず、あたかも泡の消え入るようにいいいいにして儚くなってしまった。

古き歌に「水の泡の消えで憂き身といひながら流れてなほも頼まるるかな（水の泡が消えずして川面《かわも》に浮き漂っているような憂き我が身だけれど、そうやって泣きの涙にくれながらあてもなく流れていても、それでもなおあの人をつい頼りにしてしまっている）」と詠じ、また「浮きながら消《け》ぬる泡ともなりななむ流れてとだに頼まれぬ身は（川面に浮きながらやがて消える泡のように、この憂き身は泡となって消えてしまってほしい。これから先流れに任せていけばなんとかなるだろうと、あの人を頼みにすることなどできぬ我が身だから）」と嘆いた、その頼りない泡のように、衛門の督の命は恋に焦がれて儚くも消えてしまったのである。

縁を結んで以来、衛門の督は、この落葉の宮を本心から懇《ねんご》ろに深く愛したわけではなかったが、それでも表向きには、誰からも後ろ指を指されぬように立派にもてなし、お世話をしていたゆえ、宮から見れば、夫の態度は親しみ深く、また風雅の心がけも申し分なく、いつもきちんとした態度で接してくれたと思うばかりで、とくに恨めしいところもなかった。ただ、〈あの君は、こんなにも短い命であったところをみれば、どういうわけかわからないけれど、世の中のことのなにもかも、おしなべて興ざめなことと思っておいでで、それで私にもあのように冷淡だったのであろうか……〉と、宮は思い出して、なんだかひどく悲しくなって、思いに沈んでいる。その様子は、まことに胸が痛むことであった。
母御息所も、〈ああ、こんなことではひどい物笑いの種になってしまって、口惜しい〉と、そんなふうに宮の身の上を見ては、嘆くこと限りがない。

されば督の父大臣、また母北の方ともなれば、悲しいことは筆舌に尽くし難く、こんなことなら、年老いた自分たちのほうが先に死んでしまいたい……世の道理もなにもあったものではないほど辛い辛い、と焦がれ惜しんだけれど、そんなことを言ったとてどうなるものでもなかった。

尼姿になった三の宮は、あの衛門の督の大《だい》それた恋心など、知れば知るほどますます嫌な気がして、あんな人は世の中に長く生きていてほしいとも思わなかったが、いざ亡くなったと聞けば、さすがに胸中に迫る思いがある。
〈若君を、ご自分のお胤《たね》と思っておいでだったのも、なるほど、こうなるべき前世からの因縁があったにちがいない……。それで、あんな思いもかけない嫌《いや》らしいことがあったのかもしれない〉と、思い合わせるにつけて、その実の父には先立たれ、母の自分は尼になってしまった、若君の身の上が心細く思いやられて、涙がほろほろとこぼれる。

三月、若君の五十日《いか》の祝い

三月《やよい》になった。

空の気配もたいそううららかで、若君も、五十日《いか》の祝いの時分を迎えた。たいそう色白でかわいらしく、じっさいの日数よりはずいぶんおりこうで、しきりとなにか「おしゃべり」をする。

源氏がやってきて、

「どうですか。もうご気分は爽《さわ》やかにおなりになったかな。ああ、それにしても、そのような尼姿では、なんの張り合いもないことでございますね。ご出家前のあのお姿で、こうして元気になられたのを拝見したなら、それはどんなにか嬉しく思ったことでしょう。まことに情ない……わたくしをお見捨てになってこのような……」

と涙ぐんで恨んでみせる。

それから源氏は、毎日宮のもとへ姿を見せては、こんな尼になってからのほうが、この上なく大事に大事にお世話をするのであった。

若君の五十日《いか》の祝いに、お餅《もち》を哺《ふく》ませる儀礼を執り行なうについて、女房どもが集まってくると、母君の三の宮が祝い事にはまるで似つかわしからぬ尼姿になっていて、いかにも異様に見えた。

「これは、いったいなんとしたことでしょう」

皆々、非難するわけにもいかず、打ち付けにも尋ね難く、どうしたものかとためらいがちにしているところへ、源氏が姿を現わした。

「なんの不都合なことがあるものか。もしこの若君が女の子であったなら、同じ女にて尼姿というのは、いかにも不吉な未来を暗示するようでいけないが、若君は男ゆえ、将来尼になる気遣いもなし、いっこうに苦しからぬぞ」

源氏の一声で女房たちはおさまった。

そうして、御殿の南面《みなみおもて》に、かわいらしい御座《おまし》を作り設けて、そこで祝いの餅を、形ばかり若君の小さな口に哺《ふく》ませるのである。

乳母《めのと》は、たいそう花々とした風情に着飾って、若君の御前にはお膳が据えられ、あれこれの料理が用意されている。それから色美しく籠《かご》に盛った果物、檜《ひのき》の曲物《まげもの》に詰めた心尽くしの料理かれこれ……、いずれ、この若君の出生の秘密については、母屋にいる女房どもも、廂《ひさし》の者たちも、ことの真相を知るものはないので、ただわいわいと取り散らし、屈託なく祝ってくれているのを、源氏は、〈実の父の喪中だというのに、こんな祝いを……さてもまったく胸の痛むような、また正視に堪えぬ思いのすることよな……〉と思っている。

女三の宮も今は起き上がっていたが、身の丈に余っていた長い髪を削いだ毛先がまとまりなく末広がりになっているのを、たいそううるさく思って、これも尼らしく切った額のあたりの髪の寝乱れを、せいぜい撫《な》で付けたりなどしている。

そこへ源氏が、几帳を引きのけて、むざと座った。

宮は、たいそうきまりが悪いので、むこうを向いて座っている。その体つきを見れば、いっそう小さくやせ細って、いたいたしいばかりであったが、ただその髪を切った者が、あの美しく長かった黒髪を惜しんで、常の尼削《あまそ》ぎ髪よりもだいぶ長く残しておいたので、後ろ姿で見ると、ふつうの人の髪つきと、さまで違いもないように見えるほどであった。

幾枚も次々に重ねて着た鈍色《にびいろ》の下着の上に、黄色みを帯びた紅《くれない》の表着《うわぎ》などを着て、このまだ身についていない感じの尼姿の横顔を見る限りでは、なにやらその尼削ぎの前髪ゆえにかわいらしい女の子という感じがして、初々しく見どころのある姿に見える。

しかし源氏は、それを見て眉をしかめる。

「さても、なんとがっかりするようなお姿であろう。かような墨染めの衣など、まったく見れば見るほどうんざりする……これではお先真っ暗とも申すべき色ではありませぬか。さりとて、こんな嫌《いや》なお姿になられたとしても、この先もお目にかかってお世話を申すことは、決して変わりもすまい……と、そんなふうに思って自分を慰めてはおりますが、いやいや、見るたび抑え難く涙がこぼれて、かかる涙は理不尽なことではあり、こんな未練がましい涙の、みっともなさゆえに、結局こうして見捨てられる破目《はめ》になったのだと、我が身の咎《とが》に強いて思うことにしているのです。が、そんなこともまた、さまざまに胸痛く、口惜《くちお》しく思えて、まったく自分で自分が嫌になります。『取り返すものにもがなや』というものでございましょうか」

源氏は、「取り返《かへ》すものにもがなや世の中をありしながらのわが身と思はむ（昔を今に取り返すすべがあったらいいのに、そうしたら、あなたとの仲を、こんな老いわびた自分ならぬ、昔ながらの若き私として思いやろうものを）」という古い歌を仄めかしつつ、宮の尼姿を、もと通りに戻してみたいとて、大きなため息をついた。

そして、さらにまた、

「こうして今を限りに、わたくしも、この邸も、お見捨てになるとしたら、……ああやはり、ふとした気の迷いとか、そんなことではなくて、心底《しんそこ》わたくしを厭《いと》い果ててお捨てになったのだなと合点がゆく。が、なんと恥ずかしい、また辛い気持ちになることであろうかな。それでも、せめて、『気の毒な男よ』と憐れみをおかけくだされよ」

などとかきくどく。こう言われて、三の宮は、やっとの思いで言葉を返した。

「厭うとやら憐れむとやら、なにを仰せになりましても、こうして出家の姿になりました者は、そんなことに心を動かさぬものと聞いておりましたに……。ましてわたくしは、もとよりさようなことどもはなにも知らずにまいりましたものを、どう申し上げてよいやら……」

これを聞いて源氏は表情を曇らせる。

「なにを申しても甲斐のないことよ。なにも知らずにきたなどと……いや、なにもかも身に沁《し》みてご存じのことであろうに……」

まだなにかを言いたそうにしながら、源氏は、ふと口を噤《つぐ》んで、若君をじっと見据える。

若君を見て、源氏の思い

若君に仕える乳母たちは、もとよりしかるべき家柄の、しかも見苦しからぬ者だけが数多く選ばれている。

この乳母たちを呼び集めると、源氏は、これより若君に奉仕するについての心構えなどについてよくよく諭し聞かせる。

「ああ、私の余命のいくばくもない時分に生まれ出でた子……というわけだね、この子は」

開口一番こんなことを言うと、源氏は、若君を抱き上げた。すると、若君は、なんの屈託もなくにっこりと笑う。ぽちゃぽちゃとして、色白で、まことにかわいらしい。この子の面差《おもざ》しを見ると、息子左大将の幼な時分ばかりが、ほのかに思い出されるが、しかし、それと似ているようには見えない。また明石女御の生んだ宮たちは、父の帝のお血筋だろうか、いかにも皇族らしく、気高い感じはするけれども、といって、ことにすぐれて美しいお子たちというわけでもない。

ところが、この若君は、たいそう貴《あて》やかなばかりでなく、愛くるしく、また目のあたりにえも言われぬ魅力があって、いつもにこにことしているところなど、源氏は、たいそう複雑な思いで見ている。

そう思って見るせいだろうか、やはりあの衛門の督にそっくりだという気がしてならぬ。

まだこんな赤子ながら、すでにあの督に似て、目の周りの造作《ぞうさく》などおっとりとして周りのものが恥ずかしくなるほど整っている。そんなところも並外れた感じがあって、いかにも香り高く魅力的な面差しであった。

ところが、三の宮自身は、若君が誰に似ているかなどあまり意識していない様子だったし、まして他の人々はもとより何も知らぬこと……、さればこのようなことは、ただ源氏の心ひとつの中に、〈ああ、あの男も、こんな子一人を残して忽然《こつぜん》と世を去ってしまうとは、なんという儚い宿命だったのであろう〉と思いつつ若君を見ている。すると、なにもかも世の中は無常なものだという思いが迫って、涙がほろほろとこぼれてしまった。

〈きょうは祝いの日というに、涙など不吉な……〉と、そう思って源氏は、懸命に涙を押し拭って隠し、その思いを紛らすように、低く白楽天の漢詩《からうた》を口ずさむのであった。

五十八《ごじふはち》の翁《おきな》方《まさ》に後《のち》有り
静かに思へば喜ぶに堪《た》へ亦《また》嗟《なげ》くに堪へたり
一珠《いつしゆ》甚《はなは》だ少《すくな》くして還《かへ》って蚌《はまぐり》を慙《は》づ
八子《はつし》多しと雖《いへど》も鴉《からす》を羨《うらや》まず
秋月《しうげつ》晩《おそ》く生《な》る丹桂《たんけい》の実《み》
春風《しゆんぷう》新《あら》たに長《ちやう》ず紫蘭《しらん》の芽《め》
盃《さかづき》を持ち願ひを祝《しゆく》して他《た》の語《ご》無し
慎《つつし》んで頑愚《がんぐ》汝《なんぢ》が爺《ちち》に似《に》ること勿《なか》れと

五十八にもなった老人が、いままさに子どもを持った
静かに思ってみれば、大いに喜ぶべく、また大いに嗟《なげ》くべきことだ
わずか一粒種、甚だ少ない数であの真珠を抱く蚌《はまぐり》にも顔向けができぬ
といって、八羽の子を鴉《からす》は持つというけれど、それを羨むわけでもない
秋になって、あの晩生《ばんせい》の丹桂は実をつけるし
春になれば、あの紫蘭も新たに芽を吹くのだ

盃を持って祝って願うことはただ一つだけ
どうか頑愚なところはおまえの親爺《おやじ》に似てくれるなよ、と

実際には、まだ五十八よりは十歳若いけれど、なにやら人生の終末に近づいた心地がして、源氏は、たいそうしんみりとした思いに打たれた。そうして、〈「おまえの親爺に似てくれるなよ」と言い聞かせたいところだが……〉とでも思ったことであろう。

〈この子の出自の秘密、それを知っている人が、きっと女房どものなかにもあるに違いない。……が、それが誰だかを知ることができぬのは、くやしいな。きっとその者は、私のことを、バカな男だと思っているだろう……〉と、そんなふうに思うと、いかにも穏やかならぬ思いで源氏はいる。だが、〈いや、それが私自身への咎《とが》めなら、それは耐え忍びもしよう。しかし、男と女と、二つ並べて引き比べたら、どちらかというと女の身のためのほうが、より気の毒かもしれぬ〉などと源氏は思って、いっさい表情に表わすことはしない。

若君が、なにやらしきりと無邪気におしゃべりをしてにこにこ笑うその目もと、また口

つきのかわいらしさ……〈事実を知らない人がどう思うかはしらないが、見れば見るほど、やはりあの衛門の督に似通《にかよ》っているな〉と思うにつけても、またあの督の両親のことが思いやられる。

〈督の父君母君は、せめて子どもの一人でも遺《のこ》してくれたら、と泣いているらしいが、じっさいここにこうして一人の子がいるものを、見せることもできずじまい、人知れず、生《お》い先頼りない形見の子ばかりを現世《うつしよ》に留《とど》め置いてなぁ……、あんなに気位も高く、しかもひとかどの人物としてこよなく老成していたものを、おのれの不埒《ふらち》な心のゆえにとうとう落命してしまったことよ〉と、なんだかかわいそうにも思い、また惜しむ気持ちも起こってくる。それで、いままでは不愉快な奴とばかり思っていた心も思い直されて、源氏は、ふと鳴咽《おえつ》を漏らすのであった。

女房どもが、するりと席を外した刹那《せつな》を見計らって、源氏は、三の宮の枕許に寄っていくと、こんなことを耳打ちして、宮の心を驚かせる。

「この若君を、どうご覧になるかな。こんなかわいい人を捨てて、そのままずっと世を捨てて通されるおつもりですか。ああ、なんと情ないことよ」

三の宮は、ただ赤面しているばかりであった。

その様子を見て、源氏は、追い討ちをかけるように、そっとささやく。

「誰《た》が世にか種はまきしと人問はば

いかが岩根《いはね》の松はこたへむ

いったいいつの時代に、誰が種を蒔いたのかと人が尋ねたら

さて、なんと言うてあの岩に生えた松は答えるのでしょうか

憐れな子よな」

宮は、さすがに返歌もできず、ただ突っ伏して泣いた。

〈なんと、答えられずに泣くばかりか、それもそのはずよな、無理もない〉と源氏は思い、それ以上は強いてなにも言わない。

〈こうして、ここに子を遺してあの男は逝ってしまった……それを宮はどう思っているのであろう。もともと物事を深く考える人でもないが、さすがにこのことについては、平気ではおられまい〉と、源氏はそんなふうに三の宮の心をおしはかり、それにつけても、たいそう胸の痛む思いがするのであった。

衛門の督の死に、それぞれの物思い

いっぽう、左大将の君は、衛門の督が死ぬ直前に胸に秘めておけなくなって、さりげなく明かした秘密を、〈さて、あれはいったいどういうことであったのだろうか。あのように意識が朦朧《もうろう》としているときでなくて、もっとはっきりとしている折だったなら、あんなふうに口にしたからには、前後の事情一切を知ることができたであろうにな……。もはや、なんともしようのない危篤状態だったし、いかになんでも折が悪かった……どういうことだか気には懸かっていたけれど、あれ以上は審《つまび》らかに聞くこともできなかった、ああ、さぞ言いたいことがあったであろうに、かわいそうなことをしてしまった〉と、そんなふうに思い出して、督の面影も忘れ難く、実の兄弟の君たち以上に、ひどく悲しく思うのであった。

なおも左大将は、つらつら思い続ける。

〈いや、待てよ。三の宮が、こんなふうに世を捨てなすったありさまだが……、さまで重篤なご病気というわけでもなかったに、よくもまああんなふうにすっきりとご決心なさったもの……それに、仮に宮がそのことを決心したからとて、どうしてまた父上が、あんなにあっけなくお許しになってよいものであろうかな。あの二条の紫上《うえ》が、あんなに危篤になってから、泣く泣く出家の許しを請われた時にさえ、父上は、めっそうもないことだと思われて、最後まで引き止め引き止めなさったものだったが……〉などなど、あのことこのこと取り集めて推量を巡らし、そして、はたと思い当たった。

〈そうか……、やはりあのことか、昔から衛門の督は、ずっとあの三の宮に恋い焦がれていたが、その心が、なにかの機会に抑えきれぬことが折々あったのであろう……そうに違いない。もとよりあの男は、うわべはたいそう冷静で、人並み優れて心用意もあった人ではあるし、いつだって落ち着いた態度で、いったいこの人は何を考えているのだろうと、外からは計り知れないほど窮屈なところがあったが、それでも、情《じよう》に絆《ほだ》されるというのか、ややそういう心弱さがあったし、結局やさしすぎるということでもあったのだろう。……それにしても、どんなに恋しいからとて、道に外れたことに惑溺《わくでき》して、自分の身を空しいものにしてしまうなんて、そんなことがあっていいのであろうか。かかることは三の宮にとっても困惑すべきことだし、しかも自分の身を滅ぼすことになる、仮にそれが、そうなるべき宿命であったとしても、なんとしても軽率で、無益《むやく》なことだと言わねばなるまいな……〉と、心のなかでは考えたけれど、むろん雲居の雁にすら打明けることはしない。しかも、あんなふうに衛門の督と約束をしたけれど、いまだに適切な機会もなくて、源氏にとりなしをすることも果たしていない。

さはさりながら、こんなことを督が生前にさりげなく言い遺したということを、思い切って申し出てみたら、さてそのとき父はどんな顔をするだろうと、それを見てみたい気もするのであった。


衛門の督の父大臣、また母北の方は、涙の乾く間もないほどに思い沈んで、まるで夢のように、どれほどの日数《ひかず》が過ぎたかも分からない。

四十九日まで七日ごとに営まれる、かれこれの法事に際して布施をする僧服やら、装束その他の準備も両親は手に付かず悲嘆にくれているありさまなので、代わって督の弟たちや、妹そのほかの御方々が、各自とりどりに用意をさせたのであった。また、法事に際して供養する経典や仏像などの差配も、弟の右大弁の君がひきうける。

七日ごとの誦経《ずきよう》などにつき、どうしたらよいかと、人々が、父大臣の指図を仰ごうとすると、

「私に、そんなことを聞かせてくれるな。こんなにもひどいことがあるものかと、心もくれ惑うているのだから、そんな私が中途半端に指図などしては、かえって往生の妨げにもなろうかと思うぞ」

と言って、まるで魂の抜けたようになって萎《しお》れ返っている。

一条の邸にいる落葉の宮かたでは、ただされ悲しい上に、死に目にも会えぬままに今生《こんじょう》の別れをしなくてはならなかった恨みまでが立ち添いて、やがて日数が過ぎてゆくに従って、広い宮のうちに人気《ひとけ》も少なくなり、心細い感じになっている。

それでも、生前に衛門の督が親しく使い馴らしていた人々は、今も変わらずご機嫌伺いに参上してくる。また、督が好きだった鷹狩りの鷹や、乗馬の馬など、それぞれの預かりの者どもも、もはや褒めてくれる主人もなく、すっかり張り合いが失《う》せて、さびしげに出入りしているのを見れば、落葉の宮も、なにかにつけ、まことに哀しみは尽きせぬものなのであった。

また、督が使っていた家具調度もそのままに、さらには常に弾いていた琵琶《びわ》や和琴《わごん》などの弦も、いまではみな取り外されて見る影もなく、もはやコトリとも音を立てぬというのも、なにやら鬱々《うつうつ》とした風情であった。

それでも、庭前《ていぜん》の木立ばかりはまるで烟《けぶ》るように芽吹いて、なおまた花は咲く時節を忘れはせぬとばかり咲き誇るのを眺めても、宮の心は悲しいばかり、お側仕えの女房たちも、鈍色《にびいろ》の喪服に姿を窶《やつ》して、なにもかもが寂しくも所在なく過ごしている。そんなある日の昼時分、前駆《さきが》けの人声も賑やかに、一条の宮の門前に車を停めて入来《じゅらい》した人がある。

「ああ、あんな前駆けの声を聞きましたら、もうお亡くなりになったことなどうっかり忘れて、故殿《ことの》のお出まし、なんてつい思ってしまいます」

と言って、泣く者もある。

しかし、それはかの左大将がやってきたのであった。

門外から、来意を告げる使いの者が至る。

女房たちは、またいつもの通り、右大弁、宰相の君など、督の弟君たちの来訪かと高《たか》を括《くく》っていたところ、車からは、見るものが気恥ずかしくなるほど、見事に麗しい物腰で左大将が降り立って入ってきた。

左大将の君の弔問に母君御息所の述懐

母屋のすぐ南の廂の間に、大将のための御座《おまし》をしつらえて、そこへ案内する。ふつうなら、女房などが出て応接するところだが、それではあまりにも恐れ多いほど揺るぎなく立派な風采《ふうさい》の左大将であったから、落葉の宮に代わって、母君御息所が出て応対する。

「この度は、まことに悲しいことにて、それを思い嘆いておりますわたくしの気持ちは、ご家中の皆さまに勝るとも劣らぬほどでございますが、しょせん門外漢のわたくしには、すぐにお見舞い申し上げる方途《ほうと》とてなく、結局かように世間並みの弔問という形になってしまいました。じつは、督の君の御最期の折節《おりふし》、わざわざわたくしに仰せ置かれたことがございましたので、決して決して、世間並みのいい加減な気持ちで過ごしていたわけではございません。人は誰も、永く現世《うつしよ》にとどまってはおられませぬが、ただ、督の君は先立たれ、わたくしはなお生き残っております。生き残っているとて、いずれわずかの間《あいだ》でございますけれど、わたくしとして思い及びます限りに、深い心を以てお世話をさせていただきたい、その心がけのほどを、ぜひご覧いただきたいものと存じます。

とは申しながら、先月二月《きさらぎ》の程は、春日《かすが》の御祭礼やらなにやら、神事の事繁《しげ》き頃《ころ》おいでございましたゆえ、いかに督の君を喪《うしな》って悲しんでいるとしても、さようの私事で公式の行事に出仕もせず、無為に籠居《ろうきょ》しておりますのも、また前例のないことでございますから、どうしても出かけてまいることに……されば、神事に奉仕する身として、恐れながら死の穢《けが》れに触れるわけにもまいらず、仮にこちらへ伺ったといたしましても、お庭先にて立ったままの弔問ということにならざるを得ませぬ。そんなことでは、しかし、かえって飽き足らぬ思いが致すことであろうと考えまして、こうして神事の一通り済む三月《やよい》になりますまで、敢て日数《ひかず》を過ごしておりました。父大臣《おとど》が、悲嘆にくれておられますご様子を仄聞《そくぶん》いたしますにつけても、『人の親の心は闇にあらねども子を思ふ道に惑ひぬるかな』と古き歌にございますことはさることながら、二の宮様との御夫妻の間ともなれば、さぞ深く深くご無念に思っておられたであろうことを、ご推量申しますに、まことに悲しみは尽きせぬことでございます」

こう言って、左大将は、しばし涙を押し拭い、鼻をかみなどするのであった。

その姿は、際立って品格高い様子でありながら、なお親しみ深く飾らぬ美しさを感じさせる。

御息所も鼻声になって、

「こうした悲しいできごとは、仰せのごとく、誰もがついに留《とど》まり得ませぬこの世の習いと存じます。悲しゅうございますけれど、いえ、それがどんなに悲しいことじゃとて、また世にはいくらも同じようなことがございましょう……ま、そんなふうに、わたくしなど年を取りました者は、強いて心を強く持って悲しみを醒《さ》まそうとしております。されど、あの宮は、なにもかも深く思い詰めている様子にて、それはもう不吉な思いのするほど……この先わずかの間《ま》もおかずに、後など追いかねまじきほどに見えますゆえ、もとより辛いことばかり多かった我が身ながら、こんな年まで長らえておりますうちに、あちらもこちらも次々に儚くなるような、世も末のありさまを、こうしてなすところもなく見ていなくてはならぬのかと、それはもう気が気ではございませぬ。大将さまも、督の君とは、かねてご昵懇《じっこん》の御仲《おんなか》とあって、なにかとお聞き及びになられることもございましたでしょうね。

……そもそもの初めから、わたくしとしてはなかなか以てご承允《しょういん》申し上げかねるようなご縁談だったのでございますが、あちらの大臣《おとど》さまのお心を拝察いたしますと、お断わりするのも心苦しいことに存じ……朱雀院さまも、まずよろしかろうというようにお許しあそばされておいでのご様子と拝見いたしましたゆえ、ええ、さようなことなれば、それはわたくしの心構えの至らぬところであったかと、そのように思い直し思い直しいたしまして……あの君をこちらにお迎えして、お世話をさせていただきましたのですが、ああ、それもこの夢のように儚い出来事を拝見いたしますことを、かれこれ考え合わせてみますれば、いっそあのときに、わたくしの思うとおりを……どうせ同じことならどこまでもご辞退申し上げればよかったにと、そう思いますと、なまじいにお受けしたことが悔やまれて悔やまれて、やわかこんなことになろうとは、思いも寄らぬことでございました……。皇女に生まれた者は、よほど重々しいご縁ならでは、それが結果的に吉と出ようと凶と出ようと、世俗的な夫なぞ持つものではない、それはいかにも感心しないことだと、わたくしの旧式の頭では考えておりましたけれど……。でもまあ、結果から見れば、夫を持ったような持たないような、あやふやなままの辛い運命だったのですから、こんなことの紛れに、いっそあの宮も、夫の督ともろともに、同じ煙に立ちのぼっていくようなことがありましても、それはそれで、宮の御身のためには、世間体も悪からぬもののように思わぬでもございませんが、……さはさりながら、そうきっぱりと思い切りもつきませぬことで、ただただ悲しく見守っておりますところに、幾たびも懇ろにお見舞いをお遣わし下さいましたようでございます。そのうれしさ、まことに世にもたぐいのないことと、ひたすら感謝を申し上げておりました。が、そのことも、亡き君とのお約束のありました故でございましたか……。亡き督の君にはわたくしどもが期待していたようなご愛情があったようにも拝見いたしておりませなんだが、今はの際に、あのことこのこと、ご遺言をお申し付けあそばしましたことが胸に沁《し》みまして、このように辛いことのなかにも、おのずから嬉しいことは混じるものでございました……」

母御息所は、こんなふうにかきくどきながら涙にくれている様子であった。

左大将も、そうそうすぐには涙を収めがたい。

「衛門の督は、さて……どうも納得のいかぬことは、もともとあのように分別豊かに大人びた人でございましたのに、こんなことになる前兆《まえじらせ》だったのでしょうか、この二、三年というもの、なんだかひどく意気消沈して、どこか心細げに頼りなく見えましたので……『さては現世《うつしよ》の無常なることわりを知り過ぎたあまりに、世俗のことはなにもかも浅はかに思いなして、まるで行ない澄ました行者のようになってしまわれたか……いくらなんでもそういうのは、心にかわいげがなくなって、過ぎたるは及ばざるが如しというもの、すっきりとしたお人柄だという評判まで薄らいでしまうぞ』などとご忠告申しておりましたのですが、なにぶんわたくしも常々ぐずぐずした心がけだものですから、何を申し上げても、『思慮の浅い人間が何をいうか』と、そんなふうに受け取っておられるようでした。……いやいや、それよりもなによりも、誰にもまさって、かの宮さまが、なるほどそのように深く思い嘆いておられるお心のうちを、恐れ多いことながら忖度《そんたく》申し上げますと、はなはだ胸痛むことにございます……」

そんなふうに、親しみ深く心濃《こころこま》やかに語りかけることしばし、悲しむ御息所を懇《ねんご》ろに慰めてのち、左大将は一条の宮をあとにした。

衛門の督は、左大将より五、六年ほど年長であったが、なおたいそう若々しくて、少年のようなところがあり、かどかどしいところのない優しい人柄であった。これに対して左大将のほうは、まことに生一本で重厚な性格であり、また男性的な雰囲気があって、しかし顔ばかりは若々しく汚れなき美しさに彩られていることは衆人《しゅうじん》に超えている。若い女房たちは、左大将の姿を目の当《ま》たりにしては、物悲しさもすこし紛れて、うきうきしながらその帰っていくあとを目で追っている。

出て行こうとして、ふと左大将の目に留《と》まったのは、庭前《ていぜん》近い桜がたいそう面白く咲いている姿であった。大将の心に、すぐと浮かび来たったのは、「深草《ふかくさ》の野辺《のべ》の桜し心あらば今年ばかりは墨染《すみぞめ》に咲け（深草の野の、その野辺の桜よ、もしおまえに心があるならば、どうか今年ばかりは墨染めの色に咲けよ）」という歌であった。が、「墨染」などとは縁起でもないと思い返して、「春ごとに花の盛りはありなめどあひ見むことは命なりけり（春の来るごとに花の盛りはきっとあるだろう、けれども、こうしてその盛りにまた逢い見ることが叶うかどうかは、私の命しだい、されば花より儚きは人の命ながら、またの春を待ちましょうぞ）」という歌を口ずさんだあと、あらためて一首の歌を、わざわざ御息所に聞かせるという感じでなく、さりげない風情で詠じた。

時しあれば変《かは》らぬ色ににほひけり
片枝《かたえ》枯れにし宿の桜も

今や、その時が来ました。さればこうして残った花は去年と変わらぬ色に美しく咲いておりますね、この片方の枝の枯れてしまった宿の桜も

御息所は、間髪を入れず応酬する。

この春は柳の芽にぞ玉はぬく
咲き散る花のゆくへ知らねば

いえいえ、この春は、あの柳の芽に玉と貫《ぬ》く露ではありませんが、まるでそのように私の目は涙の露に濡れております。この片方だけ咲いては散る花とても、この先どうなってしまうのか、なにも分かりませぬゆえ……

この母御息所は、たいそう深い雅《みやび》を具《そな》えた人というわけでもないが、いかにも当世風の、才気ある人と評判を得ていた更衣《こうい》だっただけのことはある。この歌を聞けば、なるほどたしかに体裁の悪くないほどの心用意だな、と左大将は思った。

左大将、致仕大臣邸へ

そこから、大将は、すぐに衛門の督の実家、致仕大臣《ちじのおとど》邸へ立ち寄った。するとそこには、衛門の督の弟君たちがたくさん詰めかけているのであった。
「まず、こなたへお入りなされませ」

という声に引かれて、大将は、大臣が来客と対面する廂の間のあたりへ入っていった。大臣は、しばしあって、やっとのことで出てきて対面する。その姿を見れば、さしもいつまでも老い古びることなく若々しかった、あのこざっぱりとした容貌《ようぼう》も、今はひどく痩せ衰え、髭なども取り繕わぬと見えてぼうぼうになっている。その窶《やつ》れようは、親の喪に服した子のそれよりも甚だしい。

左大将はこれを見て、さすがになんとしても堪《こら》えきれなかったが、あまりに野放図に涙にくれるのもみっともないと思うゆえ、無理やりに袖で涙を隠すのであった。

大臣もまた、〈この左大将こそは、知友のなかでもとりわけて仲良しであったのになあ……〉、と思うと、それだけでもう、たらたらと涙が流れ落ちて、どうにも止めることができぬ。そんなふうにして、どんなに語っても慰めても切りのないことどもを、たがいに語り交わすのであった。

そうして、さきほど一条の宮に参上してお見舞いをしてきたことなど、左大将は大臣に報告する。すると、ますます涙は繁く落ちて、まるで春雨の降るかと見えるほどに、さてまた軒の雫《しき》が落ち頻るがごとくに、大臣は涙で濡れた袖をさらに濡らすのであった。

大将は、懐から畳紙《たとうがみ》を取り出した。そこには、あの御息所が詠んだ「この春は柳の芽にぞ玉はぬく咲き散る花のゆくへ知らねば」という歌を書き留めてある。

これを大将が差し出すと、大臣は、

「おお、もう涙で霞《かす》んで、目も見えませぬわい」

と、涙の袖を押し絞りながら、そっと見る。

もはや大臣の顔は悲しみに歪《ゆが》んで、やっとのことでその歌を読むさまは、普段は気丈でなにごとにも毅然《きぜん》とした、自信満々の人柄なのだが、今はその名残もなく、なんとしても体裁の悪いことであった。

実を申せば、この歌は格別すぐれた詠みようとも見えぬのだが、ただ、「玉はぬく」と詠まれたところばかりは、いかにもいかにも身につまされて、心は千々《ちぢ》に乱れ、どんなに止めようとしても尽きせず涙が落ち続ける。

「こなたの母君（葵上）のお隠れになった秋、あの秋はまことに現世《うつしよ》の悲しみの極みのように思えましたがな、女の身には、おのずから分際と申すものがござるによって、そうそう誰の目にも触れるというわけでない。されば、日常のあれこれ諸事万端、とかくに露わに振舞うものではあるまいから、いきおいかかる悲しみなども、あまり人の知らぬうちに過ぎていくものであった……。しかるに、あの衛門の督は、もとよりぱっとしない男ではあったが、帝もお見捨てにならずして、やっと一人前となり、官位などもしだいに昇進してゆくにつれて、督《あれ》の力を頼りにする人々も、まず自然自然に多くなりなどしましてな、ああいう不幸に見舞われたとあっては、驚き、かつ惜しんでくれる人なども、かれこれの縁《えにし》のなかにはございましたろう。……が、この老人の深い物思いは、世間の声望やら、官位やら、そんなことはどうでもよいことで……ただ、わたくしどもの前では、ごく当たり前のせがれで、どこといって変わったところもなく過ごしておった平生《へいぜい》のありさま、それだけがなんとしても悲しく思い出されて、堪《た》えがたく恋しいことでございますなあ。この悲しみは、いったいなにをどうしたら、思い鎮めることができましょうかな……」

致仕大臣は、こんな述懐を漏らしては、空を仰いでぼんやりと思いに耽《ふけ》る。

夕方の雲のたたずまいも、今は喪服さながら鈍色《にびいろ》に霞んで、すっかり散ってしまった桜の梢々《こずえこずえ》にまで、大臣は、感慨を以て目をとどめる。

そうして、かの御息所の歌を書き留めた畳紙にみずからの歌を一首書き添えた。

木《こ》の下《した》の雫《しづく》に濡《ぬ》れてさかさまに

霞《かすみ》の衣《ころも》着たる春かな

この花の散ってしまった木の下の雫に濡れるように、私は子を喪《うしな》って涙に濡れながら、こうして世間の順序とは反対に、親の私が、子のために、あの霞のような鈍色の衣を着ている、そういう春になったな

すぐに、左大将がこれに唱和する歌を添える。

亡き人も思はざりけむうち捨てて

夕《ゆふ》べの霞君着たれとは

亡き督の君も、まさかこんなことになろうとは思ってもみなかったことでありましょう、子の自分が親をうち捨てて、あんな夕べの霞の色のような喪服を父君に着ていただこうなどとは

また、弟の右大弁も、こんな歌を詠んだ。

うらめしや霞の衣《ころも》誰《たれ》着よと

春よりさきに花の散りけむ

ああ、恨めしい、こんな霞色の喪服をば、いったい誰に着よといって、春の散華《さんげ》の時を待たず

に、あの花のような命を散らしてしまったのでしょうか

四十九日の法要は、世に類例のないほど盛大に立派に執り行なわれた。故人には妹に当たる左大将の北の方（雲居の雁）は申すまでもないことながら、左大将自身、格別の志を以て、かれこれ誦経などさせるほかに、しみじみと深い追善の思いを込めて特別の儀礼や説法などをも僧どもに奉仕させるのであった。

四月、左大将、一条の宮を見舞う

あの一条の宮へも、左大将は絶えず見舞いに訪れる。

四月《うづき》のころとて、空はなんとなく晴れ晴れとして、どの梢も初夏の緑に美しく染まっている。しかし、悲しく物思いをする家というものは、なににつけてもしんみりとして心細く、その日その日を過ごしかねるような思いでいるところへ、またいつものように左大将が訪れてきた。

庭も、次第に若草が伸びて、ぜんたい青々と見渡され、敷き詰めた白砂《はくしゃ》もそこかしこ薄

くなってしまっている物陰のあたりには、荒れ邸にはつきものの蓬《よもぎ》が、ここぞとばかり生い茂る。庭の植込みは、亡き衛門の督がとくに心を込めて手入れをしていたものだが、それも今は野放図に茂り合って、なかにも一叢《ひとむら》の薄《すすき》が豊かに葉を広げているのを見れば、かの「君が植ゑし一むらすすき虫の音《ね》のしげき野辺ともなりにけるかな（あなたが植えたただ一叢《ひとむら》のすすきも、君亡き跡の今は、茫々《ぼうぼう》と繁りはびこって、ただ虫の音ばかりうるさく聞こえる野原のようになってしまったな）」という古歌なども胸裏に浮かび来たる。すると、やがて来る秋の頃がいやでも思いやられて、たちまちに悲しみ迫《せま》っては、涙の露が袖を濡らし、また葉末の露に裾《すそ》を濡らしつつ、左大将は草を分けて通ってくる。

邸には、服喪中の家ゆえ質素な伊予《いよ》の簾《すだれ》を掛け渡して、そこへ鈍色の几帳も夏の垂れ絹に更衣《ころもがえ》し、その隙々《ひまひま》から人影が見えるのも、なにやら涼しげに感じられる。姿の良い女《め》の童《わらわ》が、濃き鈍色めいた汗衫《かざみ》を着ている裾のあたり、また頭《かしら》つきなどが、ちらりちらりと垣《かい》間見《まみ》える。それはそれで風情があるとはいうものの、やはりこんな喪服の色を見れば、はっとするところがある。

左大将は、今日は簀子《すのこ》に腰を下ろしたので、中から座布団が差し出された。しかし、それではあまりにも軽輩めいた御座《おまし》だというので、例によってまた、母御息所に出てほしいと女房どもは促してみる。しかし、御息所も、このところ体調が悪くて、ぐったりと物に寄り掛かっていた。

簀子に待つ左大将に対して、女房たちは、なにくれとなく話しかけなどして間を持たせている。そのあいだに、庭前の木立がなんの屈託もなさそうに枝を伸ばしているのを見ていると、大将は、それにもまたぐっと胸を衝《つ》かれる。

柏木《かしわぎ》と楓《かえで》とが、他の木々にも増して若々しい緑の葉を繁らせて、なにやら睦まじげに枝を差し交わしている。それを見て、大将は、

「あの二本《ふたもと》の木々は、さてどんな前世からの約束があって、あんなふうに連理《れんり》の契《ちぎ》りを交わしているのであろう。枝の末が相逢うて、ああ末頼もしいことよ」

と呟くと、そっと御簾の際まで滑り寄り、

「ことならば馴らしの枝にならさなむ
　葉守《はもり》の神のゆるしありきと

同じことなら、あの連理の枝さながらに馴れ交わす枝として馴れ親しんでいただきたいので

す。この柏木に住む葉守の神もお許しくださったことと思し召して
かように、御簾の外に座らせて心の隔てを置かれますこと、さても恨めしいことにて
……」
と、こんな艶冶《えんや》な歌を詠みかけながら、簀子と廂の間を隔てる一段高くなった敷居のところへ、ぐっと体を寄せかけた。
御簾の内では、女房たちが目引き袖引きしている。
「あれあの、なよやかなお姿も、たいそうしっとりとしてお優しそうねえ」
しかし、御息所は、こんなときに色めいたやりとりなど以ての外だと思い、今もっぱら大将の応接に当たっている少将の君という女房に、返歌を伝達させる。
「柏木《かしはぎ》に葉守の神はまさずとも
人ならすべき宿の梢《こずゑ》か
柏木に、その葉守の神はもうおられませぬけれど、でも、だからといって他の人を馴らし通わせてよいような家の梢でございましょうか

さように露骨なお言葉、なんと浅いお心がけかと、お見損ない申しておりましたようでございます」

これを聞いて、左大将は、〈いや、それもそうだな〉と思って、ちょっと苦笑いをする。

この歌どものゆえに、これよりは衛門の督を柏木と呼ぶことにしよう。

さてさて、そんなことを言いながらも、御息所が躙《にじ》り出てきた気配がする。

左大将は、おもむろに姿勢を正した。御息所は言う。

「辛いことばかりの世の中を思うては伏し沈む日々で、すっかり月日が積もりましたせいでしょうか、このところは気分もすぐれませず、なんとしたことでございましょうか、ひどくぼんやりとして過ごしております。されど、かくも頻々《しくしく》とお訪ねくださいますことのもったいなさに、せいぜい気力を奮い起こして、こうして出てまいってございます」

なるほど、よほど体調が悪そうな様子である。

「思い嘆かれるのも、世の道理と申すものながら、またあまりそのように伏し沈んでばかりおられますのも、いかがなものでございましょうか。なにもかも、こうなるべき宿命だったと申すべきものではございますまいか。どんなお嘆きにも、限りというものがございましょうから……」

左大将は、そういって、懇篤に御息所を慰める。

かかる母君の様子に接するにつけて、〈……さては、この落葉の宮という人は、きっと聞きしにまさる奥床しいお人柄のようだな。にもかかわらず、皇女というお立場でありながら、衛門の督などに縁づかれたというだけでも不似合いのことだったに、その上、その婿にも先立たれては、なんとお気の毒に、この先も頼りなく、どんなに人の笑い草になるだろうと、そんなことも苦悩しておられるに違いない〉と、二の宮の心中を忖度するにつけても、大将の心は妖《あや》しい思いに波立つ。それゆえ、ずいぶんと思いを込めて、宮の様子を御息所に尋ねるのであった。

〈宮のご容貌は、申し分のない美人というわけにもいかぬだろうけれど、ひどく見苦しくてとても見ていられないというようなこともあるまいに……だとしたら、あの衛門の督が、外見によって妻を疎み果てるとか、あるいは道を外れた恋に心を乱すとか、そんなことをするだろうか……そうだったとすれば見苦しいが。……外見よりは心根、つきつめれば、そのほうがずっと大事なことであろうにな……〉

左大将は、そう思った。そして、三の宮に比べては、ずっと教養や振舞いなどの奥床しい二の宮のほうが、きっと心根は良い人なのであろうと思い当たる。

「いかがでございましょう。今はこのわたくしを、あの亡き君の昔に準じてお考えいただき、お心の隔てなくおつきあいくださいませぬか」

とくに恋慕ずくというのでなく、しかし、それでも濃密に思いを寄せているらしいところを見せて、左大将は、そんなことを申し入れる。

直衣《のうし》姿はいかにも際立った美しさで、身の丈《たけ》も豊かに威風堂々として、しかもすらりとして見える。

「亡くなった督の君さまは、万事につけて親しみ深く飾り気のない魅力がおありだったわね」

「そうそう、気品があって、でもどこか魅《ひ》かれるものをお持ちだったこと、他の方とはくらべものにもならなかったもの」

「でも、こちらの大将さまは、男らしくって、生き生きしていて、拝見したら誰でも、まあ、なんておきれいな、とたちまち目を奪われるくらい、美しいお方……その美しさといったら、だれも敵《かな》いはしないわ」

などなど、ひそひそと耳打ちしあっている。そうして、

「どうせなら、こんなふうに宮さまのところへお通いくださったらよろしいのに」

などと、女房どもは言い言いするようであった。

やがて、左大将は、悠々と漢詩《から》を口ずさみながら立ち去っていく。

天は善人《ぜんにん》に与《くみ》すと吾《わ》れ信ぜず

右将軍《いうしやうぐん》が墓《つか》に草はじめて青し……

天の神は善人に味方すると言うけれど、私は信じない。右将軍の墓を見よ、あんなに善人だったのに、若死にして、その墓に早くも春の草が青々と繁っているじゃないか……

こんなふうに左大将が歌った詩に詠まれた右大将藤原保忠《やすただ》の亡くなったのも、つい最近のことだったので、縁近きは柏木の衛門の督の死、離れては保忠の死と、さまざまに人心の落ち着かぬことのみ多き世の中に、身分の高きも低きも、こぞってこの柏木の死を惜しみ、あたらもったいない人を亡くしたと残念がったのも道理というものであった。なんといっても、柏木の衛門の督という人は、表立っての才学といい技芸の腕といい、みな一級の人物であったから、その逝去を惜しむ声が高かったのは当然であるが、それだけではない、不思議な感じのするくらいに、情愛深い人柄でもあったので、それほどな身分でもない官僚どもや、女房などのもう年老いた者どもまでも、この人を恋しがって悲しみあった。

まして帝ともなれば、管弦の御遊びの折々ごとに、ああ、こういうときあの衛門の督がいてくれたらなあ、と真っ先に思い出しては、その面影を偲《しの》んで、かれこれの物語をされるのであった。

それゆえ、この時分には、「あわれ、衛門の督」と言うのがすっかり流行《はや》り言葉になって、猫も杓子《しゃくし》もそんなことを言い交わしたものだ。

六条院の源氏は、まして、〈ああ、あの衛門の督がなあ……〉と思い出すことが、時の経つほどに繁くなっていった。

三の宮の産んだ若君をば、源氏は、みずからの胸一つのうちでは密かに柏木の形見と見《み》做《な》していたが、それは源氏以外の誰一人思いも寄らぬことだったから、そんなことを思ってもなんの甲斐もなかった。

秋のころにもなれば、この若君も、そろそろ這い這いなどするようになって……。

横笛《よこぶえ》

源氏四十九歳

柏木の一周忌に

権大納言《ごんだいなごん》の柏木が、儚《はかな》くも亡くなってしまったことの悲しさを、いくら惜しんでも飽き足らぬほど残念なことだと思って、恋しく追懐する人はたくさんいる。

さるなかに、とくに親しい間柄でなくとも、世に好ましい聞こえのある人が亡くなったときには、これをこよなく惜しむのが、六条院の源氏の心のありようであったから、まして、柏木ともなれば、朝に夕に親しく源氏の膝元《ひざもと》に参り馴《な》れていたことではあり、また自身、誰よりも目をかけていたこともあって、しみじみと思い出すことも多く、いきおい、管弦の折、宴《うたげ》の折などなど、折々につけてその面影をなつかしむ……が、内心にはしかし、あの一件だけが心安からず浮かび来《こ》ずにはいない。

やがて一周忌が巡ってきた折にも源氏は、誦経《ずきよう》など、ことに念を入れてぬかりなく執《しゆ》行《ぎよう》させるのであった。

それにつけても、なにも知らぬ気《げ》に、無邪気に遊ぶ若君を見れば、やはりひどく胸に応《こた》えて、源氏は、若君が実父を追善するためという秘密の心づもりを以て、また砂金を百両、寺に布施するのであった。

柏木の父致仕大臣《ちじのおとど》は、まさかそれが秘密の子からの追善だとは夢にも思わず、重ね重ねの源氏の芳志にひたすら恐縮し、厚くお礼を言上《ごんじょう》する。

左大将の君も、懇《ねんご》ろに多くの布施をし、またみずから法事いっさいの世話役を買って出て、至らぬ隈《くま》無く営んだ。

そのついでに、あの一条の落葉の宮のもとへも、一周忌の追善という志も深く、お見舞いを申しに出向いていった。

故人の実の兄弟たちよりも手厚い左大将の志に接して、〈かねてご懇篤なこととは思っていたが、まさかこれほどまでにしてくださるとは……〉と、父大臣も、北の方も、心から感謝の思いを伝える。そうして、亡くなった跡までも、柏木に対する世の声望がこれほど重かったのかと、その現実を知るにつけても、ああ惜しい息子を亡くしたと、そのことばかりに、ただただ切りもなく思い焦がれている。

朱雀院、山寺から贈り物と文を遣わす

山寺におられる朱雀院の帝は、結局あの二の宮（落葉の宮）もこんなふうに独り取り残されて、とんだ物笑いになるような仕儀となったことを嘆き沈んでおられるし、また今は尼となった三の宮も、世間の人として当たり前の幸いからは、もはや遠いところに来てしまったことだし、それやこれやで、何もかも心に任せないという思いを抱きながら、それでも出家の身の上ゆえ、なんとかしてそういう世俗のことに心を悩ませぬことにしたいと、ただじっと我慢をなさっている。そうして、日々の勤行のときにも、〈ああ、今ごろは、三の宮もこうして勤行に励んでいるかもしれぬな〉とはるかに思いやっては、手紙を書かれなどする。宮の出家以前は文など遣わすことに憚《はばか》りもあったのだが、もう宮が尼になって以来は、なんの遠慮もいらぬこととて、さしたる用事でなくとも、せっせと消息の筆を執《と》られるのであった。

山のお寺の傍ら近い林で抜き採《と》った筍《たけのこ》や、その辺の山で掘れた山芋《ところ》など、いずれも山里ならではの珍味だからというので三の宮にこれを贈り、なにくれと濃《こま》やかな筆致でお手紙

を添えられた奥に、

「春の野山は、霞み渡って景色もぼおっとしておりますが、さる中に、そなたに食べてもらいたいという思いも深く、地中深く掘ってこさせた山芋《ところ》を、ほんのしるしばかり、

世を別れ入りなむ道はおくるとも
同じところを君も尋《たづ》ねよ

俗世間に別れを告げて仏の道にお入りになったのは、私の出家よりも後《あと》になりましたが、それでも同じ仏道修行者として、そなたも同じところ、あのお浄土をお尋ねください……この山芋（ところ）をどうぞ召し上がれ

さても、仏の道は、尋ねてもたやすくは分け入り難い山路にて」

こんなことを書いて、院は三の宮に贈ってくる。宮が涙ぐんでその文を見ているちょうどその時、源氏が姿を現わした。

見れば、宮の御前《おまえ》近くに、見慣れない漆塗りの高坏《たかつき》が並べてある。

〈なんだな、これは、妙なものが……〉

と思って源氏はじろりと見た。すると、そこに朱雀院からの手紙があった。

さっそく文面を披見《ひけん》すると、ふむふむ、なるほどたいそう心に沁《し》みることが書いてある。

「……いよいよ私の命も、今日か明日か、というような心細い思いがしていますが、それでも、そなたに対面することなど、心に任せず……」などと、たいそう心濃《こま》やかにお書きになっている。

〈……なんと、「同じところ」とあるのは、あのお浄土のほうへ、ともに参ろうというお心であろうな……この歌はとくに趣のあるという歌ではない、むしろいかにもご出家らしい詠みぶりながら、なるほど、そのように思し召すのも道理であろう……、後ろ楯として頼りにしてくださった私までが三の宮を疎略に扱った、そう見えるような仕儀となっているのだから、ますます宮の将来をご心配になるお気持ちを募らせてのことと見える……おいたわしいことよ〉と、源氏は思う。

この父院のお手紙への返事を、三の宮は、消え入りそうな様子で書き、お使者には、青鈍《あおにび》色の綾織《あやお》りの袿《うちき》を一襲《ひとかさね》与えた。

その書き損じた料紙が、几帳《きちょう》の脇にちらりと覗いているのを、源氏はふと取り上げて見る。すると、その筆跡はいかにも弱々しく、こんな歌が書いてあった。

憂き世にはあらぬところのゆかしくて
そむく山路《やまぢ》に思ひこそ入れ

こんなに辛い世の中を離れたところに行きたくて……お贈りくださった山芋（ところ）のことも知りたくて……それで、世を捨てて行く仏道修行の山道に思いを込めております

源氏は眉をひそめて、

「父院さまも、あのようにご心配遊ばされておいでのように拝見するというのに、万事安心なこの邸ではなくて、わざわざ『あらぬところ』へお行きになりたいなどと、聞けば聞くほど、私にとっては情ないことだな……」

と恨みごとを口にする。

何を言われてもしかし、今は尼の身だということが憚られて、三の宮はまともに源氏と対面することもしない。

それでも、ただただかわいらしくいじらしいような前髪も、面ざしの風情も、まったく子どものように見えて、そのたいそう可憐《かれん》な様子を垣間見《かいまみ》るにつけても、〈まるで子どものような人が、なんだってまたこんな姿になってしまったものだろう……〉と、源氏は思

う。すると、それもこれも結局、自分の後見《うしろみ》が至らなかったせいであろうかと、自責の念が萌《きざ》してくる。

そこで、今さら手遅れながら、さまでよそよそしく疎遠な感じにならぬように、源氏は、人伝てならず話し相手をしている……いや、直接対面するというわけではない、几帳一重《ひとえ》ながら、きちんと隔てを置いて語り合っているのである。

かわいい盛りの若君（薫）

若君は、乳母《めのと》のところで寝ていたが、起きて這《は》い出てきた。そうして源氏の袖を引っ張ったりして、まとわりついている様子は、まことにかわいらしい。

白い薄物《うすもの》の下着に、紅梅色《こうばいいろ》の表着《うわぎ》、これは唐渡《からわた》りの小紋地《こもんじ》で、その裾《すそ》をずいぶん長くゆるゆると後ろに引きずっている。そのせいで、すっかり前合わせがはだけて、着物はぜんぶ背中のほうに縒《よ》れてしまっている。こんなことは這い這いをする赤子には珍しいことではないが、なんだか壊れ物のようにふわふわして、肌は真っ白で、その上全体にすらりとして、まるで柳の木を削って作りなしたようであった。剃り上げた頭は、あたかも露草の花の汁で染めたように青々とし、口もとはかわいらしく朱をさしたようで、目のかたちはすっと一筋引いたように伸びやかだし、どこもここも、まだこんな赤ん坊ながら、見ているほうが恥ずかしくなるほど、匂うような美しさだ。

それにつけても、あの柏木のことがつくづく思い出される。

〈……いや、あの男はここまで際立って爽やかな美男というのでもなかったが、この子は、どうしてこのように美しいのであろう……といって母宮に似ているとも見えぬが……。こんな幼い時分から、これほど気品のある立派な風采を具《そな》えていて、とても常の人とも見えぬ素晴らしさ……これなら、鏡に映った私自身の面影に似ていないともいえぬ……かもしれぬな〉と、源氏の心中には、強いて自分の子として見ておくのも悪くないような気がしているのであった。

生まれて一年が経ち、やっとよちよち歩きなどもする時分であった。

若君は、この筍を盛った漆塗りの高坏《たかつき》に、何心《なにごころ》もなく立ちよると、めちゃくちゃに取り散らかして、夢中で口にいれたりしている。

「おやおや、なんとまあお行儀の悪いことかな。こういうことをさせておいてはよろしくないぞ。その筍はすぐに片づけよ。『若君は意地汚く食い物に目をお付けになる』などと口さがない女房どもが、面白可笑《おか》しく言いふらすにちがいないからな」

そんなことを言って源氏はからからと笑った。

そうして、若君を抱き上げると、

「ふむ、この子の目許《めもと》には、なにやら色気があるようだぞ。こんな小さな子をそうたくさん見たこともないから、そう思うのかもしれないが、このくらいの年ごろであれば、ただただあどけないだけかと思っておったがな、いやいや、この子ときたら、こんな時分からまるで他の子たちとは様子が違う。うーむ、これはちと心配な……。この近くには年ごろの近い女宮もおいでのように見えるというに、こんな男の子が生まれてきてしまっては、さてさてなにが起こるか、いずれ、なにやら胸の痛むことが、どちらの君にもあるやもしれぬ。ああ、しかしな、この子たちの成人してゆく先までは、とても生きて見届けることは難しかろう……。さてさて『花の盛りはありなめど……』というところかな」

源氏は、「春ごとに花の盛りはありなめどあひ見むことは命なりけり（春の来るたびに花の盛りはあるだろう、けれどもそれを見られるかどうかは、さてわが命があるかどうかによるのだが）」という古歌の心を引き事にして、この若君や、紫上の許に養育されてきた明石女御腹の女一の宮が成人して花の盛りを迎えるのを、とても見ることはできまいと嘆いてみせながら、若宮をじっと見守っている。

「まあ、なんて不吉なことを仰せになって……」

と女房たちは、口々に訴える。

若君は、ちょうど歯の生えるところで、なにか堅い物をその歯のあたりに噛み当てようというのであろうか、筍をぐっと握って、よだれをタラタラ垂らしながら齧《かじ》ろうとしている。

「おお、おお、この若君は、筍姫にご執心と見えるぞ。なかなか変わった色好みよの」

源氏は、そんな戯《ざ》れ言《ごと》を言いながら、若君を女房の手から引き離して、みずからの膝に抱き上げ、一首の歌を歌いかける。

憂き節《ふし》も忘れずながらくれ竹の
こは捨てがたきものにぞありける

あの心憂き一件は、忘れることはできないが、この呉竹のタケノコ、子というものは捨て難いものであったよなあ

若君は、ただキャッキャと笑って、なんの屈託もなく源氏の膝から滑り下りると、ちょ

こちょことせわしなくそこらを動き回っている。

やがて月日の経つにつれて、この君は、かわいらしいばかりでなく、不吉なまでに美しく成長していく、それを見れば、まことに、例の「憂き節……心憂き一件」など、きれいさっぱり忘れてしまうかもしれない。

それにつけても、源氏は思う。

〈……さては、これほど美しい子が生まれ出てくるという前世からの因縁があって、それで、あんな思いもかけないことが出来《しゅったい》する……そういうわけだったか、いずれにしろ、こうなるのは宿縁によって避けがたいことであったに違いない〉と、さすがの源氏もいくらか考え直すところがある。

そう思ってみれば、源氏自身の宿縁にも、やはり飽き足らぬところが多くある。

女君はかれこれ数多く六条院と二条院に集め住まわせているなかにも、この女三の宮こそが、ほんらいもっとも望ましい身分の姫で、心身ともにどこといって不満に思うべきところがなくてもよいはずのところだが、実際は大違いで、結局こんな見も馴れぬ尼姿にしてしまって面倒を見ている……〈やれやれ、まったくなんてことだ〉と思うにつけて、こうなったのも煎《せん》じ詰めればあの柏木の衛門の督との過ちが原因ゆえ、もう過ぎたこととは申せ、やはり許しがたく、無念な思いは拭《ぬぐ》いがたいのであった。

左大将、柏木の言い残したことが気にかかる

左大将の君は、あの柏木が今はの際に「私の心のうちに思い苦しむことが一つ……」と、ためらいながら歯切れ悪く打ち明けたことが、いつも心にひっかかっている。〈……衛門の督は、詳しいことをなにも話さなかったが、あれはどういうことだったのであろう。そのことをいっそ父大殿《おとど》に尋ね申したいと思いもし、またそれを尋ねたときに父がどんな顔をするか、それも見てみたいものだが……〉と左大将は思うのだが、実際にどういう事情であったのか、ちらりと思いつく節《ふし》もいくらかあるだけに、かえって中途半端には口の端《は》に上せることも憚られるのであった。

しかし、ではいったいどんなついでに、詳しいいきさつを明らかにし、また柏木があれほど深く懊悩していた様子を伝えることができるだろうかと、その機会をつねに考え続けている。

秋、左大将、一条の宮を訪れる

秋の夕べは、なにがなしもの哀しい。それで、大将は、一条の落葉の宮の身を思いやり、様子を見に出向いていった。

ちょうど、内々《うちうち》の者たちだけでくつろいだ一時《ひととき》を過ごしていたのであろう。宮は、しんみりと琴《こと》などを弾いているところであったと見えて、不意の来客に奥へ片づける暇もなく、楽器やらなにやら取り散らしたまま、南の廂《ひさし》の間《ま》に大将を招《しよう》じ入れたのであった。その端近《はしぢか》のあたりにいた女房たちが、急ぎ奥へ入っていった気配歴然、せわしなく衣擦《きぬず》れの音は聞こえ、衣の香《こう》の匂いも芳《かんば》しく残っていて、なにやら心憎いばかりの風情であった。

またいつもの母御息所が出て大将に応対し、柏木生前の思い出話など、あれこれと言葉を交わす。

〈ああ、それにしても、この邸の静けさは……。わが邸ときたら、いつだってざわざわと人の出入りが絶えず、なにかと物騒がしいかぎり、そこへ子どもたちなどもたくさん寄ってたかって、わやわやとうるさくてならぬが、ついついそういう騒々しい空気になれてしまっていると、この一条の邸は、森閑としてなんともいえず趣があるな〉と、左大将は思った。

見れば、人手も足りないのであろうか、邸内はどこか荒れてしまっている気配もあるけれど、しかし、貴《あて》やかに品良く住みなして、庭の植込みの花々は、虫鳴きしきる秋の野辺もかくやとばかりとりどりに咲き誇っている。辺りはもう薄暗く、ただ西の空ばかりが暮れ残ってぼんやりと明るんで見えるのを、大将は、遠く見渡している。

和琴《わごん》を、大将は引き寄せた。爪弾《つまび》いてみると、季節柄の律《りつ》の調子に合わせてある。よほどよく弾き馴らしてあるとみえて、袖の香《か》が楽器に移っており、それを弾いていた女の姿が偲《しの》ばれるような気がした。

〈さればよ、こんな調子のところで、奔放な好き心ある男ならば、きっと慎《つつ》しみきれなくなって、見るに見かねるような振舞いに及びなどし、とんでもない浮き名を立てたりするのでもあろうな……〉などと思いながら、大将は、その琴《こと》を掻き鳴らした。

するとこの和琴は、たしかに、あの亡き柏木がいつも弾き馴らしていた楽器にちがいなかった。

大将は、一曲二曲、面白く爪弾くと、

「この琴を、亡き君は、ならびない音色《ねいろ》に掻き鳴らされたものでございましたが……。きっとその頃の音色が、まだこの琴に籠《こも》っているのでございましょう。さても、亡き君の残し置かれた音《ね》など、ひとつ、はっきりと、お聞かせ願いたいものですが」

と訴えた。御息所は答える。

「琴の弦《いと》がふっつりと切れるような、かの君との永《なが》のお別れ……以来、宮は、もはやその昔子どもの頃に琴で遊んだことすら思い出さぬようになってしまったらしゅうございます。以前は、朱雀院さまの御前《おまえ》で、女宮たちがみなとりどりに得意の弦楽器を試み申しました折にも、『この宮の、和琴の方面は、なかなかしっかりとした腕前でおいでだ』と院のご審定《しんてい》に与《あずか》ったとみえますのに、今はすっかり魂が抜けてしまったようにぼおっとしてしまいましてね、毎日ただ考えこんで過ごしているようでございます。宮の心には、なにもかも『世の憂《う》きつまに』と申しますようなあんばいであろうかと拝見いたしておりますが……」

古い歌に「浅茅生《あさぢふ》の小篠《をざさ》が原に置く露ぞ世の憂きつまと思ひ乱るる（あの草原の小篠の原に露が置いている、その露なんてものも世の憂き物思いの種となって、心は乱れるばかり）」とある

のを左大将は思い寄せる。そうして、

「まことに、これほどのことがございましては、辛いお気持ちで考え込んでおられるのも道理かと……その恋しさも『限りだにある』世でございましたらなあ」

とて、『恋《こひ》しさの限りだにある世なりせば年へてものは思はざらまし（もしこの恋しさというものが、限りのある世であったなら、何年か経っての後には、物思いなどすることもありますまいに）』という古歌を引いて御息所を慰め、自身も物思いに堪えぬような表情になって、琴を向こうへ押しやってしまった。

「いえ、そのお琴……やはり大将さまは衛門の督さまとは格別のご親友でいらしたのですから、お弾き遊ばす琴の音《ね》に故人の爪音《つまおと》が伝わることもあろうかと、それを聞き分けることのできるまで、縦横にお弾き鳴らしくださいませ。このところは、心も結《むす》ぼれて、ただただ思い沈んでおりますばかりの、この耳だけでも、せめて朗《ほが》らにさせていただきましょうほどに」

御息所は、そういって、なおも大将に琴を勧める。が、しかし、

「亡き人の音《ね》が伝わると申しますことならば、わたくしなどではなくて、妹背《いもせ》の仲（なか）の中（なか）の緒にこそ、格別に伝えておられることでございましょう。その二の宮

さまのお伝えになっている格別の音《ね》をこそ、拝聴させていただきたいと申し上げているのでございます」

左大将は、こんなことを言いながら、和琴を、落葉の宮のいるあたりの御簾近くへ、ぐっと押しやったが、宮にしてみれば、それではすぐに弾きましょうと軽々しく肯《うけが》うわけにもいかぬこと……左大将は、もはやそれ以上無理強いすることもせぬ。

月が昇って、一点の曇りもない空に、羽をうち交わして渡ってくる雁《かり》の鳴き声が聞こえる。〈おお、雁が揃って鳴きながら渡る……そのなかに、ただ一羽だけ列を離れてゆくもののないのを、二の宮は、さぞ羨ましく聞くことであろう〉と左大将は、落葉の宮の心中を思いやる。

風はもはや肌寒く、なにか物悲しいのに誘われて、二の宮は、手近にあった箏《そう》の琴《こと》をたいそう幽《かす》かな音《おと》で掻き鳴らした。が、その音には幽艶《ゆうえん》なる深みがあって、左大将はたちまちにその音色《ねいろ》に心を捉《つか》まれ、そのままではなにか中途半端で飽き足らぬ思いがして、すぐに琵琶を取り寄せると、ふわりと親しみ深い音色で、折もよし『想夫恋《そうぶれん》』を弾き鳴らした。

「なにやら、お心のほどを忖度《そんたく》するに似てまことに恐縮ながら、この曲ならば、なにかおことばをかけてくださる……お琴（こと）の音《ね》をあわせてくださる……のではないかと存じまして」

などと左大将は、しきりに御簾のうちへ、宮のひとことを促し申し入れたけれど、「夫を想う恋」の曲ともなれば、ただことばを交わすよりなお、その琴（こと）の所望には応じ難いのが、宮の正直な気持ちであった。そこで、宮は、ひたぶるに悲しみを噛みしめているばかり、ついに琴（こと）の音もことばも返してはこない。

左大将はしびれを切らして、一首の歌を詠み入れる。

ことに出でて言はぬも言ふにまさるとは
人に恥ぢたるけしきをぞ見る

はっきりことばに出して仰《おつしや》らぬ……琴（こと）を弾き合わせてもくださらぬ……のは、きっとことばに出して仰せになる以上に深いお気持ちがあるのであろうと、その恥じらいに満ちたご様子を拝見していれば、わかります

ここまで言われてなお黙っていては、その「深い気持ち」とやらを認めたことになって

しまう。それは困る、と思って、宮はその『想夫恋』の終わりの一節《ひとふし》ばかりを少しだけ弾いてみせた。そして、こう歌を返す。

深き夜のあはればかりは聞きわけど
ことよりほかにえやは言ひける

この秋の夜深い時分の、趣深い楽の音《ね》ばかりは聞き分けましょうけれど、わたくしとして、琴（こと）の音《ね》をお返しするよりほかに、ことばではなんと申し上げることができましょう

この歌の返しぶりも見事だったが、その琴も、ほんの少しだけ、まだまだもっと聴いていたいと思わせるところで、宮は、ぴたりと弾きやめる。音色のもともとおっとりとした琴であったところへ、亡き君が心を込めて弾き伝えてきた一曲……同じ調べとは言いながら、こちらはとりわけ心に沁《し》みてぞくっとする一節ばかりを搔き鳴らして止《や》めたのだから、左大将の心には、恨めしいばかりの思いが募る。

「いやはや、こうもさまざま楽を弾き出して、とんだ好き心をあれこれ引き出してお目にかけてしまいました。いかに秋の夜長とは申せ、これほど夜の更けるまでお邪魔しておりますのも、かの亡き君のお咎《とが》めを蒙《こうむ》りはせぬかと気が気ではございませせぬゆえ、そろそろ

失礼させていただくべき頃合いでもございましょう。この次は、またくれぐれも失礼のないように心して参上させていただきましょうほどに、どうかこのお琴の調子を変えることなく、このままのお心を以てお待ちいただけませぬか。万事常なき世の中でございますれば、どんな思いがけないことが出来《しゅったい》せぬものでもございませぬ……ああ、それが案じられてなりませぬので……」

などなど、真っ正面から口説きかけたというのでもないが、琴の調べによそえて、また通ってくるほどに心変わりしてくださるな、ということをちらりと仄めかして、左大将は帰っていく。

柏木遺愛の笛

母御息所が見送りに出て、

「なにもかも秋の風情に彩られました今宵、風雅なお振舞いの段は、どんな人も見許し申し上げるはずと存じます。さりながら、せっかくの音楽も、さりげない昔語りにのみ紛らわせておしまいになって……古《いにし》えの歌に『片糸《かたいと》をこなたかなたによりかけてあはずは何を玉の緒《を》にせむ（ひともとの糸をあちらへ縒《よ》りこちらへ縒りして、縒り合うてこその恋なるに、逢うことができないのだったら、いったい私は何をもって命を長らえておられましょう）』と申しますほどに、せっかく琴の調べを拝聴しながら、命を長らえるまで聞かせていただけなかったことが、心残りのみ多いことでございます」

と、こんなことを言いながら、贈り物の品々に一管《いっかん》の笛を添えて、左大将に贈り、なお言葉を添えた。

「この笛には、まことに古い由緒なども伝わっておりますように聞いておりますが、それだけに、かような草茫々《ぼうぼう》のあばら家に、このまま埋《う》もれてしまうのも哀しく存じますゆえ、どうぞお持ちくださいませ。これより御前駆《おんさきが》けの声々にも紛るることなく聞こえてまいりましょうその笛の音を、よそながら楽しみにさせていただきたく存じます」

「そのように由緒あるお笛には、わたくしなど、さも似つかわしからぬ……随身《ずいじん》の身にすぎませぬものを……」

左大将は、そう言いながら、ふとその笛を見ると、これまたさっきの和琴と同じように、亡き柏木が身につけて持ち歩いては、いつも吹きすさんでいた笛に相違ない。

そうして、柏木はいつだって、

「いや、私とて、この笛の音をとことん突き詰めて吹き通すほどにはいかぬのだ。なんとかして、笛の道に心を潜《ひそ》めた、しかるべき名手にこれを伝えたいものだがな」

と、折々に言い言いしていたことを思い出すと、左大将の心にはまたひときわ哀切な思いが募って、こころみに吹き鳴らしてみた。盤渉調《ばんしきちょう》の小手調べの小曲を半ばまで吹きさして止《や》め、

「昔を偲んで弾きました、あの独りごとのような琴（こと）の音は、あれしきの腕前でもなんとか御勘弁いただけましょうけれど、さすがにこの名笛《めいてき》ばかりは、わたくしごときには目のくらむような思いがいたします」

と、そんなことを言いながら、左大将は出ていこうとする。

これには御息所が御簾の中から一首詠じ出さずにはいられない。

露しげきむぐらの宿にいにしへの

秋にかはらぬ虫の声かな

涙の露にひどく濡れておりますこの草深い宿には、昔の秋にかわらぬ虫の声ばかりがすだいておりますが、なお亡き君ご生前と変わらぬ美しい笛の声を、いま聞かせていただきましたなあ

横笛の調べはことにかはらぬを
むなしくなりし音《ね》こそ尽きせね

この横笛の調べは、なにも昔と変わったこともございませぬが、亡くなられたあの君の吹く音(ね)はもう聞くことができず、わが泣く声音(こわね)ばかりは尽きせぬことでございます

左大将は、こんな歌を返しつつ、なお名残惜しげに佇《たたず》んでいるうちに、すっかり夜も更けてしまった。

左大将、三条の私邸に帰る

三条の邸へ戻ってみると、どこもここも格子戸を全部下ろさせて、皆寝静まっている。

「大将さまは、あの一条の宮にすっかりお心を奪われて、このごろはずいぶんしきりと親切にしてさしあげているようでございますよ」

などと告げ口をした女房があったと見える。それで夫がこんなに夜更けになるまで戻らないというのも、いい加減憎たらしくなって、雲居の雁は、左大将がご帰館になった物音

を聞きながらも、たぬき寝入りをして知らん顔を決め込んでいるのであろう。

左大将は、良い声で催馬楽《さいばら》など歌いながら邸に入ってくる。

妹《いも》と我《われ》と　いるさの山の　山《やま》蘭《あららぎ》

手な取り触れそや　貌《かほ》まさるがにや　疾《と》くまさるがにや

おまえと私と、ふたりで入る、いい、そのいるさの山の、辛夷《こぶし》の花に
おまえは手を触れてはいけないよ、その花を美しく咲かせるために、もっと早く咲かせるためにね

そして、どこもみな戸が鎖《さ》してあるのを見て、左大将は、

「これはまたどういうわけで、こんなにぎっちりと鎖《さ》し込めてあるのであろうな……やれやれ、なにを引き籠《こも》っているのやら、こんな秋の名月を見ずに寝ているところもあったというわけか」

など、ため息交じりにぶつくさ言う。

仕方ない、左大将は、格子戸を引き上げさせ、またみずから御簾を巻き上げなどしてから、廂の間の端近《はしぢか》なところに横になった。

いる。

「こんなに明るい月夜に、平気で夢を見ている人があるものか。おいおい、すこしこっちへ出ておいで、ああ嫌な感じ……」

など声をかけてみるけれど、雲居の雁は、ただただおかんむりで、聞こえぬふりをしている。

御簾の内には、子どもたちが、あどけなく寝ぼけたりしている気配など、そこここに感じられ、女房たちも大勢込み合って寝ている、その人気《ひとけ》も賑やかな感じに引き比べて、いままでいたあの一条の宮のありさまは……なにもかも大違いであった。

左大将は、贈られた笛を吹きすさびながら、ぼんやりと思いやる。

〈……どうしているだろう、私が帰ったあとも、その余波《なごり》で物思いに耽っておられるかもしれない。あのお琴《こと》は、どれもみな、調子を変えたりせずに合奏などしておられることであろう。御息所も、和琴はお上手だからな……〉など、それからそれと思いやりながら、横になっている。

〈しかしそれにしても……〉左大将は思い続ける。

〈……それにしても、どういうわけで、亡くなった衛門の督は、表面上のあいしらいは北の方として大事に宮を処遇しながら、その実、内心ではそれほど深い愛情は持っていなかったのであろうかなぁ……〉と、そこまで思い至ると、なんだか急に落葉の宮に逢ってみたくなった。

〈とはいえ、これで実際に逢ってみたら……がっかり、なんてことになれば、いかにもお気の毒なことになるが、いや、あの宮ばかりでもあるまい、世間一般に、この上なく美しいなどと評判の人に逢ってみれば、まあだいたい評判倒れなんてことが多いものだ〉などと想像を巡らしている。

振り返って、自分と雲居の雁の仲らいに思いを致してみれば、〈……そもそもが幼なじみで、世間の色恋沙汰のように、評判を聞いて口説き寄ったり拒んだり、嘆いたり恨んだり、というような駆け引きなどまるでなかった……いつの間にか睦まじくなって、以来そのまんまで、もう何年経ったのだろうか……〉と、そんなことを思うと、また胸にじんわりと応えて、〈この妻が、我が物顔で威張っている暮らしぶりになったのも、まあ道理かもしれないな〉と、左大将はみずからに納得するものがある。

夢のなかに、柏木が姿を現わす

そうこうしているうちに、左大将は、いつしかまどろんでいた。その夢に、あの衛門の督が、生前とちっとも変わらない袿姿《うちきすがた》で、床《とこ》の傍らに座っていて、この笛を手にとって見ている……のが見えた。夢のなかで、左大将は、〈やや、これはあの笛を吹いたために、その音を辿《たど》って亡き人の魂がやってきたのだろうな、面倒なことになったぞ〉と思っている。すると、その柏木の亡霊が、口を開いた。

「笛竹に吹き寄る風のことならば
　末の世長きねに伝へなむ

この笛竹に吹き寄ってくる風はさまざまながら……同じことなら、竹の根（ね）の長く続くように、末の世までも永く続く笛の音（ね）として、しかるべき子孫に伝えてほしいのだ

この笛を伝えたいのは、別の人でございましたが」

夢のなかの柏木は、はっきりとそう言った。なら、それは誰なのだ、と聞こうと思った

刹那《せつな》、幼子が何かに魘《うな》されてワッと泣き出した。

その声に、左大将は夢から覚めた。

この若君は、ひどく泣きじゃくって、ついには吐き戻しなどする様子に、乳母も慌てて起き出してくる。母親の雲居の雁も起きて、灯明《あかり》を近くに持ってこさせると、かいがいしく前髪を耳に挟みなどしては、なにくれとなく世話を焼いて、若君を抱いて座っている。

雲居の雁は、まことにふっくらと肉付きよく、まろまろと美しい胸をくつろげて、お乳を哺《ふく》ませなどしている。幼子もたいそうかわいらしい君であったから、まことに色白できれいに見える。が、お乳は乾《から》びて出ないので、ただ気休めばかりに乳首を哺《ふく》ませてあやしているのであった。

男君も寄ってきて、

「どうした、どうした」

と言う。なにか悪い夢でも見たのだろうと、魔除《まよ》けのお呪《まじな》いに米を撒《ま》くやら、大騒動で、これには、かの夢のしんみりとした感懐もどこかへ吹っ飛んでしまったことであろう。

雲居の雁は、

「どうやら、どこか具合が悪いらしいわ。そんな若者めいた派手な格好で、どこぞへふらふらとお出ましになって、こんな夜更けのお月見をなさるとやらで、せっかく閉めておいた格子戸を無神経にお上げになるから、それでお決まりの物の怪《もののけ》などが入って来てしまったのではないかしら」

などなど、たいそう若々しく美しい顔をして、ずけずけと言いたいことを言う。

さすがに、左大将は、ふっと笑って、

「なんと妙な物の怪の道案内をしてしまったものだね。たしかに、私が格子を引き上げなかったなら、通り道がなかったわけだから、仰せの通り、物の怪などは入ってこなかったことであろうさ。さすがに、こうたくさんの子どもの母親ともなると、痒《かゆ》い所に手のとどくような行き届いた考えで、ものをおっしゃるようになるものだ……」

と皮肉めいたことをいいながら、ちらりと妻のほうを見やる目つきの、なんともいえず気高く美しいありさまに、さすがに雲居の雁も、これ以上はとこうの返事にも及ばぬ。

「いいからもう、出ていってくださいな。こんな見苦しいところを……」

と、煌々《こうこう》と明るい灯《とも》しの光を、さすがに恥じらっている様子もまた、憎からぬ。

じっさい、この若君は、それからずっと泣きむずかって、とうとう夜が明けてしまった。

左大将の君も、あの柏木の夢を思い出すに、〈……この笛は、まことにわずらわしいことになったものだ〉と思う。

〈亡き人が心にとめて思っていたものだろうに、それが本来伝承させたかった人に行かずに、女の考えであらぬところに伝えられてしまったのは、あの君にとってはさぞ甲斐のないことであったろう。それについて、夢のなかの督は、いったい何を思って何を言いたかったのだろう。この世では、とりたてて物の数にも入れていなかった事柄を、あの臨終の間際に、恨めしく思い詰めたり、あるいは愛執《あいしゅう》の念に囚《とら》われたりすることがあれば、それが障《さわ》りとなって成仏できぬまま、無明《むみょう》の闇《やみ》に長く彷徨《さまよ》うということになるのであろう……だからこそ、私は、この世のなにごとにも執着の念を持たぬようにと思っているのだ……〉など、つくづくと思い続けて、柏木を葬送した愛宕《おたぎ》の野辺に僧を招《しょう》じて、特に読経などさせる。さらに加えて、柏木が深く帰依《きえ》していたお寺にも、厚く布施をして読経を上げさせる。

〈しかしながら、この笛ばかりは、わざわざあの御息所が、さように由緒深いものとして、引き出物に下さったものを、このますぐにあのお寺に寄進してしまうというのも、まずそれとして尊《たっと》い供養にはなるかもしれないが、あまりに張り合いのないことだろうな〉と、左大将はそう思って、六条院へ出向いていった。

左大将、六条の院に出向き若宮たちと遊ぶ

折しも源氏は、明石女御のところにいたので、左大将が、まずは紫上の住む東の対に顔を出したとき、そこに源氏はいなかった。

明石女御腹の三の宮は、三歳ばかりで、とりわけかわいらしい御子《みこ》であったが、女一の宮に続いてこの宮もまた、紫上のもとへ引き取られてきていた。

この三の宮が、左大将を見つけて走り出てきて、叫ぶ。

「ねえ、大将ねえ、宮をお抱き申し上げて、あっちの御殿へ連れていってよ」

三の宮は、女房どもの口真似であろうか、自分に敬語をつけて、たいそう甘えんぼうらしくそんなことを言う。

左大将は、からからと笑って、

「では、こちらへいらっしゃいませ。なんとして紫上《うえ》さまのおいでになる御簾の前を横切ったりできましょうか。さような軽々しい無作法はいたしかねますぞ」

と呼ぶと、走り寄ってきた三の宮をさっと膝に抱き上げて、そのままそこに座っている。左大将は、紫上の手前、さてどうしたものかと思案しているのであった。

「だいじょうぶだよ。誰も見やしないから。じゃね、僕は顔を隠してるから、ね、あっちへいこうよ」

宮はそんなことを言って、その袖で顔を隠した。その頑是《がんぜ》無《な》い様子のかわいらしさに負けて、左大将は、立って明石女御のところへ宮を連れていった。

寝殿の東面《ひがしおもて》の女御の住まいでは、女御腹の二の宮と、女三の宮腹の若君とが、いっしょになって遊んでいる。源氏はその連れ遊ぶ子どもたちを、かわいがって目を細めているところであった。

左大将が三の宮を簀子の東南の隅あたりに下ろすと、それを二の宮が見つけて、

「あ、僕もいっしょに大将にだっこ」

と叫ぶ。

「いやだ、僕の大将だよ」

三の宮はそう言って、左大将にしがみついて離れない。

源氏は、このありさまを見て、

「おお、こらこら、二人ともお行儀が悪いぞ。はっはっは、お上《かみ》のお側近く護衛に当たろうという近衛の大将を、自分の家来にしようと争っている。三の宮は、まったくやんちゃでこまる。いつだって兄宮に負けん気を出してのう」

と言いながら、なんとかこの喧嘩の仲裁に入った。

左大将も大笑いして、

「二の宮のほうは、いかにもお兄さんらしく、弟宮《おとみや》に譲ってやろうという心がけがちゃんとあるようにお見受けいたします。実際の年齢よりは、ずっと大人びて、末恐ろしいところがあるように拝見いたします」

などと言うものだから、源氏も、すっかりにこにこして、いずれの若宮もかわいいかわいい、と思って眺めているのであった。

それから源氏は、はたと気付いたように言った。

「左大将ともあろう人を、そのような端近に置き申すのは、見苦しく軽々しい御座《みざ》だと言わねばなるまいぞ。まず、あの東の対のほうへ参られよ……」

と紫上のいる対のほうへ招じるけれど、若宮たちは、大将にまとわりついて、さらに離れようとしない。

このありさまを見ながら、源氏は、心中ひそかに思う。

〈女三の宮腹の若君……あれは本来臣下の身分、皇統の若宮たちと同じ列に扱うのはよろしくないが……〉

とはいえ、それを口に出したりはせぬ。ただ心のなかで思っているだけであったが、それは、生半可にそういうことを言いなどすれば、母三の宮が、〈生《な》さぬ仲の子だからなのね〉と変に疑心暗鬼になって苦しみはすまいかと、そこがかわいそうに思って、表向きには決して扱いの差別をすることはない。そういうところが、いかにも源氏らしい心の配りようなのであった。

かくて、帝の御子《みこ》も臣下の子も、なんの差別もなく、源氏は、ただかわいがらずにいられない大切な子どもたちと思って世話をしているのであった。

大将は、〈……そういえば、女三の宮腹の若君をまだよく見たことがないな〉、と思っていると、ちょうど御簾の隙間から、その若君が顔をのぞかせた。そこで、花の枝の枯れて落ちたのを手に取って見せながら手招きをすると、若君は走って出てきた。

左大将は、若君を、じっくりと観察する。

藍《あい》と紅《くれない》で染めた紫がかった色の直衣《のうし》だけを身にまとって、その肌の白さは光り輝くばかり、かわいいことはまた、帝の御子たちよりも一段、道具立てがよく整って美しく、ぷくぷくとして一点濁りのない美しさである。

〈なにがなし、そう思って目をとめる気持ちがあるからであろうかな、あの目つきなど、この若君のほうがすこしきりりとして、才のありそうなところは、衛門の督にまさるが、それにしても、あの目尻がすっとして美しさが際立っているところなど、いやはや、衛門の督にそっくりだ。口つき……それもことさらに華やかな感じがあって、にっこりと笑うところなど瓜《うり》二つじゃないか。こんなふうに思うのは、私の目があまりにも無遠慮に見るせいなのであろうか……いやいや、父大殿《おとど》とて、きっと分かっておいでだろうに〉と、この若君を観察すればするほど、源氏がどう思っているのか、そこが知りたくなる。

二の宮も三の宮も、帝のお血筋と思えばこそ、気品高く感じられるのだけれど、そういう先入観なしに見れば、まず世の中でふつうにかわいい子どもたちというように見える。しかし、この若君だけは、たしかに気品があり、それだけではなくて、どこかなみなみならぬ美しさがあって、かれこれ、左大将はどうしても見比べてしまうのだった。

〈されば、なんと気の毒なことよ、もしこの若君の出生の秘密が、わが想像する通りだったとしたら、あの致仕大臣《ちじのおとど》が、年若い息子に先立たれて、あれほどにも悲嘆にくれ、まるでうつけのようになってしまって『せめて落《お》とし胤《だね》と名乗り出てくれる人でもあってほしいものだが、それもまったくない。ああ、生きていた形見として見ていることのできる、この世の名残の子をだけでも、現世《うつしよ》に留《とど》めていってほしかったが』と泣き焦がれていたものを……、この子のことをとうとう知らせてやらぬままになってしまったことは、思えば罪深いことだったかもしれぬ〉

そこまで思ってみるけれど、また、

〈いやいや、まさかなあ、そんなことがあるわけはないじゃないか〉

と、なお得心せぬ思いもあって、結局しかと推量する手だてもない。

若君は、気性も人懐こくおだやかで、すっかり自分になついて遊ぶので、左大将は、たいそうかわいがってやりたい思いがするのであった。

柏木の笛につき左大将、父源氏と語り合う

東の対へ渡っていって、左大将と源氏は、二人のんびりと物語など交わしているうちに、はや日も暮れかかってきた。

昨夜、あの一条の宮へ見舞いに行ったところ、落葉の宮の様子はかくかくしかじかであったと報告すると、源氏は、うっすらと笑みを浮かべながら聞いている。さるなかにも、亡き柏木にまつわる昔がたりの節々《ふしぶし》には、適当に相づちなど打ち、

「うむ、その『想夫恋』の片端を弾いたという宮の心がけについてだが、なるほどそれは、どこか昔物語の一節《いっせつ》に出てきてもおかしくないような、しみじみとした場面ながら、しかしな、女というものは、やはり、男が心を動かすほどの風雅なたしなみなどは、生半可な相手には決して見せてはならぬもの……いや、我が身に照らしてそんなふうに考えさせられることがかれこれ多い。……亡き人への友情を忘れず、これから先もいつまでも変わらぬ真心から、折々にお見舞いなどして、そのことは先方も了解しておられるというのであれば、同じことなら、さっぱりと清らかな心で、とかくのおつきあいをすることだ。

世にありがちな、あまり感心せぬ心乱れなどは無いほうがよいね。それが、そなたのためにもまた宮のためにも、結局奥床しいしかたで、世間から見ても感じのよいことと思うぞ」

と、しっかり釘をさすことを忘れない。

左大将は、父の教訓を聞きながら、〈さあ、それはそうだけれど……、父君は、こうして人の身の上についてのことだけは、ばかにしっかりと教訓を垂示されるけれど、ご自分の色好み方面のことは、さていかがなものであろうな〉と、内心に思っている。

「心乱れなど、ご心配には及びませぬ。ああして、衛門の督が、無常の風に誘われて世を儚くしたのであったればこそ、やはり友人としての同情から、なにかとお世話をし始めたのでございますから、こんなとき、亡くなった当座だけなにかして、すぐに手を引きなどすれば、それこそあれはなにかよからぬ振舞いでもあったのではないか、と痛くない腹も探られるというものではございますまいか。『想夫恋』も、あれは宮のほうから進んでさような曲を弾き出されたとあれば、それは出過ぎた真似とも申すべく、感心しないことかもしれませぬ。しかし、事実は、わたくしのほうからまず弾きかけて、宮はほんのついでばかりにちらりとお弾きになったに過ぎませぬ。それは秋の月夜の折も折とて、いかにも風雅な感じがして、わたくしとしては、面白く拝聴したことでございました。なにごとも、人により、場合により、ことの善し悪しを判ずべきで、一概に悪いとも決め難く存じます。宮のご年齢から申しましても、そろそろもうひどく若々しいお振舞いがお似合いというわけにはいかなくなってまいりましょうし、また、わたくしが、なにかふざけ半分に色好みめいた気配で、馴れ馴れしい振舞いなどいたしませぬので、宮も打ち解けて気を許されるのでございましょうか……。あの方は、概して親しみ深く、そつのないお人柄でございますからね」

かれこれ、左大将は反論を試みるあいだに、ちょうどよい話のついでを設けて、少し源氏の身近に膝を進めると、あの柏木が夢枕に立って、笛の相伝について異論のある旨を嘆いたということに言い及ぶ。

源氏は、はっとして、咄嗟《とっさ》に返事もならず、ただ黙って聞いている。その心中には、もちろん思い当たる節《ふし》がある。

「その笛だが……、私のところでお預かりする故由《ゆえよし》が、じつはあるものなのだ。それは、陽成院《ようぜい》のお笛だ。それを、故式部卿《しきぶきょう》の宮が、たいそう大切なものとして秘蔵しておられたが、あの衛門の督は、童《わらわ》の時分から、それはもう他の人とは全然ちがう音色に笛を吹いたことに感じ入った宮が、萩《はぎ》の宴《えん》が催された時に、贈り物として督にお与えになったという謂《いわ》れがあるのだ。その故由も弁えず、御息所が女の浅知恵の思いつきで、そのようにそなたに賜ったものであろう」

こんなことを言う源氏の心のなかには、〈むろん、将来この笛は、衛門の督の遺児の若君に伝えてやろうまで、そのことはよもや他のところへ伝え間違えようはずもない。おそらくあの男の亡霊も、そう思っていることであろう……〉などと思って、今ここであらわに柏木の密通のことなど言う気もないが、〈左大将も察しの良い男ゆえ、おそらくそれとなく分かって言っているのであろうな〉と考えている。

こうして、とつおいつ考え込んでいる源氏の様子を見ていると、左大将には、やはり憚られるところがあって、ただちに柏木の今はの際のことを口にはできぬ。それでもどうしてもあのことは源氏の耳に入れておきたいという宿念《しゅくねん》があるので、なにくれとなく話しあうついでに、ふと思い出したかのようなそぶりで、どうも納得がいかぬことがあるような口吻《こうふん》に紛らしつつ、こう切り出した。

「あの衛門の督の臨終の折のことでございました。わたくしは、見舞いにまかり出ましたのでございますが、死後のことをあれこれと言い置いたなかに、かくかくしかじかのとおり父上に深く恐懼《きょうく》申しているということを、かえすがえすも申しておりました。これは、さてどんなことだったのでございましょう……わたくしは、今に至るもその詳しい事情がどうしても思いつきませぬ……それでずっと気にかかっているのでございます」

と、首を傾《かし》げ傾げ訥々《とつとつ》と問いかける。

〈なんと、やはり、大将は知っている……〉と源氏は思ったが、なんのなんの、これほどのことは、そうそう気安く口にすべきことでもないので、しばらく惚《とぼ》けてみせてから、

「さてのう、それほどまでに人の恨みを買うような態度は、なんの折に見せたものやら、自分としても、思い出せぬな。それはまあ、ともかくとして、そのそなたが見た夢のことについては、いずれ夢判断をして聞かせようぞ。さようの夢の話は、夜はせぬものだとか……女どもの伝えにも言うてあるほどにな」

と、こんなことを言い捨てると、源氏は、それからろくろく返事もしない。

それゆえ、この話をわざわざ口に出した自分の振舞いについて、父源氏がどう思っていることであろうと、左大将は、いささかきまりの悪い思いをしたのであったとか……。

鈴虫《すずむし》

源氏五十歳夏から中秋まで

女三の宮の念持仏《ねんじぶつ》開眼《かいげん》供養執行

それからまた一年《ひととせ》が巡った。

夏ごろ、蓮《はす》の花が盛りに咲いて、入道した女三の宮のご持仏《じぶつ》を源氏は造らせておいたのだが、このたびその開眼供養《かいげんくよう》を執行《しゅぎょう》させることにした。

六条院のなかに、その阿弥陀仏のための御堂《みどう》を造立《ぞうりゅう》させているところであったから、その御堂のために用意しておいた諸道具を、ことごとくこたびの供養に宛て用いることとした。

女宮のためのお道具とあって、幡《はた》の風合いなども、どこか親しみ深く優しげで、とくに心を込めて唐渡《からわた》りの錦地《にしきじ》を選んで縫わせてあった。この幡はしかも、紫上のもとで用意させたものである。

散華《さんげ》の花籠《はなかご》を置く花机《はなづくえ》の覆い、これは美しい絞《しぼ》り染めで、ふわりと親しみ深く、まことに濁りなく美しい色合いに染めあげられているのは、あまり見慣れない仕立て方である。

また開眼供養のための仏壇として、三の宮が日ごろ寝所として用いている御帳台《みちょうだい》の四方の垂れ絹を、いずれも巻き上げて、後ろに法華経曼荼羅《ほけきょうまんだら》を懸け、前には銀製の花瓶《はながめ》を据えて、そこに丈高《たけたか》く見事に咲き誇る蓮の花を揃えて挿《さ》し供《そな》える。仏前《ぶつぜん》の香《こう》には、唐渡りの百歩《ひゃくぶ》の名香を焚《た》き、その香の高きことは百歩《ひゃつぽ》を去ってなお馥郁《ふくいく》と匂《にお》ってくるのであった。

御本尊は阿弥陀仏、その左右両脇には観世音菩薩《かんぜおんぼさつ》・勢至菩薩《せいしぼさつ》、いずれも香り高い白檀《びゃくだん》の材を以て、細密にかわいらしい感じに彫ってある。閼伽水《あかみず》の器は、これまた際《きわ》やかに小さくて、水面《すいめん》に青や白や紫の蓮花《れんげ》を造って浮かべあしらってある。そこにまた、夏の薫香《くんこう》たる荷葉《かよう》の調合方を以て練り合わせた名香、これは、香りを高くするために、わざわざ蜜蠟《みつろう》を控え目にして、ぼろぼろに作りなしたものを焚き匂わせている。それがまた、百歩の香と渾然《こんぜん》一体となって、しみじみと心魅《ひ》かれる思いがする。

お経は、死後、地獄・餓鬼・畜生・阿修羅《あしゅら》・人《にん》・天の六道《ろくどう》の辻に立ち迷う衆生《しゅじょう》のために、法華経を六部書写させて供え、その他に、三の宮自身が肌身離さず身に着けるための法華経は源氏みずから筆を執って書いたものであった。

その上、この縁薄《えんうす》き正室と、せめてこの経巻を、この世に結ぶ縁《えん》のよすがとして、互いに手に手を取って極楽往生したいという趣旨を、源氏は願文《がんもん》に作って供えもした。

さらには、阿弥陀経も源氏は自筆で書写したのだが、それも、唐《から》の紙はもろくて弱いから、三の宮が朝夕読誦《どくじゅ》するうちに破れたりしてはいけない、とそこまで心配りをして、朝廷内の紙漉《かみす》きの司人《つかさびと》を召して、特別に謹製することを命じ、それはそれは念を入れて塵《ちり》ひとつの汚れもない丈夫で美しい紙を漉《す》かせ、その特製紙に、この春の頃から、源氏自身丹《たん》精《ぜい》を込めて書写し、準備をしておいたものであった。さすがにその甲斐あって、この経巻のほんの巻端《かんたん》のところをちらりと見ただけで、人々は目くるめく思いに度肝《どぎも》を抜かれたというほどの出来栄えであった。

金泥《きんでい》を溶いて細く引かせた罫線《けいせん》の輝きもさることながら、墨痕淋漓《ぼっこんりんり》と書かれた源氏の手跡の経文のほうが、さらに輝いて見えたというのも、まことにまことに筆舌につくしがたい美しさなのであった。

その他に、経巻の軸の荘厳《かざり》、表紙の意匠《いしょう》、また収めた箱の結構《けっこう》など、いちいち申すまでもあるまい。

この源氏自筆の阿弥陀経は、沈香《じんこう》の香木で作った蓮華《れんげ》脚《あし》の経机《きょうづくえ》に安置し、御本尊と同じ御帳台《みちょうだい》の上に飾られている。

供養のための仮設の御堂の飾りが終わると、やがて法会《ほうえ》を執行《しゅぎょう》する講説の僧侶が、阿弥陀様の前の高座にのぼり、読経とともに御堂の周りを巡《めぐ》り歩く僧や殿上人たちも、いよいよ集まってきた。そろそろ開眼供養が始まるのである。

その気配に、源氏も東の対を出て、寝殿へ渡っていく。

もともと三の宮の御座所《おましどころ》であった西の母屋《もや》は仮の御堂《みどう》にしつらえてあるゆえ、宮は西の廂《ひさし》の間《ま》に移っている。源氏は、その廂の間に顔を出した。

もともと廂の間ゆえ、そこに無理にこしらえた宮の御座所は、ただささえ狭苦しく感じられるのに、さらに厳《いか》めしく正装した女房どもが、五、六十人も集《つど》うているので、まことに窮屈な感じがする。西の廂だけでは収まりきらず、北の廂から、簀子《すのこ》までも、女の童《めわらわ》などがうろうろとしている。

いきおい、あちらでもこちらでも香炉にもうもうと香を焚いて、煙たいほどにあおぎ散らしているので、源氏は呆れ返った。

「これこれ、部屋にほんのりと香らせる空薫物《そらだきもの》というものは、どこから香ってくるのかな、という程度にしておくのがよろしいので、富士山の噴煙じゃあるまいし、こんなにもうもうと部屋中煙だらけにしては、まったく台無しというものだ。さあさ、これよりお坊様の講説の折には、騒がしくせぬように、よくよく心して、じっと静かにありがたいお教えを、心に落ち着けるように聴聞《ちょうもん》せねばならぬ。されば、無遠慮《ぶえんりょ》に衣擦《きぬず》れの音を立てたりなど、人の気配の騒がしからぬようにせねばならぬぞ」

などと、源氏は、いつもながらこの宮に仕えている考えの足りない若い女房どもに、心構えを教訓するのであった。

三の宮自身は、このものものしい気配にすっかり気圧《けお》されてしまって、ただささえ小さな体をますます小さくして、ただちょこんとそこにうつ臥《ふ》している。

「若君がここにいては、なにかとやかましいことであろう。抱いてあちらへ連れていくがよいぞ」

と源氏は、そんなことまでぬかりなく差配する。

母屋と北廂の間を隔てる障子も、今は取り外して御簾を懸けてある。そこへ、騒がしげな女房どもを収容することにした。

そうしてあたりを静かにさせておいてから、源氏は、三の宮に対して、法会の一部始終がよく理解できるように、下地になる諸知識をあらあら教え諭す。その様子は、よそ目にもたいそう心がこもっているように見えた。

その源氏の話を聞きながら、三の宮はときどき、みずからの御座《おまし》を譲って安置しているご本尊のほうをちらりちらりと見やる。

それを見るにつけても、源氏の心は穏やかでない。

「まさかこのような、そなたの出家のための供養などを、もろともに準備することになろうとは、思いも寄らぬことであった。だが、それももういいことにしよう。その代わり、来世は、もろともに極楽の蓮《はちす》の花びらのなかに、なんの隔心《かくしん》もなく睦まじく暮らせるように、せめてそうお思いくだされよ」

そういうと、源氏ははらはらと涙を落とした。

はちす葉をおなじ台《うてな》と契《ちぎ》りおきて
露《つゆ》のわかるるけふぞ悲しき

やがて来世では、極楽の一つ蓮《はちす》の花のうてなに生まれようと、こう約束をしておいて、でも現世では、蓮の葉の露が一つ一つ別々に分かれて落ちるように、別れ別れて生きていくことになる今日の日が、悲しいぞ源氏は、硯《すずり》に筆をさし濡らすと、香染《こうぞ》め（やや黄がかった茶色）の扇にさらさらとこんな歌を書きつけた。

三の宮が、すぐにその脇に歌を書いて返す。

隔てなくはちすの宿を契りても
君が心やすまじとすらむ

いえ、わたくしがどんなに心の隔てなく、来世の蓮の花の宿りをお約束したとしても、きっとあなた様のお心がすっきりと澄もうことはございますまいから、そこに住もうとはしてくださらないことでしょう

この返し歌を一瞥《いちべつ》すると、

「ああ、こうして私が祈るように書いたことを、あっさりと貶《けな》してのけるのですな」

と言って、源氏はふっと苦笑いを浮かべ、それでもなお、心中にしみじみと物を思っている様子に見える。

法要には、例に従って、親王がたもたいそう大勢やってきた。

また六条院の女君がたからも、我も我もの勢いで、競うように贈られてくる捧《ささ》げ物の様相はまた、どの君からのも格別に見事で、それがあたり一面に狭苦しいまでに充《み》ち満ちているように見える。

法会に参じてさまざまの役割を分担する七人の高僧に贈る法服など、一通りのことはみな、ほかならぬ紫上のもとで用意させたものであった。

この法服は、綾織物《あやおりもの》を以てし、袈裟《けさ》の縫い目まで、具眼の人が、世間一般のものとは格別の違いだと言って褒めたということであった。かかる方面のことは、いちいち述べ立てるのも、甚だ煩わしく細かなことだけれど……。

さて、法会の冒頭に、講師《こうじ》の僧が、いかにも尊《たっと》げな口調で、この法要の故由《ゆえよし》を申し述べる。すなわち、三の宮が、もっとも世の盛りを極めた今この時に、世俗を厭《いと》い捨てたのはほかでもない、現世《げんぜ》での儚《はかな》い妹背《いもせ》の契りを、来世来々世までも未来永劫に絶えせぬ法華経との結縁《けちえん》に振り向けられたのだと説いて、その志の尊《たっと》く奥深い所以《ゆえん》をよく解るように講釈して聞かせる。この僧は、現今随一の学才を以て鳴り、また弁舌も鋭く立つ人であったが、そういう人が心を込めて説き聞かせたことゆえ、その尊さありがたさ、聞く人はみな感動して涙を流した。

本来からすると、源氏の心づもりとしては、今回の法会は、ただ三の宮の御念誦堂《ごねんずどう》の開眼法要というばかりのこと、内輪《うちわ》の催しというほどに思っていたのだが、内裏《うち》の帝《みかど》からも、また山寺の朱雀院からも、みなお使いの者が遣わされてきた。それゆえ、誦経の僧侶たちへの布施《ふせ》なども、置き場所に困るほどになり、源氏の本意に反して、俄《にわ》かに大がかりなこととなってしまったのであった。

もともと六条院に用意しておいた布施の数々にしてからが、源氏が簡素にと意図したにもせよ、それでも世の常の水準をはるかに超えていたものを、ましてや、帝や院のお布施まで加わるという華々しいことになって、僧侶たちに与えられた布施は、夕方にそれぞれの寺に戻ったならば、さぞ置き場所に窮するだろうというほど豪華盛大なものになり、みないいいなほくほく顔で帰っていった。

女三の宮の出家後の暮らし

こうして三の宮が尼になった今、源氏の胸のうちには、それまで宮に充分尽くせなかったという痛切な思いが加わって、却ってかぎりなく懇切に世話をするようになっている。

朱雀院としては、すでに三の宮には三条の宮という御殿を相続させてある。されば、いずれはそこに住むに違いないのだから、今この機会に、六条院を離れて三条の宮に移ったほうが、世間から見ても穏やかなのではないかと、院はしきりに勧められる。

しかし、源氏は肯《うけが》わない。

「いや、まるで別のところに離れて住んでいては、さぞ気掛かりなことでありましょう。こうして同じ六条院にいて、明け暮れお世話をし、なにくれとなくものを申し上げもし、ご用も伺いしてこその後見役《うしろみ》と申すもので、それが別居ということになれば、わたくしの本意も果たせず、畢竟《ひっきょう》、院のお心にも背《そむ》くことになるに違いないのです。『あり果てぬ命待つ間《ま》のほどばかり憂きことしげく思はずもがな（この世の果てまで生きていることなどできぬ儚い命なのだから、その命の果てるまでのわずかな間ばかりは、どうか嫌なこと辛いことなど思わずにいたいものだ）』と昔の歌にも申してありますとおり、まことにわたくしの命とて、もういくばくも残ってはいないと存じますが、それでも、かりそめにも生きている限りは、宮の後見役としてお尽くししたいという志だけは、すっかり失ってしまわぬようにいたしたいのです」

という思いを院に申し上げて、いっぽうでは、その三条の宮のほうも、すみずみまできれいに改修を施し、宮の封戸《ほうこ》からの上納財《じょうのうざい》や、諸国の荘園や牧場《まきば》から献納される物資、いずれも見るべきものはみな宮の御倉《みくら》に収めさせる。またそれでは収まりきらなくなったものを収蔵するためにさらに御倉を増築して、そこにさまざまの宝物《ほうもつ》、また朱雀院からの相続として無数に下賜《かし》された物など、もともと三の宮ゆかりの財物《ざいもつ》は残らず三条のほうへ送って、丁重に、また厳重に保管させることとした。

そのうえで、なお、毎日の身の回りのお世話やら、お付きの女房たちにまつわる入用《いりよう》、さらには身分の上下を問わず食費一切までも、おしなべて源氏の負担として、ともかく三条の宮の改修を進めさせたのであった。

秋ごろ、西の渡殿《わたどの》の前、寝殿と対《たい》の屋《や》を隔てる塀の東側のところを、一面の野原の趣向に作庭《さくてい》させた。そのあたりに閼伽の棚を設けなどして、いかにも尼君の住まいらしく造作させたところなど、まことに質素な美しさである。

この際、すでに入道の宮のお弟子にしてほしいと後を慕って出家した尼どもばかりでなく、乳母《めのと》や女房など年長の者たちはもちろん、若盛りの女房でも、出家の志《こころざし》堅固《けんご》にして、これから先、尼として揺るぎなく過ごしていけそうな者どもはみな、選び出して出家させたことであった。

女房たちは、われもわれもと先を争うように出家を望んだけれど、そのことを源氏が聞いて、

「さようなことは、あるまじきことである。かかる折に、生半可《なまはんか》な気持ちで付和雷同《ふわらいどう》した人が少しでも混じってしまったら、本心から世を捨てた人にとってはとんだ迷惑となろうし、結局、軽々しいことという評判が立たぬものでもない」

と堅く戒めて、希望者のなかから、ただ十人あまりの人を選んで尼姿になることを許したのであった。

この野辺の趣に造作したあたりに、源氏は、秋の虫をたくさん放って、風が少し涼しくなってゆく夕暮れには、この宮のあたりに渡ってきては、虫の音《ね》を聞いて楽しむ……などということにかこつけては、今なお三の宮を尼として突き放してしまうことができないという心中の思いを打明けて、宮を困惑させている。

〈さてさて、例の好き心にも困りました……出家した今の自分にとっては、ほんとうにあるまじきこと、ただただ煩わしいばかりですもの……〉と、三の宮は思っているのであった。

それでいて、源氏の態度は、よそ目にみればなにも以前と変わるところはないようにもてなしているけれど、内心には、もちろんあの柏木の一件を知っているぞ、というそぶりが露《あら》わに見える。そんなことも疎ましく、宮の心もいまではすっかり変わり果ててしまったので、なんとかして源氏には逢わずにいたいと、そう思っている。それゆえ、どちらかと言えば、もはやすっかり夫婦の契りを捨てて尼になりきってしまいたいと、そういう決心であった宮にとっては、こんなふうに中途半端な形でなく、すっかり別居してしまったほうが心が安らかなのだが、源氏のほうは、なおも思いを絶ち切れないようなことを口にするので、それが辛くてならぬ。もういっそ人里離れた山の庵《いおり》にでも隠棲《いんせい》したいと、宮はそんなふうにまで思うようになってしまっている……とはいえ、ただただ耐え忍ぶことだけを美徳と教えられてきた宮ゆえ、大人ぶった顔をして強いてそのことを主張することもできぬ。

八月十五夜、源氏と三の宮、歌を贈答

十五夜の夕暮れ、宮は、仏の御前《おまえ》にいる。そして、端近《はしぢか》いところに座って、ぼんやりと

物を思いながら、上の空で念誦《ねんじゅ》をしている。

若い尼どもが、二、三人、仏に供花《くげ》を奉るというので、花を浮かべるための閼伽水《あかみず》を入れる銅器に水を注ぐ音なども聞こえてくる。今までの生活とはすっかり変わってしまった営みに、みなせわしく立ち働いているのも、まことにしみじみと胸に沁みてくるのであったが、そこへ、また源氏が現われた。

「おお、虫の音《ね》が、ずいぶん鳴き乱れている夕べよな」

などと言いながら、ひそやかな声で、阿弥陀経の陀羅尼《だらに》を唱えている。その声が、虫の音に紛れつつ、なにやら尊《たっと》げにきれぎれに聞こえてくる。

なるほど、かれこれの虫の鳴きしきっているなかに、ひとり鈴虫（今の松虫）の声ばかりが、リンリリリンと鈴を振りだしたような声でくっきりと聞こえてきたのは、いかにも華やかで心惹かれるものがある。

「秋の虫の声は、いずれ甲乙つけがたいけれど、なかにも、松虫（今の鈴虫）がとくに風情があるというので、中宮（秋好む中宮）は、はるばると遠い秋の野へ人を遣《や》って、草踏み分けて、とくに声のよい松虫を探し求めては、それをわざわざ捕ってこさせて庭にお放ちになったことがあった。けれども、そんなことをしても、松虫とはっきり分かるほど元気に鳴くのは少なかったようだね。長寿の松を名に負うていても、じっさいは命のほども儚《はかな》い虫だったにちがいない。どうやらあの松虫というやつは、人の聞いていない山奥やら、はるかに遠い野辺の松原でこそ、声を惜しまず鳴くけれど、なかなか人見知りするとみえて、人間にはなつかぬ虫なのであったな。それに比べると、あの鈴虫は、ああして人見知りもせず、派手な声で鳴いているのは、なかなか愛《う》い奴よな」

源氏は、こんなことを言って興がった。

宮は、

おほかたの秋をば憂しと知りにしを
ふり捨てがたき鈴虫の声

おしなべて秋は、そして恋しい人に飽きられるのは、心憂《こころう》いものとは知っておりましたが、それでもあの鈴虫が鈴を振り振り鳴いているのを見捨てがたいように、わたくしの心の思いは振り捨てることができませぬもの

という歌を小さな声でそっと歌いかけた。たいそう清純な感じがして、気品があって、おっとりとした宮の様子である。

「おやおや、なにを仰せになるやら。さても、思いのほかなるお言葉……」

源氏はそう窘《たしな》めて、歌を返す。

心もて草のやどりをいとへども
なほ鈴虫の声ぞふりせぬ

そなたは私に飽きられたようなことを仰せだが、そもそも、ご自身のお心から、この草の宿りをお厭いになられたのではありませぬか。それでもこうして、鈴虫の声ばかりはこの宿を振（ふ）り捨てもせず、いまもああして古（ふ）り果てぬ声で鳴いております――そなたの鈴を振（ふ）り鳴らすようなお声は今も変わりなく美しいが……


それから源氏は、琴《きん》の琴《こと》を持ってこさせて、珍しく弾いて聞かせる。

その音のしみじみとした美しさに、宮は数珠を爪繰《つまぐ》るのも忘れて、ぼんやりと聴き入っている。

折しも月がさし昇ってきて、くっきりと空に輝いている。

ああ、月が……、源氏は、ふと空を見上げては、皆次々と出家したり亡くなったり、世の中のなにもかもが無常に転変《てんぺん》してゆく、その儚い実相を、ひとつまたひとつと思い続けつつ、いつもよりも心に沁みる音《ね》に琴を掻き鳴らす。

兵部卿、左大将ら、管弦の遊びに来訪

今宵は十五夜、恒例の管弦の御遊びが催されるのでは……と推量して、蛍兵部卿の宮がやってきた。つづいて、左大将の君も主立《おもだ》った殿上人たちを伴ってやってくる。聴けば、寝殿の西面《にしおもて》のほうから、紛れもなく源氏の弾く琴《きん》の琴《こと》の音《ね》が聞こえてくるので、大将も、また兵部卿の宮も、すぐにこちらのほうへやってきた。源氏は、

「いや、なにぶんたいそう無聊《ぶりょう》を託《かこ》っておりますほどに、とくに大掛かりな管弦の遊びというようなことではなくて、ここ久しく耳にせずにおりました珍しい琴《きん》の音など聞きたいと思って、独りごとのように琴（こと）をつま弾いておりました。さあさ、よくぞお訪ねくださった、まずはこちらへ、こちらへ」

と言いながら、兵部卿の宮も、廂の間に御座《おまし》を俄《にわ》かごしらえにして招じ入れる。

本来ならば、宮中の御前《ごぜん》で今宵は月見の宴が開かれるはずであったが、それがとりやめとなっていかにも物足りない思いのところへ、この六条院に宮や大将などの人々が参集し

ていると聞いて、音楽に心得のある上達部《かんだちめ》たちも駆けつけてきた。

一同は、庭の虫の音《ね》を聴きながら、その声の優劣を評定などしている。

やがて、琴《こと》、琵琶、和琴《わごん》など、さまざまの弦楽器の声々を掻き合わせて、合奏の興趣も一段と募ってきた時分に、源氏はこんなことを言い出した。

「月を見る宵ともなれば、いつだって心に響かない折もないものだが、さるなかにも、『三五夜中《さんごやちゅう》の新月《しんげつ》の色、二千里《じせんり》の外《ほか》の故人《こじん》の心（十五夜の宵にさし昇ってきた月の新しい色を見ると、二千里の彼方にいる懐かしい友の心が偲《しの》ばれる）』とか……今宵の新鮮な月影には、なるほど二千里《じせんり》どころか、この世ならぬところに行ってしまった人のことまで、それからそれへと偲ばれてならぬ。あの故権大納言《こごんだいなごん》（柏木）は、ああ、もう亡くなってしまったんだなあと、折々につけて、ますます懐かしく偲ばれることが多くなっている。公《おおやけ》の、また私《わたくし》の、さまざまな折節《おりふし》につけて、権大納言のいなくなってしまった今は、なにもかも色あせたような心地がする……」

そう言いながら、ふと源氏の心に、「花鳥《はなとり》の色をも音《ね》をもいたづらにもの憂《う》かる身は過《す》ぐすのみなり（花の色、鳥の声、なにを見聞きしても心は空しい、ただ苦悩する身は空しく日を送るばかりだ）」という古歌が浮かび来たって、また柏木の生前が切実に思いやられる。

「……花の色につけ、鳥の声につけ、よろずの風物《ふうぶつ》について権大納言は風雅の弁《わきま》えを具《そな》えた人であった。なにを語り合っても、いつだって語り甲斐のある返事が返ってきて、それはそれは行き届いたものであったが……」

こんなことを話しながら、源氏自身も琴《こと》をつま弾いて合奏に加わったが、その楽音を聞くにつけても涙で袖を濡らすのであった。

その心の片ほうでは、〈御簾の内では、三の宮も耳を欹《そばだ》てて、琴《こと》の音を、そして権大納言の思い出話を聞いているだろう〉とやや妬《ねた》ましくも思いながら、こういう管弦の遊びなどという時、源氏がまず思い出すのは、やはりほかならぬ柏木その人を措《お》いて無かった。こうした折々の御遊びなどにつけて、帝もまた、柏木を第一に思い出される、それほどの逸材だったのである。

「よし、今宵は月見ではなくて、鈴虫の宴《えん》として一夜を明かすことにしようぞ」

源氏は、柏木への思いを絶つように、そう宣言する。

冷泉院から参上せよとの手紙が届けられる

それから、鈴虫の宴となって、二巡《にじゅん》ほど土器《かわらけ》がめぐった時分に、冷泉院《れいぜい》からお手紙が届けられた。

宮中の月見の宴と管弦の御遊びが俄かに中止になったことを残念がって、柏木の弟左大弁、式部の大輔《たいふ》、そのほかおのおの供人を大勢引き連れて、わけても詩文音楽などに堪能《たんのう》な人々は挙《こぞ》って院のほうへ参っている由であった。されば、左大将などの姿が見えないのは六条院のほうにいるからだということを院が耳にされて、それでこんなお手紙を遣わされたのであった。

「雲の上をかけ離れたるすみかにも
もの忘れせぬ秋の夜の月

もう九重《ここのえ》の雲の上の内裏からはすっかりかけ離れた、この粗末な住み処《すか》にも、あの秋の月の光ばかりは、忘れもせずにこうして訪れてくれる

『同じくは……』という思いにて」

お手紙には、そうあった。「あたら夜の月と花とを同じくは心知れらむ人に見せばや（もったいないほどの夜の月と花との景色を、同じことなら、その風情を充分に心得ている人に見せたいものだ）」という古歌によそえて、源氏に冷泉院へ来ないかというお誘いなのであった。

「私も今は、なにほども行動の不自由なことはない身の上だが、院も位を下りられてからは、のんびりとお暮らしゆえ、私などがしばしばお邪魔をするなどということはせぬように遠慮していたのだが、そのことを却って院は不本意に思し召して、そのあまりにこうしてわざわざお手紙までくださったのは、まことにもったいないこと……」

と源氏は一同に申し渡すと、今からではあまりにも急なようではあったけれど、押して参上しようとする。

月かげは同じ雲居《くもゐ》に見えながら
わが宿からの秋ぞかはれる

月の光は、以前となにも変わらず雲の上に見えておりますが――そのようにお上《かみ》のお姿は今も雲の上に仰ぎ見ておりますが――こちらのほうがすっかり変わり果ててしまいましたので……

源氏は、そんな歌を返した。この歌の詠みぶりは、とくにすぐれているとも見えないが、ただ昔のこと、今のありさまなど、よろず思い続けて、その心をそのまま詠んだものでもあろう。

冷泉院からのお使いの者には、盃《さかずき》に酒を賜ったほか、褒美の品もならびなく立派にして遣わした。

さてそれからが大騒ぎであった。

俄かに院へ参るというので、公達《きんだち》の車を、おのおのの身分に従って引き直したが、それに応じて、それぞれの車につく前駆《さきが》けの者が錯綜《さくそう》して、今の今まで静かに弦楽の遊びなどをしていたものが、もはや騒ぎに紛れてそのままとなり、みな急ぎ六条院を出ていった。

源氏の車には、兵部卿の宮が同乗し、その他、左大将、柏木の弟の左衛門の督《かみ》や藤宰《とうさい》相《しょう》など、六条院に参集していた公卿たちは、挙って冷泉院へと向かう。

みな、直衣《のうし》すがたの軽便な出で立ちだったので、下襲《したがさね》だけを急ぎ着込んで、やや改まった風情にこしらえてゆく。

かれこれするうちに、月もしだいに空高くさし昇り、夜更けの空の風情の面白さ、かくては若き殿上人たちに、笛などを、さまでわざとらしくない調子で吹かせなどして、全体、お忍びの参上でもあろうかという出で立ちにこしらえてゆく。

もとより、准太上天皇《じゅんだいじょうてんのう》の源氏が冷泉院に参るのであるから、厳然とした催しの折ならば、うるさいまでに威儀を正して、礼を失せぬようにして互いに対面されるのであるが、今宵ばかりは、昔の臣下の身分の時代に心を戻して、敢て身軽な装いで、唐突にふっと参上したので、院は、驚き、また源氏の到着を喜び待ち迎えなさる。そのお姿は今や三十二歳の御歳《おんとし》に相応《ふさわ》しく立派になってはいたが、その整った美しい顔立ちは、見れば見るほど源氏に生き写しなのであった。

それが、まだ盛りのご治世だというのに、おんみずから望んで帝位を捨てられて、ひっそりとお暮らしの様子に、源氏は少なからず胸を打たれる。

その夜の歌どもは、漢詩《からうた》も大和歌《やまとうた》も、いかにも心のこもった風情豊かな詠草《えいそう》ばかりであった。

漢詩のことなど、院の御前でのことは、舌足らずな言葉で少しばかり真似てみても、いっそ決まりの悪い思いがするので、このくらいでやめておく。

こうして冷泉院のもとに集まった公卿たちは、明け方になってから、その漢詩文などを披講《ひこう》し、その後《のち》、いそいで帰路についたのであった。

源氏、秋好む中宮のもとへ参って語り合う

源氏は、それから秋好む中宮の御座所《おましどころ》へ渡っていって、昔今の物語などに時を過ごした。

「今は、こうして内裏を離れた静かな院の御所でのお住まいでございますから、わたくしもできるだけしばしば参りたいと思っておりますのでございますが……。なんとはなしに、このところ年々歳々、齢のせいでもございましょうか、今に忘れ得ぬ昔の物語など、承りたくもあり、また申し上げたくもある思いではございますものの、わたくしの身の上も准太上天皇とて、院や帝のように堂々と動くもならず、といって一介の臣下のように自由に動くもならず、まことにどっちつかずの身分でございますゆえ、どう行動してよいかも分からず、なにかと面倒でございます。

……そうこうするうちにも、わたくしなどより若い人々のほうが先に、出家してしまうやら、空しくなってしまうやら、なにやら置き去りにされるような心地がいたしますにつ

けても、現世《うつしよ》は無常なもの、老いの身にはますます心細い思いばかり、どう宥《なだ》めようもなく胸中に募ってまいります。されば、わたくしもこの際、出家などいたし、世間から離れた住まいに移ろうかと、やっと思い立ったのでございますが、もしそうなった場合に、わたくしを頼りとしております人々をうち捨てて行かなくてはなりませぬ。それはさぞ心細い頼りない思いで過ごさなくてはなりませんでしょうから、どうか、そのような人々が浮き草のように寄る辺無い身の上になってしまわぬように、以前よりくれぐれもお願い申し上げてまいったとおりでございます。このこと、どうぞ自今《じこん》も変わりなく、お心のうちに留《とど》めてお目をかけていただきたいのでございます」

など、源氏は、自分が出家したり物故したりしたあとの、女君や若君たちの処遇について、真剣な面持ちで中宮に依頼するのであった。

中宮は、いつもながら、たいそう若々しくおっとりとした様子で答える。

「九重《ここのえ》の雲の奥深き宮中の住まいを致しておりました時分よりも、このごろのほうが却ってお目にかかる機会も減り、いつもどうしておられるかと、秘《ひそ》かにご案じ申しなどいたしておりました。わたくしのほうも、こうした日々のありさまは、まことに思いのほか鬱陶《うっとう》しいことにて、だれもかれもみな捨ててゆかれる俗世がつくづく厭わしい、とそう思うようになったこともございます……けれど、そういう心底《しんてい》を、まだわたくしから申し上げたこともなく、またお考えのほどを承ったこともございませぬゆえ……、いえ、今まで何事につけてもまず、大樹《たいじゅ》の蔭《かげ》のようにお頼み申し上げてまいりましたことで、その肝心のかたに出家の本心をお打明けせずにおりましたことは、まことに、心の晴れぬことでございました……」

源氏は、しずかにうなずく。

「まことに仰せのとおり、かつて内裏におわしました時分には、宮中のしきたりに従って、折々にはお里下がりのこともあり、わたくしはその機会をいつもたいそう楽しみにお待ちしておりましたものでした。が、いまこちらの御所のお住まいともなれば、いったいどんな口実をもって、お心任せに、お暇《いとま》を頂戴しての外出など叶いましょうか……。さてさて、世の中は無常でございます。さりながら、出家と申しますには、しかるべき理由というものがなくてはなりますまい。それがなくては、誰しもそうそうすっきりと俗世を厭離《おんり》することもなりがたく……さしたる身分でもなくて、気軽に出家できそうな者でさえ、これで、いざ出家ともなりますと、家族やらなにやらと思いを妨げる絆《ほだ》しがございます。ましてや、中宮さまの場合は、かれこれのお方がご出家あそばして、競うようなお気持ちで俄かに道心を起こされたのでもございましょうが、そういう生道心は、かえってそのご真意をねじ曲げて邪推し、噂するような輩《やから》もございましょう。されば、いまここで出家うんぬんなどは、ゆめゆめあるまじきことでございましょうぞ」

源氏は、あくまでも中宮の出家を思いとどまらせようとする。

これには中宮も〈ああ、この君は、わたくしの思いなど、深く汲み取ってもくださらぬのであろう、そんなふうに見える〉と思って、源氏を冷たい人だと恨む気持ちになる。

実は、中宮のこういう願いの底には、母故六条御息所への思いが潜《ひそ》んでいた。

〈……母御息所は、きっと死後の苦患《くげん》を受けて彷徨《さまよ》っておいでになる……そのありさまは、さて……いったいどんなふうに地獄の猛火《みょうか》の煙のなかに、くれ惑っておいでであろう、こうして亡き人になって、その後々《のちのち》まで源氏の君に疎《うと》まれずにはおられないような、物《もの》の怪《け》の名乗りなどもあったやに聞くし……〉

源氏は、あの紫上の危篤の折などに出現した御息所の亡霊のことなどは、さすがにひた隠しにしていたのではあったが、世間の口に戸は立てられぬ、自然とそんな噂が漏れることもあって、結句、人伝てにそれが中宮の耳にも入った。そのことを聞けば中宮はたいそう悲しくて辛くて、もう世の中のなにもかもに嫌気がさして、それで出家を思い立ったということであった。

それにつけても、中宮は、母の亡霊が憑《よ》りましの童女に乗り移って口をきいたという、そのありさまを、たとえそれが、さようなかりそめのことであったにしても、やっぱり詳しく聞きたいと思った。しかし、まさか打ち付けにそんなことを口に出しても頼みがたい。ただ、

「亡き母が、あの世に参りましてからのご様子が、決して罪が軽くなかったように、ちらと耳にいたすことがございましたが……いえ、そういうことが事実だという証跡《しょうぜき》のようなことは何もございませぬが、証跡などございませずとも、わたくしのほうからなんとしても推量申しておかなくてはいけないことでございました。さりながら、母に先立たれて後の、その寂しさ悲しさに胸が一杯になっておりましたばかりで、後の世に、母がどんな呵《か》責《しゃく》を受けているか、そこまで気が回りませぬままに、こんにちまで過ごしてしまいましたことが、娘として至らぬ仕方でございました。

……されば、なんとぞして、よくよく仏様のお教えなど言い聞かせて下さいます善知識《ぜんぢしき》の勧めなどを拝聴いたしまして、至らぬ我が身ながら、せめて仏様におすがりしてその猛《みよう》火《か》の苦患を多少なりとも冷ましてさしあげたいと、……いえ、決して昨日今日の思いつき

ではございませぬ。もう何年もこうして思い思いして、年の積もりゆくほどに、つくづくと身に沁みて思い知られることもございました……」

など、それとなく、みずからの秘かな願いを仄《ほの》めかして言うばかりであった。

源氏もさすがに、なるほどそのように思うことも道理にちがいないと、中宮がしみじみとかわいそうに思えてくる。

「その地獄の猛火《みょうか》とやらは、誰しも逃れることはできませぬ、それを知りながら、この朝《あさ》露《つゆ》のように儚い現身《うつしみ》の生きてあるほどは、なかなか世を思い捨てることも難しいのですね。釈迦のお弟子の目蓮尊者《もくれんそんじゃ》は、御仏《みほとけ》に近侍《きんじ》して修行を積み、ついには六道《ろくどう》に往還《おうかん》する通《つう》力《りき》を得て、地獄の苦患を受けていた母親を救い出したと、そんな実例も、お経には書かれてございますが、といって、誰でもその目蓮尊者の後を継ぐようなわけにはまいりますまい。かたがた、生道心《なまどうしん》を以て、その中宮の宝玉《ほうぎょく》の釵《かんざし》をお捨てになってしまうというのは、思うに、現世《げんぜ》に思いを残すことになる行ないでもございましょう。

されば、そうそう拙速に出家なさるのではなくて、これより次第次第にご道心を堅固《けんご》にされるよう努力を重ねられて、その過程で母君の苦患の煙が晴れるように功徳孝養《くどくきょうよう》をお積みなさいませ。……いえ、わたくし自身も同じように出家を思うこともございます……さりながら、こうして現実には、なにやかや物騒がしいことばかりで、静かに勤行専一《ごんぎようせんいつ》に過ごしたいという念願など、いっこうに実現せぬありさまに明け暮れしております。……思えば、いずれは出家してみずからの後世《ごせ》を願う勤行の傍らに、そのうち心静かに御母《おんはは》御息所さまの救済をも祈願して……などと思いますことも、なるほど、心の至らぬことでございました」

などと、その口ぶりはいかにも、世の中はおしなべて無常ゆえ、すぐにも世を捨て果てたいというようなことを、まずはお互いに言い交わしなどする……けれども、いざとなってはなかなか入道姿に身を窶《やつ》すというのも実現しがたい現実があった。

昨夜は俄かのことで、ごくお忍びの院参《いんざん》であったから、気楽な様子で立ち出でてきたのだったが、一夜明けての今朝は、このことはすっかり周知のところとなって、上達部なども、冷泉院に参集していた人々は挙って皆、源氏を六条院まで送っていくという騒ぎになった。

さて、東宮の女御（明石女御）は、世にもたぐいなきまで大切に大切に傅育《ふいく》した甲斐あって、まことに結構至極な暮らしぶりであったし、子息左大将もまた、人並みはずれて優れた人品骨柄、いずれもめでたいことだと源氏は満足に思っている。が、ただ冷泉院のことだけはちくちくと心にかかる。我が子でありながらそのことを公《おおや》けにできないだけに、源氏が院を思いやる心がけは格別で、どの子にも増して深くしみじみとした思いを抱いているのであった。

院のほうでも、常に源氏のことを心に懸けておいでではあったが、九重の雲の上の帝という位にあっては、対面する機会もめったとなく、そのことがいつでも待ち遠しいばかりであったから、そんな思いに促されたことも、こうして位を下りて気楽な上皇の暮らしに入りたいと思った理由なのであった。

それがためにしかし、秋好む中宮のほうは、却って院の御所から六条院へ里下りすることもたいそう難しくなってしまって、まるでそこらの普通の夫婦のように、いつでも仲良く二人並んでお過ごしであった。そういうお暮らしのなかで、当世風に、むしろご在位中よりも華やかに管弦の御遊びなども催される。

中宮はそういう暮らしのなかで、どんなことも思いのままに実現できる立場でありながら、しかし、あの母御息所のことを常に考えつつ、ただ仏の道への思いが募っていくのだけれど、源氏は、どうしてもそのことを許すべくもない様子であったから、母の追善供養のため、さまざまの功徳善根《くどくぜんごん》を積む行ないを営んでは、ますます心深く、世の中の儚いことを悟道《ごどう》する日々となっていった。

夕霧《ゆうぎり》

源氏五十歳の秋から冬

左大将の落葉の宮恋慕

実直男《まめびと》の名をほしいままにして、すっかりその気になっている左大将は、あの一条の御殿に住む落葉の宮の、縹致《きりよう》はともかく、その人柄がなんといっても理想に適《かな》うのではないかと、そこを心にかけて、はなはだ足繁《あししげ》く、また懇《ねんご》ろに思いを込めて通うようになっている。とは申せ、そこは実直男らしく、世間一般には、いかにも柏木に頼まれたことを忘れず、その約束を果たしているのだというように見せかけているのだが……。

そうして、その下心には、どうでもこのままでは済まされまいと、時の経つほどに思いが募っていくのであった。

されば、母御息所も、〈ああ、なんという世にも稀《まれ》なお優しいお心のほどでしょうか……〉と思って、今ではこの御殿も、いよいよ物寂しさ所在なさが募っていくところへ、こうして左大将がせっせと訪れてくれるものだから、それによって慰められることがあれこれ多かった。

しかし、最初から、そうそう懸想《けそう》じみたことも言わずにきた大将であってみれば、〈ここへ来て俄《にわ》かに手のひらを返したように恋慕《れんぼ》めいたことを生々しく口にするというのも、いかにも気恥ずかしいことだし、せめてただ、わが深い心のほどをご覧いただいて、そのうちには、きっとお心を開いてくださることも、まあ、なくはないだろう……〉と思いつつ、なにかにの事にかこつけて接近を試みては、落葉の宮の気配や応対の様子を観察している。

しかしながら、さすがに嗜《たしな》み深い宮は、直接口を利かれるようなことはさらにない。

さあ、そうなると、大将のほうはますます見たい聞きたい、〈……さてさて、どんな機会に、直接にお話し申し上げて、我が思いの丈《たけ》を分かっていただき、そしたらどう反応されるだろうか、そこを見てみたいものだ〉と思い続けている。

その頃、母御息所は、物の怪《もののけ》病みのためにひどく具合が悪くなり、比叡山の麓、小野の里というあたりに山荘を持っていたゆえ、そこへ療養に出かけていった。

以前からこういう時には頼りにしていた祈禱の師で、物の怪をよく払い除《の》けるという律《りっ》師《し》があったが、折柄《おりから》、この僧は、比叡山において籠山《ろうざん》修行中で、決して里には出まいと誓っていたのを、特に頼み込んだ結果、麓までなら参りましょうというので、御息所のほうから、この山里まで出向いてきたのであった。

この際、その乗っていく車から、前駆《さきが》けの者から、すべて左大将が差配をして送り出したのだが、柏木との縁も近く、もっと親しく世話を焼かなくてはならない弟君たちは、却ってそれぞれの多忙な仕事に取り紛れて、そこまで思い出すことがなかったのである。右大弁の君もまた、落葉の宮には多少の思いを懸けぬでもなく、そのような素振りも見せたのであったが、宮のほうからは、まるっきり問題外のあしらいを受け、それを押して通《かよ》っていこうとまでは思わぬまま、結局それきりになってしまった。

それに比して、この左大将の君は、まことに利巧に、しかもさりげなくやりとりをしているうちに、しだいに馴れ親しむようになったと見える。御息所の病気平癒のために、その律師に加持祈禱をさせるについて、お布施や着用する僧衣などの、こまごまとしたところまで、左大将の心配りは行き届く。

これに対して、具合の悪い御息所自身は、とても礼状など書ける状態ではない。さりとて、このお礼は通り一遍ではすまされまい。

「ありきたりの代筆のお礼状など差し上げましては、きっと大将さまはお気を悪くなさいますよ」

「なにぶんとも、ああした重々しいご身分のお方でございますもの」

女房たちは、そういって落葉の宮にしきりと勧めるので、やむを得ず宮自身が筆をとって大将への礼状を書いた。

その筆跡を見れば、いかにも魅力ある美しい手で、お定まりの礼状の文面のほかに、ただ一行だけであったけれど、おっとりとした筆遣いで、大将の心に響くような優しい言葉が書き添えてあったりした。

大将の目はその一行に釘付けとなって、ますます逢いたいという思いが募る。

これをきっかけとして、とうとう二人はしげしげと文を交わすことになった。

こうなっては、北の方雲居《くもい》の雁《かり》の目に留《と》まらぬわけもない。

〈やっぱり、しまいにこんなことになりはしないかと案じていたとおりの関係になってしまったわ……〉と、すっかり様子を察した雲居の雁は、まことにご機嫌が悪い。

左大将は、〈どうもこれは、面倒なことになったぞ〉と思って、宮のところへ行きたいとは思いながら、そうそうすぐに出かけてもいかない。

八月、左大将小野の山荘へ見舞う

八月《はづき》中旬の時分であったから、秋も最中《もなか》、野辺の景色も美しい季節とあって、左大将は、小野の山荘にこもっている御息所のこともたいそう気にかかる。

「なにがしの律師が珍しく比叡山から下《くだ》ってこられたそうだから、この際、なんとしても御相談申したいことがあるのだ。されば、御息所の御病気見舞いがてらに、ちょっと伺ってきたいのだが……」

などと左大将は、さもなんでもない用件のように言って、出かけていく。

されば、前駆けの者もごく控え目にして、供人には、ほんとうに親しい者だけを五、六人伴い、山行きゆえ、みな狩衣《かりぎぬ》ごしらえにして行った。

小野は取り立てて深い山道というのでもない。松ヶ崎の尾山《おやま》なども、大した岩山というわけではないが、それでも自然の秋らしい風情が添うて、都の町中《まちなか》のどんなに数寄《すき》を凝らした家の庭よりも、やはり風景としての情趣も面白みも、はるかに勝《まさ》って見えた。

柴《しば》を編んで作った質素な垣根も、いっそ山荘らしい風情を添え、かりそめの住まいながら、御息所は、さすがに、いかにも品《ひん》良く住みなしている。

これが寝殿に当たるかとみえる建物の東面《ひがしおもて》に、母屋《もや》と廂《ひさし》の仕切りを取り払った放出《はなちいで》を作り、そこに加持祈禱のための護摩壇《ごまだん》を土で塗り込めて立て、御息所は北廂の間に、落葉の宮は西面《にしおもて》にいた。

どうやら質《たち》の悪い物の怪だから、万が一にも宮に乗り移ったりしては一大事というわけで、御息所は落葉の宮の同行を許さず、京の御殿に留まるように言ったのだが、重病の母と離れているなんて、そんなことが出来るはずもないと、宮は母についてこの山荘に来ていたのであった。それでも、やはり物の怪の乗り移りを恐れて、少しでも離れているほうがいいだろうというわけで、御息所の臥《ふ》せっている北廂には、宮の入るのを許さない。

かくては客人《まろうど》の座るべき所がないので、落葉の宮の御座所《おましどころ》母屋の西面とは御簾《みす》一枚を隔てただけの廂の間に、俄かごしらえの御座《おまし》を作って、そこに左大将を招き入れる。

北廂の御息所のもとからは、格の高い女房らしい人々が、言葉を伝えに出てくる。

「まことにかたじけなくも、かかるはるばるの遠方までお運びを賜りますこと、幾重にもお礼を申し上げたくは存じますが、万一にもこのまま儚《はかな》くなりますようなことがございますれば、このことのお礼すら申し上げずじまいになりはせぬかと、そのことばかりが、念頭を去りませぬゆえ、なにとぞして今しばしの間、この命をとどめたいと、それのみ思うようになっております」

御息所からは、そのような伝言であった。

左大将は答える。

「こなたへお移りになります折にも、お見送りのお供を申し上げようと存じておりましたが、父六条院より申しつかっておりましたさる用事がございました折にて、それもあい叶わず、また日ごろから、なにやかや取り紛れる雑々《ざつざつ》の事どものみ多く、愚衷《ぐちゅう》には常々お案じ申しておりますものの、万端《ばんたん》行き届かず、さぞふつつかな者よとご覧になっておられましょうこと、まことに心苦しいことに存じます」

と、こんな四角四面なことを言伝《ことづ》てる。

宮は、母屋の奥のほうにたいそうひっそりと身を潜《ひそ》めていたが、もとよりこの山荘自体が簡素な作りの仮御殿ゆえ、いかに奥に隠れても、やはりすぐそこに御座がある感じで、廂にいる左大将には、落葉の宮の気配が手にとるように分かるのであった。

そこと思われるあたりから、たいそうおしとやかに身動きする衣擦《きぬず》れの音などが聞こえてきて、左大将は〈お、あれは……〉と耳を留《と》めた。すると、すっかり心もうつろになってしまった。

間《あいだ》を取り次ぐ女房が大将のもとを立って御息所のもとへ去り、戻って来るまでにはかなりの時間がかかる。

このひまに左大将は、かねて知らぬ仲でもない少将の君や、そのほか近侍の女房たちを相手として、なにくれとなく物語などするついでに、

「こういうふうに何度もこちらに来馴れ、とかくのお話を承《うけたまわ》るようになって、もう足かけ三年ほどにもなりましたが……それなのに、なおこんなふうに、たいそう水臭いおあしらいをなさいますことの恨めしさ……。こんな御簾の前に置かれたまま、直接にわたくしの思いをお伝えすることもお許しなく、ただただ人伝てに、ちらりとものを申し上げるばかり……いやはや、いまだかような目にはあったこともございませぬ。この分では、御簾内《みすうち》の皆様方は、わたくしを石頭の古めかしい男よと思うて、さぞくすくすとお笑いでしょうなあ。いや、まったくきまりが悪い。かつてまだ若輩で身分も軽い者であった時分、多少なりとも色めいた方面の場数を踏んでおりましたならば、かくも初心におろおろせずにすみましたものを。……まず、わたくしほどまじめ一方《いっぽう》に、ぼんやりとしどおしでいい歳に

なっている男など、ほかにはとんとございますまいな」

と、奥へも聞こえよがし、声高にそんなことを言い募る。

なるほどそう言われてみれば、大将はこんな軽々しい扱いをしがたいような堂々とした風采《ふうさい》をしているので、女房たちもそれはそうだと思いつつ、

「でもね、中途半端にへたなお返事など申し上げるのは気のひけることだし……」

と互いにつつきあっている。

「左大将さまがあれほどにまでお訴えになっているのに……お返事をなさいませぬでは、まるでなにもお解りのないように見えますものを」

こんなことを宮に訴えている女房の声も聞こえてくる。すると、それまでと明らかにちがった調子の声が聞こえた。

「母御息所が、自分では何も申し上げることができないらしいことの申し訳なさに、本来ならば、ここで母に代わってわたくしがお返事申すべきでしょうけれど、かの物の怪病みがたいそう恐ろしいありさまとなり、それをなにかと介抱などいたしておりますうちに……わたくしのほうも、ふと気の遠くなるような気分に襲われまして、とてもここでお返事を申し上げることなどできませぬ」

こういう声を耳にして、大将は、

「さては、あれが宮のお言葉か……」

と、姿勢を正した。

「母君の胸の痛むようなご病気のことは、わたくしの身に代えても治してさしあげたいと、ご案じ申しておりますが、それはそもなんのためでございましょうぞ。まことに恐れ多い申し条《じょう》ながら、母君はたいへんに物の道理をよく分かっておいでのお方、今は物の怪のしわざにて、ご覧になるのもお辛い状態かと拝察申しますが、さればこそ、病癒《やまいい》えて元通りに晴れ晴れとなられるのをご覧あそばすまでは、ともかくご自身がご安寧にお過ごしにならねばなりませぬ。それが、御息所さまのためでもあり、また宮さまご自身のためでもありましょう。ここで宮さままでが病み付かれたのでは、みなが心細いことになろうかと、はばかりながら、推察申し上げるがゆえ、身に代えてもと思うのでございますぞ。……しかるに、こうしてわたくしがしきりにこちらへ参りますことを、ただ母君さまお見舞いのためとのみ思し召して、この胸のうちに積もり積もった切実な気持ちを、ちっとも知っていただけないのは、まことに以て不本意極まるという思いでございます」

大将は、思い切ってこう打明けた。

それを聞いていた女房たちは、

「宮さま、まことにごもっともでございますよ」

と、口を揃えて加勢する。

小野の山荘の日は暮れて

日は、折しも、暮れ方になっていく。

空の様子も、しみじみと霧が立って、山の蔭のここは、はや小暗《おぐら》い感じがするところへ、あまつさえ蜩《ひぐらし》の声までが鳴きしきり、「ひぐらしの鳴きつるなへに日は暮れぬと思ふは山の蔭にぞありける（蜩が鳴いたと同時に日が暮れてしまった……と、思ったのは、山の蔭にいたからなのであったな）」という歌を思わせる。また垣根のあたりに生えている撫子《なでしこ》の花が、ふっと首を傾《かし》げている薄紅《うすくれない》の色も美しく、まるで「あな恋し今も見てしが山賤《やまがつ》の垣ほに咲ける大和なでしこ（ああ、恋しい、今もまた逢いたい、あの賤《いや》しい山人の垣根に咲いている大和撫子……のようなあの娘に）」の歌も偲ばれる。

庭前《ていぜん》の植込みの花どもは、それぞれ思い思いに乱れ咲き、そこへ水の音がさらさらとたいそう涼しげに聞こえ、やがて山から吹き下ろしてくる風がぞっとするような音を立てて背後の山の松の梢に響くと、その音が森の奥深くから響き渡ってくる。

折しも、終日終夜《ひねもすよもすがら》読み続ける読経の僧の交替の時が来たとみえて、合図の鐘を打ち鳴らし、席を立って行く僧、代わりにこれから座って読経に入る僧、いずれの声も渾然《こんぜん》一体となってたいそう尊《たっと》いものに聞こえてくる。

所柄《ところがら》だろうか、なにもかも寂々《さびさび》と心細く見えてしまうのも、しみじみとした風情に感じられて、自然と物を思わずにはいられない左大将であった。

さては、このまま帰ってしまおうという気にもなれない。

律師も、しきりと加持祈禱をする物音がして、陀羅尼《だらに》をありがたそうに唱えている声が聞こえる。

母御息所の容態が悪化し、たいそう苦悶しているらしいとのことで、女房たちもみな北廂のほうに集《つど》うている。もともとこういうかりそめの滞在先とあって、それほど多くの女房たちがお供をしてきていたわけではなかったゆえ、西面のほうはますます人気《ひとけ》の少ないなかで落葉の宮はじっと物を思っている。

あたりはしーんとして、〈こういう時こそは、心の思いを打明けるべき好機だぞ……〉

と左大将は思った……その折しも、霧が、このすぐ軒先のところまで立ち渡ってきた。

左大将、落葉の宮と歌を贈答

大将は、折も良しと思って、

「ただいま失礼しようと思っておりましたに、この霧では、罷《まか》り帰るべき方角もさっぱり見えなくなってゆきます……さて、どうしたものでございましょう。

山里のあはれを添ふる夕霧《ゆふぎり》に

立ち出でむそらもなきここちして

山里の寂しい気配をいやましに添える夕霧が立ち、わたくしはいずこの空へ立ち出でようとも思えぬ心地がいたしまして……」

と、こんなことを御簾のうちへ申し入れた。

これが故に、これより、左大将を夕霧の大将とも呼ぶことにしよう。

さて、さっそくに宮から返し歌が詠み出される。

山賤《やまがつ》の籬《まがき》をこめて立つ霧も
心そらなる人はとどめず

この賤しい山人の家の籬を覆って立ち込める霧も、
いい立って帰ろうと上の空になっている人を留《とど》めることはできません

この歌を詠ずる宮自身の声が、かすかに切れ切れに聞こえてくる。その気配に心を慰められた夕霧の大将は、ほんとうに帰るのを忘れ果ててしまった。

「これはまたどっちつかずな……。霧で家路は見えないし、といって霧の籬は立ち止まることを許さぬようにずいぶん急《せ》き立てなさいます……。こういう場に不慣れな男は、かかる目を見るのでありましょうな」

とつぶやきながら、立ちもせず座に居着いている。そうして、忍ぶに忍び得ないほどの恋慕の情をちらりと仄めかしなどするのであった。しかるに、肝心の宮は、今までも全然気づかなかったわけでもなかったが、ともかく知らぬ顔で過ごしてきたのに、大将がこんなふうに言葉に出して恨みわたるのを、宮は煩わしく思って、ますます返事もしない。

夕霧の大将は、大きなため息をつき、〈しかし、再びこんな絶好の機会があるだろうか……〉と、心中ひそかに思い巡らしている。

〈されば、情味《じょうみ》のない軽率な男よと思われても構うものか。こうしてずっと思い続けてきた、そのことだけでも、なんとかして打明けてしまおう〉と思って、一計を案じ、供人を呼び立てた。

すると、左近《さこん》の将監《ぞう》で五位に叙爵《じょしゃく》された、腹心の供がやってきた。

大将はこの者をそっと膝元まで呼び寄せて、

「この律師に、どうしてもおかなくてはならないことがある。あいにく今は護身《ごしん》の法《ほう》とやらいう行《ぎょう》に余念がないようだが、ちょうど休息しているらしい。されば、今宵はこのあたりに泊まって、初夜《そや》の勤行《ごんぎょう》の果てた時分（およそ午後十時頃）に、あの律師の控えているところへ行ってみることにしよう。ついては、あの者とこの者はここに残るように申しつけよ。随身などの男どもは、栗栖野《くるすの》の我が荘園も近かろうから、そこからまぐさなどを取り寄せてな、あちらのほうで馬に飼わせなどして静かにしておれ。この邸《やしき》近いところでは人声や馬のいななきやでうるさくするでないぞ。こういう仮そめの宿りは、とかく軽率な振舞いのように人の口の端《は》に上るであろうからな」

左近の将監は、これを聞いて、〈なんぞ仔細《しさい》のあることであろう〉と合点して、大将の命《めい》を承《うけたまわ》って立っていった。

かくこしらえ置いてから、大将はこんなことを言う。

「この霧では、道がまことにおぼつかぬ按配ですから、このあたりに宿を借りることにいたしましょう。が、さて、おなじ宿を取るなら、このまま、こちらの御簾の前にて一夜の宿りを許されて……というふうにあってほしいもので、いえいえ、あの加持祈禱の坊さまが祈り終えてこちらへ下がってくるまでの間だけでも……」

夕霧の大将は、さりげない口調で、そう言ってみた。

今までは、このように長居して、怪しげな振舞いに及んだことなど、一度もなかった大将が、こんなことを言う。

〈ほんとうに、困ったことになってきた〉と、宮は思うけれど、といって、これみよがしにさっと立って母の病床のほうへ行ってしまうなどということをするのも、なにやら体裁がよろしくないという思いがある。

しかたない……宮は、そのままじっと息を潜めていた。

すると……。

夕霧は、またなにか仲立ちの女房に言伝《づ》てて、それを伝えに女房が御簾を潜《くぐ》って膝行《しっこう》するのについて、自分もさっと御簾のうちに入り込んで来た。

夕霧、落葉の宮に迫る

まだ夕暮れながら、霧に閉じられて室内はもうすっかり暗くなってしまっている時分であった。

後ろから大将が入ってきてしまったので、女房はびっくりして、振り返った。

落葉の宮は、もうひどく恐ろしい心地がして、急ぎ北側の障子を開《あ》けて北廂のほうへ逃《のが》れようとした。

が、大将はたくみに探り求めつつ、宮の衣を摑《つか》んで引き留《と》める。

宮の体は廂のほうにあるのに、衣の裾《すそ》ばかりは夕霧に捉《とら》えられてなお母屋に残っている。二人を隔てる障子の掛け金は内側にはあるが、外からは掛けるすべもない。宮は、なんとかして障子を閉めてしまおうと渾身の力を込めて戸を押さえ、全身汗みずくになって、わなわなと震えているのであった。

これには、女房たちも茫然《ぼうぜん》となってしまって、さてこれはどうしたものか、だれも良い思案がない。大将のいる内側からなら、掛け金を鎖《さ》すこともできるが、反対側にいる宮にはどうすることもできぬ。といって、あちらは男、しかも立派な身分の殿方で、こなたは女、それも皇女という身分の姫とあっては、乱暴にむしり放つというわけにもいかぬ。

「これは、なんとまた呆《あき》れるようなお振舞いでございましょう。まさか、こんなことをなさろうとは、思いも寄らぬお心でございます」

など言いながら、泣きべそをかいて訴える。

「わたくしがなにをしたと仰せか、たかがこの程度のお近くに寄ったというだけではございませぬか。それが人並み外《はず》れてけしからぬとお思いになることか……。もとより物の数でもないつまらぬ男ながら、かねてわたくしのことはすっかりお耳にも馴れて年月も重なったことではありませぬか」

大将は、たいそう静穏《せいおん》な口調で、しかも落ち着いた態度で、思いの丈《たけ》を打明ける。

が、宮がそんなことを聞き入れるはずもなかった。

ただ、くやしくて、〈なんで、こんなことをなさるのであろう〉と思う気持ちばかりが、やるかたもない。されば、どう返事をしようかということまでは、よう考えつかないから、一言も言葉を発しようとはせぬ。

「なにもお答えくださらぬとは、なんという辛い、また大人げのないありさまでしょうか。人知れず心に募らせておりました恋慕の思いが、思い余って、ついかような色好みめいたことをいたしました罪は、たしかにございましょう……けれども、これより先の、馴れ馴れしさに過ぎたる行ないまでは、お心のうちのお許しを頂戴いたしませぬ限り、決して決してお目にかけることはいたしませぬ。……わたくしの胸のうちは、恋しさで千々《ちぢ》に砕けそうになっております。そのことは、自然自然にお見知りになることもあったでございましょうに、強いて知らぬそぶりをなさる。そうして、かように疎遠なお扱いをなさるようですから、こちらからはそれ以上なんとして気持ちの申し上げようもなく……ああ、どうしたものでございましょう。わたくしがこのようなことを致しましたのを、無分別で憎らしいとお思いになるとしても、思いを伝えぬままでいたら、わたくしの胸のなかでそのまま朽ちてしまうであろう……その愁《うれ》えをば、ここではっきりとお知らせ申し上げたいと、そう思うばかりのことにございます。

……もはや、言うべき言葉も知らぬほど、このなされようは恨めしく存じます……けれども、恐れ多いことでございますから、これ以上くだくだしくも申しますまい」

と言って、大将は強いて情深く、心して振舞っている。

あちら側から一生懸命障子を押さえていても、しょせん女の力、まったく弱々しい防御であったけれど、それを大将は、力ずくで引き開《あ》けたりはせぬ。

「これしきの障子でも、ともかく隔てを……とお思いのようでございますね……。なんともはやお労《いたわ》しいこと……ふふ」

大将は憫笑《びんしょう》しながら、そこからさらに恣《ほしいまま》にする様子もない。が、ここまで近々《ちかぢか》と接する事ができれば、宮の様子が、そこはかとなく見える。なんでも柏木の口ぶりでは縹致《きりょう》がすぐれないようなことであったが、実際には、ふわりと人を惹《ひ》きつける優しさがあって、貴《あて》やかで、飾り気のない魅力があることが感じられる。それが、柏木の死後、ひたすら悲愁のうちに思い沈んでいたせいか、ひどく痩せて、弱々しい様子である。着ているものとては、着馴れてしんなりとした服の、袖のあたりもやわやわとして、親しみ深い感じに香《こう》が薫《た》きしめられているのが匂ってくる。かれこれ総合して考えれば、どこかかわいげがあって、柔和な人であるように思われた。

風はたいそう心細げに通い、次第に更けてゆく夜の気配、虫の音《ね》、あるいは妻を恋《こ》うて鳴く鹿の声も、はたまた滝の音《おと》も、なにもかもが一つに混じりあって、折節《おりふし》まことに清艶《せいえん》な気分が横溢《おういつ》している。されば、いかに無趣味の朴念仁《ぼくねんじん》といえども、これには目が冴《さ》えてしまって寝つけないだろうというほどの空の風情、夕霧の大将は、敢て格子戸も下げさせずに、西に沈みかけている月が山の端《は》近くにかかっているのを見やりつつ、おもわず涙をとどめ得ない。

まことに、しみじみとした夜であった。

「……やはり、ここまでわたくしの思いをお察しくださらぬありさま……これには却って浅いお心の程度が知れる、とでも申し得ましょうか。よろしいですか、このように、世間には珍しいほどの、いえ、いっそ間抜けなと言ってもいいくらいの、人畜無害の男など、まずわたくし以外にはあり得ないと思われます……が、これが世間にいくらもいる程度の軽々しい身分の男であってごらんなさい、わたくしのように実直《じっちょく》なる男を『間抜けな奴』などと嘲笑しつつ、女心など知らぬ顔で好き勝手なことをしでかすでしょう。わたくしはそんなことは思わずに来た人間ですが、それでもあまりにも度を越してばかにされるようでは、しまいにその好き勝手な欲望も抑えることができぬ……なんてことにならぬものでもありますまい。御身《おんみ》とて、いままで全く男女《おとこおんな》の仲というものを知らずに過ごしてこられたわけでもございますまいに……」

と、こんどはこんな脅しにも似たことを口にして、押したり引いたり、手を変え品を替えて、夕霧は宮に肉迫する。

〈はてさて、どうお応《こた》えしたらいいのでしょう……〉

落葉の宮は、すっかり悲観的になって考え込んでしまった。

こうしたやりとりのなかにも、男が折々に、さも「男を知らぬわけでもあるまいに」というような思いを仄めかすのも、宮には不愉快で、そんな侮辱的なことを言われるのも、まことに比類なく心憂き我が身の上だと思い続けているうち、しだいに、死ぬほど辛いという思いに至る。

「あの辛いことばかりだった結婚が、身の過《あやま》ちだったことは重々思い知っておりますけれど、それにしても、かほどに呆れ果てたお仕打ち……、さてもわたくしは、このことをどのように考えたらよろしいのでしょうか」

落葉の宮は、かすかに聞こえるほどの弱々しい声で、こう抗弁しながら、消え入りそうに泣いて、

われのみや憂《う》き世を知れるためしにて

濡《ぬ》れそふ袖の名をくたすべき

どうしてわたくしばかりが、こんなにも辛い世を知る例《ためし》として、
夫に先立たれて泣き濡らした袖の上に、またさらに御身様との仲らいのことで、
もう一度、涙で袖を濡らし添えて、しまいに袖も朽たすように、わたくしの名も朽たすのでしょうか

という歌を詠んで言い返してきたように聞こえたが、あまりにかすかな声でもあり、泣き声に混じりもしていて、よくも聞こえなかった。夕霧は、きれぎれの言葉を、わが心のなかに繋ぎ合わせて、こんな歌であったろうと推量し、忍びやかな声で復唱してみる。

これを聞けば、宮はまた、耳をふさぎたくなるような思いがして、〈ああ、よせばよかった、なんだってまた、こんな歌を口に出してしまったのだろう〉と後悔している。

また夕霧の声がした。

「なるほど、わたくしとしたことが、ひどいことを申し上げましたな」

などと、こたびはどこか苦笑いをしている気配があった。

「おほかたはわれ濡衣《ぬれぎぬ》を着せずとも

朽ちにし袖の名やは隠るる

大概のところを申し上げれば、なにも私が事新しく濡衣を着せるようなことをせずとも、亡きご夫君のことで、すでに悲しみに袖も朽ち、名誉も朽ちはてたということは隠れもないことではございませんか

もうここまで来たら、割り切ってお考えくださいませ」

夕霧はそんなことを言いながら、北の奥に隠れている宮を、南面《みなみおもて》の月影の明るいほうへ誘い出そうとする。

〈なんて、呆れ果てたことを……〉と落葉の宮は思い、どうでも誘いには乗らないと決意して身を固くしていたが、夕霧は、男の力を以て、造作もなく宮の体を引き寄せてしまった。

「よろしいですか。このように世に比類のないほどの、わたくしの好意をご諒察《りようさつ》くださいまして、どうかお心安くお考えなさいませ。わたくしは宮さまのお許しがいただけない限りは、これ以上のことはさらさら致すつもりはございませぬ」

そう、きっぱりと夕霧は言った。

気付けば、はや明け方近くなっているのであった。

月光は地上の隅々《くまぐま》まで澄み切った光を落として、霧にも妨げられることなく、山荘のなかまで射し込んでいる。仮造りの廂の浅い軒などは、あっても無いような心地がして、宮はまるで明るい月の顔と真正面に向き合っているような感じがするので、それはもう不思議なほどに決まりが悪くて顔を背《そむ》けている。その恥じらう様子など、なんとも言いようのないくらい生々しい美しさを感じさせる。

夕霧は敢て故柏木のことも話題にして、あれやこれや、当たり障りのないような物語に時を過ごした。そうした物語のまにまに、夕霧は、宮があの亡くなった衛門の督ほどには、自分のことを思っては下さらぬということを、恨めしげに嘆いてみたりもする。

宮の心のうちには、やはりあの柏木のことが思い起こされる。

〈……かの君は、婿として迎えた時分には、まだ位なども不足ある身分であったけれど、それでも、父母《ちちはは》はじめ、みなお許しくださった。……それで自然とああいうことになって、夫婦としての馴染みを重ねたのだけれど……それだって、結局は、ずいぶん不愉快な仕打ちをされて、さんざん悲しい目を見たものだった。……まして、いま、こんなあってはならないことに巻き込まれている。だいいち、左大将の君の北の方は、亡き夫の妹に当たるのだから、決して無関係の家のことではないもの。致仕大臣《ちじのおとど》などが、このことを耳にされたら、いったいどんなに呆れられることでしょう。それだけではない、きっと噂が立って世間の人の誹《そし》りを受けることは必定《ひつじょう》だし、そうなれば、父朱雀院のお耳にだって達するに決まっている。そしたら父君はどんなふうにお思いになるだろう……〉などなど、それからそれへと、近縁の誰彼の思惑《おもわく》を次々と考え巡らしては、ただただ口惜しくてならぬ。

〈わたくしの心一つに、決してこんなことを許すまいと決めていたとしても、でも、人の口に戸は立てられぬし、それでいて、母御息所だけは知らぬままというのも、不孝の罪の深い気がして……、それかと言って、かくかくしかじかとお聞きになったらなったで、なんという分別のないことをしたものか、とお思いにもなり、またお叱りにもなるだろう、それを思うと、なんだか心が鬱《うつ》するばかり〉と思って、

「どうか、夜の明けぬうちに、お帰りくださいませ」

と、せめて左大将を急《せ》き立てるよりほかのことは何も思いつかない。

「なんと、呆れ返ったお返事だ。それなら、わたくしはとりあえず帰りますが、朝露《あさつゆ》を踏み分けて女の家から帰って行く……いかにも逢瀬の後朝《きぬぎぬ》めいて、それが実はこんな間抜け

なことでは、朝露がなんと可笑《おか》しがることでしょう。よろしい、それなら、きっと思い知られよ。ここまで愚かしい振舞いをお見せしてしまった今、それをもし『うまいこと言いくるめて帰してやった』などと思って、自今も疎遠になさろうというおつもりなら、わたくしにも覚悟がございます。いずればかにされるなら、されるまで……、その時には、今日のように最後まで理性的に振舞うことなどできぬかもしれぬ……いざそうなったら、さあどうなることか、なにやらけしからぬ振舞いに及ぶというようなことだって、生まれて初めてするかもしれません……なんだかそんな気がします」

こんな別れかたをしたのでは、あとあと宮がどう思うであろうかと、たいそう気掛かりで、いかにも中途半端なしこなしであったけれど、だしぬけに挑《いど》み戯《たわむ》れるなどということは、正真正銘いままでやったことがない心がけの夕霧であった。さればこそ、さような振舞いに及んでは、かたがた宮が労《いたわ》しくもあり、また自分自身だってさぞ自己嫌悪に陥るであろうと、とつおいつ思いながら、結局どちらのためにも、ことはあらわにならぬがよかろう……そういう二人のためには、うってつけの濃霧に姿を隠しつつ、夕霧は帰って行こうとする……その心は、まるで上《うわ》の空《そら》なのであった。

「荻原《をぎはら》や軒端《のきば》の露にそほちつつ
八重《やへ》立つ霧をわけぞゆくべき
この荻繁る草原の家の、その軒端に滴《したた》る露に濡れ、そして涙に濡れつつ
わたくしは幾重にも重なる濃霧を分けて帰って行かなくてはなりませぬ
濡れるのはわたくしだけではない、御身とて浮き名の濡衣《ぬれぎぬ》は乾かしておくこともできますまい。それもこれも、みなこんな理不尽な形でわたくしを追い返そうとなさるお心がけから出たことにて」
夕霧は、駄目押しのように、そんなことを申し入れた。
これを聞いて、宮は、
〈もはやこうなっては、わが浮き名が、あまり芳《かんば》しからぬ形で世に漏れ出《いで》るということは避けられぬ。けれども、もし我と我が心に問われたときだけは、何の後ろ暗いこともなくきっぱりと答えられるようにしておきたい〉と思うゆえ、返歌はまた、いかにもそっけないものとなった。
「わけゆかむ草葉の露をかごとにて

なほ濡衣をかけむとや思ふ

そうして踏み分けておいでになる草葉の露に濡れると泣きごとを言いながら
さらに私にまで浮き名の濡衣を着せようとお思いになるのですか

「なんてまた、世にも珍しいなされようでしょうか」

とて、宮は大将を咎《とが》める。だが、その様子もまた、たいそう魅力的でこちらが恥ずかしくなるほど気品にあふれている。

〈ああ、あれからずっと私は、世間の男とは格別の「気配りの人」となって、なにかにつけて、いつだって親切にして差し上げてきたものを、ここへきてまるで別人のようになって、宮を油断させたうえで、色好みめいた振舞いに及んだのは、いや、宮にはまことにお気の毒であったたな……それに、思えばこっちが恥ずかしくなるような按配であったし……〉と、大将は、いい加減でなく反省をしつつ、しかしまたそのいっぽうで、〈まてよ、しかしこれで今、宮の仰せに強いて従ってみせたとて、それはそれで宮に見くびられて、後々《のちのち》ばからしいことになりはすまいかな〉とも思う。大将の心のなかでは、こうして実直《まめ》男《びと》としての自制心と色好みとしての挑《いど》み心とが、激しい葛藤《かっとう》をくりひろげて、なにがなんだかわからなくなった。

かくては、帰るさの道々は、草葉の朝露と、袖の涙の露と、いずれも濡れに濡れて、歩み行く足取りも渋りがちになる。

夕霧、花散里のもとで衣服を改む

こんな外泊など、今までとんとなかったことで、夕霧自身は面白くも思ったし、また神経の疲れることだとも思う。そうは思いながら、このまま三条の邸に帰ったとしたら、こんなにびしょ濡れなのを、また雲居の雁に見咎められて大騒ぎになるに決まっている、と考えて、ひとまずは父源氏の六条院へ向かい、母代わりになって育ててくれた花散里のいる、東北《うしとら》の御殿へまっさきに顔を出した。

〈やれやれ、すっかり夜が明けたが、霧は少しも晴れぬ。こんなことでは、まして小野の山荘あたりではどれほどに霧深いことであろうかな〉と、夕霧は、遥かに落葉の宮を思いやる。

さっそくそんな夕霧を見咎めて、女房たちは、

「まあ、珍しい、大将の君がこんな朝帰りなんて……」

と、目引き袖引き囁《ささや》き交わしている。

それから少しだけ休んで、大将は、すっかり衣を脱ぎ替える。

そういうところ、花散里は行き届いた人ゆえ、夏物冬物、いずれもたいそうきちんと美しく揃えて用意してある。それを香を入れた匂い芳《かんば》しい唐櫃《からびつ》から取り出して大将に着せるのであった。

こうしてさっぱりと身なりを整えてから、朝のお粥《かゆ》など食べて、夕霧は、すぐに源氏の御座《おまし》のほうへ顔を出した。

夕霧、落葉の宮に後朝めく文を贈る

それから、大将は、小野の山荘の宮に宛てて手紙を書いたけれど、こんな後朝《きぬぎぬ》の文めいたもの、宮はちらりとも見ようとはせぬ。

その内心には、昨夜のあの、大将が親切ごかしに近づいて、急に態度を一変し、とんでもない振舞いに及んだことが、心外千万で、恥ずかしさも恥ずかしいし、どこまでも不愉快で、万一にもこんなことを母御息所が耳にしたらどう思うだろうと想像すると、そのことともひどく気恥ずかしいし……、宮の苦悩はいや増しになってゆく。

〈……母君は、あのご親切な左大将の君が、まさかこんなお振舞いに及ばれるだろうなどとは、少しもご存じないに決まっている……けれど、あの朝帰りのことといい、こんな後朝めいた文といい、なにやら普通ではないことどもを、ちらりとでもお目になさったら大変……、人の噂は口さがないものゆえ、たちまち広がって母君のお耳に入ったりもすれば、ほんとうに一大事……。母君は、きっと、わたくしが隠し立てをして心隔てをしたとお思いになる。それはもう、ほんとにわたくしの胸が痛むことだから……いっそ女房たちが、昨夜の一部始終を、見たままありのまま正直に母君に報告してくれたらいいのに。それでもし母君が『なんとまあ、がっかりするようなことを』とお思いになったとしても、それはしかたのないこと……〉と、宮は思い続けている。

そもそも、宮と御息所は、一般に親密な母娘《おやこ》関係のなかでもさらに仲が良くて、どんなこともついぞ心隔てせずにと、互いに思いあってきたのであった。

されば、他人はみな知っているのに、親には知らせずにいるというようなたぐいの話は、昔物語にも見えるようだが、落葉の宮は、決してそんなことを思う人ではない。

女房たちも宮の思いは心得ていて、

「なんのなんの、わたくしどもから御息所さまのお耳に入れるなど、もってのほか」

「そうそう、ちらりとでもお聞きになったら、やはり、なにかあったに違いないとお思いになるでしょ」

「そんなことになったら、御息所さまだって、どんなに思い悩まれるか」

「だって、まだ問題になるような事実はなにも起こってやしないのに、万一そんなご苦悩をおかけするとしたら、わたくしどもの心だって痛みますものね」

などなど口々に語らって、昨夜の一件については、口を噤《つぐ》むことに申し合わせた。

それにしても、この大将からの後朝めいた文。

これから先、二人の関係がどうなっていくのか、女房たちは気になってしかたがない。それなのに、宮は手に取ろうとも引き開けてみようともしないので、ますます心もとない思いがする。

「宮さま、お気持ちは分かりますけれど、それでも、さようにまるで無視してお応えにならないというのでは、あちらさまも不審に思われましょうし……」

「そうですとも、だいいちあまりに世慣れぬなされかたのようでございますよ」

女房たちは、口々に宮を諌《いさ》めつつ、その文を広げてみせる。

「そんなことは納得できません。ついうかうかと心用意もせずに、あれだけのことであっても、殿方に逢うことになってしまったこと自体、そもそもが軽率でした。それはみなわたくしの不行き届きだったと自戒しておりますけれど、といって、あの大将のなんの思いやりもないお振舞いの数々を思えば、とても我慢がなりませぬ。もうよい。そんなものは拝見できません、とそうお返事なさい」

と、ことのほか立腹してそのまま物に寄りかかって臥《ふ》せってしまった。

とはいえ、この大将からの文は、そう憎らしい風情でもなく、たいそう深く心を込めて書き綴《つづ》ってある。

「たましひをつれなき袖にとどめおきて
わが心からまどはるるかな

わたくしの魂を、冷淡なあなたの袖のなかに置いてきてしまいました。
それゆえ、魂の抜けたわたくしのほうは、なにをどうしたらいいものか、ただおろおろと惑うておりますいにしえの歌に『身を捨ててゆきやしにけむ思ふよりほかなるものは心なりけり（さて、私の心は、この我が身を捨ててどこぞへ行ってしまったのでしょうか、なんとしても思い通りにならぬものは、この心というものでございますね）』と詠《なが》めてございますほどに、さては昔もわたくしのような思いをした人があったと見える、とさように強いて思いなしてみても、『わが恋はむなしき空に満ちぬらし思ひやれども行くかたもなし（私の恋はあの虚空《こくう》に充ち満ちているにちがいない。どんなに恋しい人のほうへ思いをやっても、行くべき方角も分からない）』と、いにしえの人も嘆いておりますとおり、わたくしの心はどこへ行くとも知れず、こうして立ち迷っていることでございます」

などなど、まだほかにも色々と言葉を尽くして書いてあるようであったが、女房の立場ではそうそうまともに見るわけにもいかぬ。ただ、一瞥《いちべつ》したところでは、例の、後朝の文といった文調でもないように見えたが、結局昨夜はなにがどうなっていたのか、女房たちにはよく分からぬままであった。

ただ、宮の苦悩ぶりが、いかにも労《いたわ》しくて、嘆かわしい思いのうちに、女房たちは宮を見ている。そうして、

〈……さても、これは結局どういうわけであったのだろうか、これまで何事につけても、

大将の君のなされようは、世に珍しいほど優しいお心遣いであったし、それは今もちっとも変わりはないけれど……〉〈でも、もし夫のような形でお頼みするとしたら、ひょっとして見劣りすることもあるかもしれないし……〉と、思いはあれこれ乱れて、この宮に親しくお仕えする者たち皆々、気が気ではないのであったが、そんなことなど、御息所は夢にも知らなかった。

律師、昨夜のことを御息所に語る

物の怪病みというものは、時によってひどく重態に見えるときもあるが、思いがけずけろりと気分の良くなる折もあって、そういう折々には、すっきりと正気に戻るものなのであった。

さて、日中の加持祈禱も果て、律師一人が仏壇のところに留《とど》まって、さらに陀羅尼《だらに》を読《どく》誦《じゅ》している。どうやら、きょうは御息所の気分もずいぶん良いらしくみえ、律師もそのことを喜んで口を開いた。

「どうもおかしい。もし大日如来《だいにちにょらい》さまが嘘をお吐《つ》きになるのでないなら、拙僧がかほどに心を砕いて御修法《みずほう》つかまつっておるほどにいかになんでもそろそろ効験《こうげん》が現われてしかるべきところじゃが……。いま祟《たた》りをなしておる悪霊は、ずいぶん執念深いように見えるが、なに、いずれちょっとした世俗の悪業《あくごう》に付きまとわれて成仏できずにいる、どうということもないような怨霊《おんりょう》じゃろうて」

律師は、大音声の加持祈禱にすっかり嗄《か》れた、恐ろしげな怒り声で言い放つ。

この御坊は、たいそう聖《ひじり》らしい、生一本な律師で、いきなりまるで違うことを言った。

「おお、そうそう、あの左大将は、いつごろからここもとへお通いになられてかな」

そう、だしぬけに問われて、御息所はびっくり仰天する。

「いえ、そのようなことはございませぬ。大将の君は、亡くなった大納言（柏木）のとてもよいお友達で、故人から後《あと》のことをなにかと頼まれたとかで、そのお約束を違《たが》えてはなるまいと、そうお思いになって、このところずっと、何か事のあるにつけて、それはそれは、もう不思議なくらい御懇篤に、お世話をくださって……そんなことで、お出入りなさってはいますが、こたびも、わたくしがこのような状態でございますのを、わざわざお見舞いくださるためにお立ち寄りいただいた、とそういうわけにて、まことにかたじけないことと存じておりますが……」

「なんと、おとぼけになるとはお見苦しい。それがしに、さような隠し立てはご無用でございましょうぞ。いや、じつは、今朝ほど、後夜《ごや》（深夜から明け方にかけて）の勤行のために参上仕《つかまつ》りましたる折のこと、あの西の開き戸のところから、それはもう、じつに見事に整った風采の男が出てまいりましたでな、なにぶんあの濃霧でございましたから、それがしには、それがどなたであるかまでは見分けがつきませなんだが、わが弟子どもが、『大将殿がお帰りになるぞや』とやら、『昨晩も、お車もなにもお返しになって、こちらにお泊まりになったことよ』とやら、口々に申しました。いや、まことに、それで納得がいった……あのすばらしい薫香があたりに充ち満ちて、頭も痛くなろうかというほど……あれは、なるほどそういうことであったか……と、こう思い当たったのでございます。あの殿は、いつだってすこぶる良い香りのしている方でございますゆえな。……このことはしかし、どうしても進めておきたいというご縁組でもございますまいな。いや、たしかに、あの左大将の殿は、人物としてみれば、博識で諸道に通じた立派な方でござる。そう申すそれがしなども、あの君がまだ童《わらわ》でいらっしゃった時分から、御為《おんため》の加持祈禱やらなにやら、あの亡き大宮がたってお申し付けになったことでござったゆえ、まず、そちらの方面は、こんにち只今に至るも、ひとえに承ってお勤めをしておるような次第なれど、そういう目から見れば、こちらの宮へお通いになることなどは、まことに無益《むやく》のことでござる。……と申すは、かの殿には本妻《ほんさい》が、たいそうな威勢を張っておられる。そもそもが、その本妻の出自を申せば、今を時めく大臣の一族にて、それはもうすこぶる重々しい御方、若君がたも、さよう……もう七、八人はおわしましょうかな。さような訳柄《わけがら》なれば、たとえこちらの宮が皇女《みこ》におわしますとも、とうていあちらを圧倒することはかないますまい。また、女人《にょにん》に生まれるという悪《あ》しき因縁を受け、やがては成仏叶わず永劫《えいごう》の闇にくれ惑うというのも、畢竟《ひっきょう》かような色欲煩悩の罪によって、しかく辛い報いを受けるわけなのでござる。もしこのまま進んで、その本妻がお怒りになるようなことが出来《しゅつたい》するなら、それこそ未来永劫、永く成仏の障《さわ》りともなりましょう。しかれば、それがしとしては、断じてこのご縁には賛成いたしかねることでござる」

律師は、頭を振り振り、言いたい放題に言い放つ。

「さようなことは、いかにも納得いたしかねることでございます。左大将の君には、決してそのようなことをなさる気配もないように拝見しております。わざわざお見舞いくださったのですが、わたくしがひどく具合が悪く心も乱れた状態でございましたゆえ、しばし休息して良くなってから対面しようということで、しばらくあちらのほうに立ちどまりなさっておいでだと、そのようにこれにおります女房どもが申しておりましたものを……、まさか、仰せのようなことでお泊まりになった……のでしょうかしら……。あの大将の君は、いったいにたいそう実直《じっちょく》で、まっすぐなお方でございますが……」

御息所は、なんだか割り切れないという口ぶりで反論しながら、しかし、内心には、〈……いや、もしかしたら、そういうこともあったかもしれない。思えば、あの君とて、ちょっとそれらしいご様子も折々は見えたけれど、もとよりお人柄が、たいそうきちんとした方だし、人から誹《そし》りをうけるようなことは努めてせぬようにして、折り目正しい風情でおられたのだから、宮も、まさかそうたやすく心に許さぬことはなさるまいと、すっかり油断していたのにちがいない。それが、あたりに人気も少ない折を見澄まして、宮の御座あたりへ入り込みでもなさったのかしら……〉と、そんなふうに思い巡らして不審がる。

そこで、律師が帰ってしまった後で、小少将《こしょうしょう》の君（少将の君）を呼んで問い糺《ただ》した。

「かくかくしかじかのことを聞きました。これはどういうことですか。どうして、私にはこれこれこういうことがあったと、正直に話してくれなかったのですか。いや、まさかそんなことがほんとにあったとは思いたくないけれど……」

こう糾問《きゆうもん》されて、少将の君は困却したけれど、もうこうなってはしかたがない。はじめからのありのままの事実を、詳しく物語った。

しかも今朝の大将の君からの御文のありさま、また宮もそれに対してちらりと拒絶的に言い返したことなど、一部始終をくわしく告白する。

「もう長い間下心に忍ばせておいでになったお気持ちを、ただ宮さまに分かっていただきたい、そういうおつもりだったのではございませんでしょうか。大将の君は、それはそれは世にたぐいもないほどのお気遣いをしてくださって、夜の明けぬうちにお帰りになられましたものを……さて、そのことを誰がどんなふうにお耳にいれたことやら……」

少将の君は、まさかあの律師が告げたとは思いも寄らず、こっそりと、お付きの女房のうちの誰かが告げ口をしたのだと思って、こんなことを言った。

御息所は、黙ったまま、なんと心憂い、また口惜しいことだろうと思って、涙がほろほろと流れ落ちる。その様子を見るにつけても、少将の君の心には、御息所の気持ちが痛々しく思えて、へしまった、なんだってまた、私はなにもかもありのまま申し上げてしまったものだろうか……。こんなにお辛いご病臥《びようが》中に、ますますお心も乱れておしまいになったかもしれない……〉と、悔やまれてならないのであった。

「でも、隔ての障子の鍵はたしかに鎖《さ》してございましたし……」

など、今さらながらに言い繕《つくろ》いなどしたが、御息所の思いは休まらぬ。

「鎖してあろうとなかろうと、いずれ、そのようにすぐそばまでお入れして、なんの心用意もないままに、軽々しく殿方に逢《お》うたということ自体すでに、なんとしても良いことではありませぬ。たとい、宮ご自身のお心の内では、別になにの疚《やま》しいことがなくておいでであろうとも、現にああして法師連中が口さがなく言い放っております以上、まして質《たち》の良くない若者などは、それはもう面白ずくにあることないこと言い触れてまわりましょう。いったんそのように人の噂に立ってしまったなら、どうしてそれを聞いた一人一人の人に、それは違うと反論なし、事実はそんなことは決してないなどと説得することができましょうか。まったく、そんなことも分からない、心の幼稚な女房ばかりがお身近にお仕えしていて……」

と、言いさしてまた御息所は瞑目《めいもく》する。この日ごろ、ひどく苦しそうな容態であったところに、このような思いもかけないことに驚いたこともあって、ますます苦悶の度は募り、いとも労《いたわ》しいありさまであった。

母御息所としては、宮がどこまでも皇女として気品高い日々を過ごしてほしいと思っていたのに、こうして世間に顔向けのできぬような、軽々しい浮き名の立ってしまうだろう現実を知って、それはもうなみなみならず思い嘆いている。

「よいか、私がこうして少しでも頭のはっきりしているときに、こちらへおいでになるよう、宮に申し上げよ。本来なら、私のほうから、あちらへ参上すべきところながら、このような状態では身動きもできぬ……ああ、宮にもうずいぶん久しうお目にかからぬ心地がすることじゃの」

と、うっすら涙を浮かべながら、御息所は命じた。

少将の君は、さっそく宮の御座のほうへ出向いて、

「御息所さまには、かくかくしかじかの仰せでございます」

とて、細かなことは言わず、ただそれだけを伝言するのであった。

落葉の宮、母御息所の臥床へ赴く

宮は、さっそく御息所の臥せっている北廂のほうへ渡っていこうとして、まずは、涙に

濡れてごわごわになってしまっている前髪あたりを繕《つくろ》い整え、昨夜夕霧の大将につかまれてほころびてしまった単衣《ひとえ》を脱いで着替えなどする。

しかし、それからすぐには動くことができない。

〈でも……この小少将などの者どもも、じっさいはどう思っているのであろう。御息所がまだご存じなくて、あとになってなんらかのことをお聞きになるようなことがあったら、きっと『宮は知らん顔をしていたのだったか』と思い合わせられるに決まっている。それもこれも、みんな、ひどく恥ずかしい……〉と、内心に屈託《くったく》するばかりで、結局動くに動けず、またそこに臥せってしまった。

「ああ、とっても気持ちが悪い……。いっそこのままどんどん具合が悪くなってしまったら、そのほうが却って体裁よく事がはこぶかもしれない。そう思うと、なんだか脚気《かっけ》が上のほうまで上《のぼ》ってきたような心地がする……」

そう言って宮は、女房どもにせっせと体を押しさすらせなどするのであった。

なるほど、こういう具合になにもかも苦悩して、さまざまな物思いをしているのでは、脚気も胸へ上ってくるというものであろう。

少将の君は、

「御息所さまに、この度のことをちらりとお耳に入れた人がいるのでもございましょう。さきほど、かくかくしかじかのことは、いったいどういうことなのかと、そうご下問がございましたので、わたくしは、ありのまま疚《やま》しいところはない旨を申し上げて、なお、隔ての障子の鍵は鎖してあったことを、とくに強調してはっきりと申し上げておきました。ですので、もしこれよりお目にかかって御息所さまから、それとなくそのあたりをお尋ねになられましたなら、わたくしの申し上げたとおりに仰せくださいますように」

と、これだけを宮に話したばかりで、御息所がつくづくと嘆いていた様子には、いっさい触れなかった。

それでも、宮はこれを聞いて、〈ああ、やはり、母上のお耳に入ってしまった……〉と、心はますます悲観的になり、ただ黙って臥せっているその枕から、はらはらと涙の雫《しずく》が滴《したた》り落ちるのであった。

〈ただ、このことばかりではない……。そもそもあの衛門の督を婿に迎えたところからして不本意だったのだし、あれからずっと母君には、さんざんご心労をおかけするばかりで、ああ、こんなことでは、私なんか生きている甲斐がない……〉と、心は屈するばかり、物思いをし続け、〈しかも、こんどはあの左大将の君……あの方だって、このまま引き下がってくれるわけもなく、きっとあれこれと面倒なことを言い懸けてくるに違いない。そうなると、ほんとうに煩わしいし、また世間の外聞も良くないことだし……〉とて、くよくよ考え込んでいる。

〈もしこれが、あのまま大将の君の言いなりになっていたとしたら、いまごろはどんな軽率な噂をされて我が名を汚すことになっていたでしょう。でも、私は潔白、すくなくとも私は悪くない、それだけは間違いないもの……〉といささかは、みずから慰めることもあるけれど、といって、皇女《こうじょ》の出自で大納言の正室、というような身分の高い女が、こんなにはしたなくも軽々しく他の男に逢ってよいはずはない、それはそうなのだ、とみずからの前世からの因縁の拙《つたな》さを思い、憂《うれ》いに屈託している。

その夕刻。御息所のほうから、

「やはり、たってお渡りくださいますように」

という伝言が至るに及んで、いよいよ宮は母御息所の臥所《ふしど》へ出向くことにした。しかし、わざわざ塗籠《ぬりごめ》（調度などの置き場になっている壁の多い部屋）の戸をそちこち開いて、そのなかを通過するなど、人目に立たぬように忍び忍びの経路を選んで赴いた。

御息所は、宮を迎えて、苦しさのなかにもきちんと畏《かしこ》まり、下へも置かぬ応接をする。我が娘ながら、内親王に応対するときの常の作法を崩すことなく、床《とこ》から起き上がって、

「たいそう散らかって見苦しくしておりますゆえ、こうしてお運びいただくのも心苦しく存じます。この二日三日ばかりお目にかからずにいるだけですのに、もう遥かな年月《ねんげつ》が経ったような心地がいたします。病《やまい》も病ながら、かたがたまた、この心もなにやら頼りなく心細いことばかりにて……。こうして、現世《げんぜ》にあっては、親子の縁を結ばせていただいておりますけれど、これより死出の山路を辿《たど》っての後《のち》、来世において再び対面の叶いますようには思えませせぬ。されば、再びこの世に生まれ変わってまいりましょうとも、なんの甲斐《かい》がございましょう。思えば、無常迅速《むじょうじんそく》の世の中にて、どんなご縁にも、あっという間に別離が至るのが世の定め、それをいい気になっていつまでも居馴れるつもりでおりましたのも、今となっては悔やまれるばかり……」

など泣いてかきくどく。

宮も、ただただ心悲しいことのみを思い思いして、返す言葉もなく、じっと御息所を見つめている。

もともとがたいそう内向的な性格の宮ゆえ、こたびのことも、きっぱりと弁明して嫌疑

を晴らすようなわけにはいかない。ひたすら恥ずかしいとばかり思ってうち沈んでいる。それを見ては、さすがに御息所も宮が労《いたわ》しいばかり……昨夜の一件は事実どうであったのか、ということはとても問い糺《ただ》しなどできはしない。

灯火《ともしび》を急ぎ持ってこさせて、食事のお膳なども、こちらで用意して参らせる。

しかし、宮は食事などとても咽《のど》を通らぬ思いでいるので、御息所は、みずから手ずから、娘の宮のためにお膳を調えたり勧めたりするのだけれど、宮は手をつけようともしない。

それでも、そんなことをしているうちに、御息所の気分がよくなったように見えたので、少しだけ宮は胸の鬱屈の晴れる思いがした。

折悪しく、そこへ夕霧の文到来

その折も折、夕霧の大将から、また手紙が届いた。

あいにく、このあたりの事情を知らぬ女房が、なんとも思わずこれを受け取って、

「大将殿から、少将の君に、といってお手紙が届きました」

と披露してしまったので、宮は、また御息所の手前、やりきれない思いがした。

少将は、その手紙を受け取った。

御息所は、

「それはどういうお手紙ですか」

と、やはり尋ねずにはいられない。

口には厳しいことを言っていても、内心には、人知れず弱気な心も出《い》で来て、いっそ宮を大将に縁付けようかと、御息所は思い始めてもいる。それゆえ、大将が通って来るのをひそかに待ち受けていたのだが、こんな遅い時間に手紙を届けてよこしたとあっては、おそらく今夜の訪れはないのであろうと想像すると、それもまた御息所にとっては胸騒ぎの種なのであった。そんなことになったら、宮は、たった一夜で大将から見捨てられたことになるかもしれないからであった。

「さあさ、そのお手紙に、どうでもお返事をなさいませ。そのままに捨て置くなどはよろしからぬこと。ひとたび立ってしまった浮き名を、わざわざ良きようにとりなしてくれる人などありはしないものですよ。ご自分一人でいかに潔白だとお思いになっていても、そう受け取ってくれる人は少のうございます。かくなるうえは、いっそ素直な心がけで、そ正々堂々とお手紙を通わせなさって、今までと変わりない形でお付き合い申し上げるのが良い思案でございましょう。それを、ここでお返事もせずにいるのは、かえって妙なもので、殿方の気を引いているように誤解されぬものでもありませんよ」

御息所は、そう言って、少将にその文をよこすように命じた。

少将の君は、困ったと思いながら、それでも文を差し出した。

「呆れるほど冷淡なお心のほどを、今という今はっきりと拝見いたしました。むしろそのことを知って却って気が楽になり、これならいっそなにがなんでも、という気持ちも萌《きざ》してまいりましょう。

せくからに浅さぞ見えむ山川《やまがは》の
流れての名をつつみ果てずは

わたくしの思いを塞（せ）き止めようとすればするほど、却ってあなたの心の浅さが見えてしまいましょう。
どんなに堰（せき）や堤（つつみ）を築いても、あの山川の浅さが見えるばかりで流れが止められぬように、
恋の浮き名は包（つつ）み隠したり塞（せ）き止めたりはできないのですから」

などなど、文にはまだまだ多くのことが書いてあったが、御息所は、終わりまで読み通すことができぬ。

この手紙にしても、はっきりと縁を結びたいという文面ではなくて、いささか目に余るような我が物顔の書き振り……、〈そのくせ、今宵やっても来ないとは、なんというひどいことであろうか〉と、御息所は思う。

〈あの故衛門の督の君のお心ざまが心外なことであった時も、いかにもみじめな気がしたものだったけれど、それでも、あの君は、本心はともかく、表向きだけは正室としてこの上なく大切らしく扱ってくださった……されば、世間体のうえではこちらのほうに威勢があるような思いがして、せめてそれで慰められたのに、それだって実際にはとてもとても満足とはいかなかった……しかるに、あの大将のひどい仕打ちは、なんとしたことであろう。こんなことが万一漏れ聞こえれば、致仕大臣《ちじのおとど》のあたりではどんなふうにお思いになり、また仰せになることであろう……〉と、御息所は心を痛める。

〈さりながら……どんなお返事がいただけようか……いささかでも様子を見てみようか〉と思うゆえ、御息所は、具合がひどく悪く、涙にくれてろくに見えぬような目を押し拭って、妙な鳥の足跡のような、ひどく読みにくく乱れた筆で、大将への文を書いた。

「すっかり弱り果てておりますわたくしを、宮が見舞いにお出ましくださっている折でございますので、お手紙へのお返事を書くように勧めてはみたのですが、たいそう鬱々として心が晴れぬ様子でございますゆえ、見るに見かねて代筆いたします。

女郎花《をみなへし》しをるる野辺をいづことて
一夜《ひとよ》ばかりの宿を借りけむ

女郎花が一本萎《ひともとしお》れておりますこの野辺をば、いったいどこだと思し召して、たった一夜だけの宿をお借りになったのですか」

とて、「秋の野に狩りぞ暮れぬる女郎花《をみなへし》今宵《こよひ》ばかりの宿も貸さなむ（秋の野に狩り暮らしてしまったほどに、野辺の女郎花よ、どうぞ今宵ばかりの宿でもお貸し下さいな）」など、古歌を引いて夕霧の不実を責めたが、どこか、二人の仲を許してもよいような感じも仄めかしてある。ここまで書いたところで、まだ途中であったが、さっさと文を巻いて、まるで事務的な文書《もんじょ》のように包みの両端を捻《ひね》り結んで、使者に持って行かせ、御息所はすぐに横になった……と見る間に症状が悪化して、ひどく苦悶しはじめた。

「なんと、さてはいままでご気分が良くておられたのは、あの物の怪がわざと油断させて、またよき隙《ひま》を窺《うかが》っていたのでしょうか」

など、女房たちは、口々に騒ぎ立てた。

そこで、また例のとおり、かの律師をはじめ、霊力のある験者《げんざ》どもをことごとく呼び集めて、高らかに加持祈禱をさせる。

「宮さま、物の怪に取り憑《つ》かれましては一大事でございます」

「どうぞ、すぐにあちらへお帰りくださいませ」

などなど、女房たちは宮を帰そうと勧めるけれど、宮は肯《がえ》んじない。ただ、〈こんなに辛いみじめな身の上なら、もういっそこのまま母君と一緒に死んでしまいたい〉と思うゆえ、敢てじっと寄り添っているのであった。

雲居の雁、夕霧の許へ届いた文を奪い取る

さて、大将は、この日の昼頃、自邸三条殿に帰りついたというのに、今宵すぐにまた、折り返し小野の山荘へ出向くとなると、いかにも落葉の宮とのあいだに、三夜《さんや》続けて通わなくてはならぬ夫婦の契りでもできたように見えて、じっさいは何もなかったのに人聞き

が悪かろうと、そう思うゆえ、逢いに行きたい気持ちを押し堪《こら》えている。すると、もう長いこと思いを打明ける機会もなくていじいじしていたころよりも、千倍にも恋しさが募って、ため息ばかりが出る。

北の方雲居の雁は、夫のこういう外出の様子を女房たちからちらりと聞き、それはもう面白くない。しかし、そこを敢て知って知らぬふり、子どもたちと遊んで気を紛らしながら、みずからの昼の御座所に入って臥していた。

宵を過ぎたころ、小野の山荘から、御息所の返事が届けられてきた。

見れば、いつもと違って鳥の足跡のように乱れた筆跡で書いてある。しかも、薄暗がりのなかでは、なにが書いてあるのかすぐには判読できぬ。大将は、灯火《とうか》を持ってこさせると、そこで見ていた。

雲居の雁は、物を隔ててすぐ近くにいたが、この夫の様子を目ざとく発見すると、そーっと近寄っていって、後ろからこの手紙を取り上げてしまった。

「やや、あきれたことを、これ、なにをするのじゃ。まったくけしからぬことをする。これは六条の院の東北《うしとら》の御殿の上（花散里）からのお手紙だぞ。今朝、風邪の気《け》で、ずいぶんお加減が悪そうにしておられたものを、私は父院の御前《おまえ》に伺ってから帰ってきた関係で、帰る前にもう一度お伺いもできずにしまった……。それがお気の毒に思えて、今はどんなお加減かとお見舞いを差し上げたわけなのだ。見てごらん、こんな捻り文が恋文らしく見えるかね。それを、さような振舞いをするとは、はしたない。年々歳々、そなたは私をばかにするようになって……なんと情《なさけ》ない。そんなことをして、私が内心にどう思うか、全然気にもならないのかね」

大将は、そう言いながらため息をつくばかりで、大事なものを惜しむようにひったくってまで取り返そうともしないから、女君も、いざ取り上げてはみたけれど、すぐには読まずにそのまま手に持っている。

「年々歳々ばかにするようになった、なんて、それはそちらのお心のことのように見えますけれど……」

と、ただそれだけ……夕霧がこんなに平気な様子でいるので、雲居の雁もそれ以上は言えなくなって、ただそれだけを、いかにも若々しく可憐《かれん》な様子で言い返したのだった。

夕霧は、からからと笑った。

「ははは、それはどっちもどっちというもの、夫婦なんて、たいていそんなものだ。しかしれね、考えてごらん、ほかにこんな夫があるだろうか。立派に出世した男が、これほど脇目もふらずに、たった一人の妻をいつも守っているわけだよ、私は。……あの、常に妻に脅えてびくびくしているという大鷹《おおたか》の雄《おす》みたいにしている夫なんて……さぞ世間の人々は笑っているであろうな。それほどまでに頑愚《がんぐ》な男に守られておいでになるのは、そなたのためにもあまり名誉にはならぬのではなかろうか。そもそも妻というものは、たくさんいる妻妾《さいしょう》たちのなかで、やはりこの人でなくてはという抜群に優れたところがあって、それゆえに他の人とは断然違う存在として重んじられている、ということがはっきりしているのこそ、世間の評判もよろしく、妻自身の気持ちとしても、やはりいつまでも新鮮でいられて、楽しかったりしみじみとしたり、妹背《いもせ》の情愛の絶えることがないというものさ。あの、なんとかいう爺《じい》さんがただ一人の女を守って世事を忘れたという話じゃないが、私のように、そなただけを相手に、ただただ愚かな心惑いをしているのでは、まことに口惜しいことといわねばならぬよ。妻としてそんな人生になんの輝かしさがあるものかね」

夕霧は、この手紙にはなんの関心もないようなふりをして、まんまと取り返してやろうというつもりで、雲居の雁の興味を逸《そ》らすために、こんなことを弁じ立てた。

すると、雲居の雁は、花の開くように笑みを浮かべ、

「まあ、なにやら輝かしい人生とやらをお作りになりたいというお心では、わたくしのようにもう古びてしまった女は辛《つら》いところですこと。そういうご自分はずいぶん若作り風にすっかり変わってしまわれて……なんだかがっかりさせられますけれど、今まではそんなご様子は少しも見たことがなかったから、とてもとても辛くて……『かねてよりならはしたまはで』という思いがいたします」

とて、「かねてよりつらさをわれにならはさでにはかにものを思はするかな（以前から次第次第にこの辛さに私が慣れることができるようにお仕向けにもならないで、いま急にこんなふうに懊悩《おうのう》させるのですね）」と歌った古歌の心を引きごとにしながら、こんなことを恨めしげに言うのであったが、その様子とて、決して憎らしいというのではなかった。

「いや、『にはかにものを思はする』などと、そんなことを思うほど、私がどんなふうに変わってしまったというのだね。ほんとうにだんだんと疑ぐり深くなっておしまいになった。おそらくまた、あることないことそなたの耳に吹き込む者がいるのであろう。私にはどうしても納得がいかぬぞ、どうして若かった時分から、私のことをちゃんと認めて下さらぬのか。おそらく、かつて私が緑の袖の六位風情であったことを、いまも根に持っているのに違いあるまい。それであの私をばかにしている乳母《めのと》めが、なお私を軽んじて、あることないこと……。いや、そなたをうまく操って離反させようというような魂胆でもあるのであろう。なにやら、いかにも聞き苦しい噂もちらほらと聞こえてくるようだからな。こんなことの巻き添えになったとあっては、あの人の御ためにも、お気の毒な限りさ」

夕霧は、ふと落葉の宮のことまで、問われもせぬに口を滑らせたが、内心は、結局のところ、あの宮とはなるようになるのだと思っているゆえ、これ以上この件に言及して妻と言い争うことはしない。

こんなふうに夕霧の誹《そし》りの的となった大輔《たゆう》の乳母は、聞くに堪えない思いがして、むっつりと押し黙っている。

が、ともかく、雲居の雁は、さまざまに言い合った揚げ句に、例の御息所からの文をどこかへ隠してしまった。

夕霧は、その時は強《し》いても探し求めようとはせず、平気を装って寝所《しんじょ》へ入ったが、じっさいには胸が騒いで、なんとして取り返そうかと苦悶している。

〈うーむ、あれはたしかに御息所からの文のようだったが、いったい何があったのだろうか……〉と、そのことを思うては、まんじりともできぬ。

そこで、女君の眠っている間を見計らって、昨夜の御座《おまし》の下やら、あちこちとさりげない様子で探りまわったが、どこにも無い。そんなに隠すべき場所もないはずなのに、どうして見つからぬのだろうと、夕霧は甚だ不愉快になって、夜が明けてもすぐには起きる気もしない。

やがて女君は、子どもたちが起き出す気配に目を覚まさせられて、寝所から這《は》い出てくる、その気配を窺《うかが》って夕霧も、あたかも今目覚めたようなふりをして起き出し、鵜の目鷹の目で探し求めるけれど、どうしても見つけることができぬ。

女のほうでは、夫がさまで必死になって探そうとしている様子でもないので、〈やはりあれは恋文のたぐいではなかったらしい〉と合点して、もはや気にかけてもいない。

一日が始まってみれば、子どもたちはにぎやかに遊び合って、お人形を作ってはそちこちに置いたり、また少し年長の子どもは漢籍の素読《そどく》などするやら、文字の手習いを書くやら、それぞれにたいそう忙しい日常に紛れていく。あるいは、這い這いをする小さな子は母君の着物の裾を引っ張るやら、てんやわんやのうちに、取り隠した手紙のことなど、すっかり忘れてしまっていた。

いっぽう、男のほうは、手紙が気になって、ほかのことはなにも手に付かぬ。

〈あれを取り返して、小野のほうへ、早くお返事など差し上げなくては……〉と思うにつけても、昨夜の手紙の内容を、たしかには読み得ぬままになってしまっていたので、はたと困り果てている。〈これで、うっかり辻褄《つじつま》の合わぬお返事など書いては、先方も私がろくに読みもせぬまま、手紙をなくしてしまって、いい加減に書いたのだろうとご推量になるであろうなあ〉と思うと、心は乱れるばかりであった。

家中《かちゅう》の皆々がすっかり食事など済ませて、ややのんびりできる昼の時分に、夕霧は思い余って妻に尋ねてみた。

「あの昨夜の手紙だけれどね……、あれはどんなことが書いてあったかな。あんなふうにおかしな形で隠してしまわれたが、私としては今日にもお見舞いの文など差し上げなくてはならぬ。ああ、なんだか気分がすぐれない。これでは六条のほうへも参上できそうもないから、そちらへも文を差し上げておくことにしよう。……それにしても、あの手紙は、どんな用件であったのかなあ」

こんなふうに、いかにもさりげない口調で言うので、雲居の雁も、あのように手紙を取り上げなどしたのは、ほんとうに愚かなことであったと、すっかり白けた気持ちになり、

敢てあの手紙のことであれこれ言うのはやめて、ただ、

「『ある夜、さる山里へ参りまして、お山の風に当たったのでしょうか、どうも具合が悪うございます』とかなんとか、風流らしく六条の御方（花散里）のほうへ申し訳をなさいませ」

と皮肉らしく言い返す。

「おやおや、またさようにやくたいもないことばかり仰せになるものでない。小野のほうへは単に御息所の御病気をお見舞いするやら、そういうよんどころない用事で出向いたまで、なんの風流事《すきごと》めいたことがあるものか。そなたは、どうしても私を、世間なみの色好み男に仕立てたいのだね。生半可にさようなことを思われるのは、じつに恥ずかしい。この女房たちとて、私のこの理解を絶した実直《まめ》さ加減を、妻のそなたがこんなふうに邪推して仰せになるよと、陰で憫笑《びんしよう》していましょうぞ」

夕霧は、まるで冗談のような口調でかれこれ言いながら、

「で、あの手紙は、どこだったかな……」

などとさりげなくまた聞いたりしてみる。

しかし、雲居の雁は、とぼけて持ち出しても来ない。そうして、なにくれとなく四方山《よもやま》

の話に興じては、臥《ふ》せったりしているうちに、しだいにその日も暮れてゆく。

夕方、手紙発見

カナカナカナカナ……蜩《ひぐらし》の声が響く。

はっとして夕霧は目を覚ました。

〈ああ、夕暮れ……あの小野の山蔭のあたりはどんなに霧に閉じられているだろうか〉と思いやるその心には、また「ひぐらしの鳴きつるなへに日は暮れぬと思ふは山の蔭にぞありける（蜩が鳴いたと同時に日が暮れてしまった……と、思ったのは、山の蔭にいたからなのであったな）」という歌の調べとともに、あの山荘の佇《たたず》まいが思い出される。

〈こまった……。今日の暮れぬうちに、せめてお返事だけでもと思うけれど、弱ったぞ……〉と内心は悶々《もんもん》としながら、うわべは平気を装って、せっせと硯《すずり》を押し磨《す》り、〈さてと、あのお手紙を、どうして見失ってしまったことにしようかな〉と、夕霧は、あれこれ思案を巡らしているのであった。

すると、ふと目に付いたのは、すぐ身近なところにあった座布団の端のあたり、そこが不自然に持ち上がっている。さてはここに……、と思って、試みに引き上げてみると、果たせるかなそこに差し挟んであるのであった。

〈やれ、うれしや、しかし、なんでまた、こんな目の前にあるのを気付かなかったものであろう、ばからしい〉とも思って、思わず知らず笑みが漏れる。

そうして、くだんの文を読んでみると、あの心の痛むような文面であった。夕霧は胸の潰《つぶ》れる心地がして、〈さては、御息所は、あの夜のことを、いいいい、ことがあったようにお聞きになったのであろう〉と、いかにもお気の毒な、また申し訳ない思いに駆られる。

〈ああ、昨夜だって、どんなに苦悩しながら夜を明かされたことであろう……いや今日とて、また今までお返事すら差し上げずにいて……〉と、夕霧は言いようのない悩ましさを覚えた。

〈見れば、この筆跡とて、たいそうお苦しそうだ。あの御息所の字とも思えぬ、見る影もない書き振り、なにか訳も解らぬようなご文面の様子から見れば、よほど苦悩に苦悩を重ねられた末に思い余ってこんなふうにお書きになったのであろう……それを、私は知らん顔をして返事もせずにいた……きっとさぞ『なんと冷酷な男よ』とお思いのまま、一夜を明かされたのであろうな〉と、これぱかりはいかにしても弁解のしようもなく、そもそも女君が文を隠したりしたことが、恨めしく、また疎ましくも思われる。〈はしたなく、手紙を、あんなふうにいい加減なところに隠して……いやいや、それもこれも思えば私自身の躾《しつ》けがなっていなかったのだ〉と、夕霧は、自責の念にまで迫られて、なにもかも泣きたい心地がするのであった。

こんなことをしてはいられぬ、すぐにでも小野へ行かなくては、と夕霧は思う。けれども、行ったからとて、落葉の宮がすぐ心安く対面してくれるわけもない。〈……それでもこの文面からすれば御息所は、どこか許してくれそうな口振りだし、さて、どうしたものであろう。暦を見れば、きょうは外出を忌むという「坎日《かんにち》」に当たってもいるわけだから、たまさかに婿として逢うことを許されたとしても、いかにも日柄が悪い。こういうことは、どうせならお日柄のよろしいときにせねばな……〉などと、いかにも几帳面な人らしく考えて、まずは返事の文だけを届けさせることにした。

「たいそう珍しいお手紙をわざわざ御息所さまより頂戴いたしましたことも、またお手紙をお書きになれるほどにご回復あそばしたことも、かれこれ嬉しく拝見いたしておりました。ところがご文面を拝見すると、このご叱責を蒙《こうむ》っておりました。さてこれは、御息所さまには、いつぞやの夜のことを、どのようにお聞きあそばしたことやら……。

秋の野の草のしげみは分けしかど
仮寝の枕むすびやはせし

たしかに秋の野の草の茂みを分けて参上はいたしましたが、
草枕を結んで仮そめの契りを結んだりなどいたしませぬが……

宮との間には、何もなかったのでございますから、その何もないことを申し開きいたしますのも間尺《ましやく》にあわぬことと存じますが、いずれにいたしましても、昨夜のことでお叱りを頂戴するのはいわれなきことではございますまいか」

と、手紙にはこう書いてある。

このほか、落葉の宮へも、こまごまと認《したた》めて、二通の文を急使に託して届けさせる。厩《うまや》において、俊足《しゅんそく》の馬に公用のしっかりした鞍を置かせて、使者には、先の夜に小野へ同行させた左近《さこん》の将監《ぞう》を立てた。そして、出立《しゅったつ》させるに当たっては、

「よいか、『昨夜からずっと六条院に伺候していて体が空かず、たった今やっと戻ってきたところです』とそうお伝えするのだぞ、わかったな」

とて、使者として言うべき口上のあれこれを囁《ささや》き教えるのであった。

御息所、苦悩のあまり危篤に

さて、小野の山荘のほうでは、昨夜も知らん顔で音沙汰もなかった大将の態度を、御息所はなんとしても我慢がならず、それで後々《のちのち》世間の人がどう噂するかも憚《はばか》らず、あんな恨みの手紙を送ったのだったが、さらにその返事すら来ないまま、今日が暮れてしまったとあって、〈あの大将は、いったいぜんたいどういうお心づもりなのであろう〉と憤懣《ふんまん》やる方なく、これはもう以ての外のことと呆れ返って、心は乱れに乱れ、一時は小康を得ていた容態も、またぶり返してひどく苦悶するようになった。

けれども、落葉の宮ご本人の心のうちでは、大将が通って来なければ来ないで、却って面倒がないことゆえ、別段さして辛いとも心を騒がせるべきこととも思っていない。されば、あの夜に、自分としては思いもかけなかった人に、うっかりと気を許して普段のままの姿を見られてしまったことばかりは口惜しく思われたが、さして深く心にかけてもいなかったのだ。それなのに、御息所が、これほどまでにきつい悲しみようなのは、却って呆れるばかり恥ずかしいけれど、といって実際あったことをそのまま告げて申し開くというわけにもいくまい。

かくて、宮がただ恥ずかしげにもじもじとしているのを見るにつけても、御息所としては胸が痛むばかりで、〈ああ、この宮は、亡き衛門の督との縁といい、この大将とのことといい、いつだって物思いの種となることばかり立ち添うてくる、そんな運命なのに違いない……〉と見ては、胸塞《むねふさ》がる思いに悲しみが込み上げる。

「今さらに、なにも煩わしいことは申し上げまいと思うておりましたが、それでも、いかに前世からのご因縁とは申せ、思いの外に心がけが未熟で、よそさまの非難を蒙るようなことをなさって……いえ、今さら取り返しのつくようなことではございますまいけれど……でも、これから先は、やはりもう少し心してお過ごしにならなくては……。しょせんわたくしなどは、物の数でもないようなつまらぬ身の上でございますけれど、それでも、万事御身大事とお育て申してまいりました……されば、いかになんでも今となれば、何事もよくご分別あそばして、男と女のあれこれのありようも、もうご自分でたいていお考えになれるだろう、そのくらいにはお育てしてまいったはずと、余事《よじ》はともかく、その方面ばかりは、たいていもう安心していられるだろうと拝見しておりましたに……まだまだたいそう幼くって、強いお心がまえができておいででなかった……それぱかりが心配で、これではおちおち先立つこともできませぬほどに、もう少し生きていたいものだと思います。……いえ、内親王というようなご身分でなくて、そこらの臣下の娘だにしても、多少なりとも身分のある家に育った人が、二人の夫に見《まみ》えるなどという例《ためし》は、やはり決して良いものではございますまいし、どうあっても軽々しいと言われる行ないなのですよ。まして、皇女《こうじょ》というれっきとした御身には、そうそういい加減なことで殿方がお近づきになるということはあり得ぬ道理、それなのに、ああして衛門の督の妻になるというのだって、じつは以ての外に納得のいかぬご縁と、わたくしはそう思うて、いつもくよくよしておりましたが……まずあれはあれで、そういう宿縁であったのでもございましょうね、朱雀院さまよりはじめて、みな許そうという方向に靡《なび》いてしまって、あの衛門の督の父、致仕《ちじ》の大臣《おとど》に対しても縁組をご承允《しょういん》なさろうかというご内意が示されましたうえは、もはや、わたくし一人が強情を張って反対したとて、しかたないことと思うようになった……とそういうわけでございましたからね。……が、結局ああいう始末となって、これはもう後の世々《よよ》かけて厭《いと》わしいご縁であったと、そのことはなにもわたくしの過ちでもございませなんだが、日々ただ大空を見上げながら……嘆き嘆きお世話に明け暮れて過ごしてまいりました。……それなのに、ああ、このたびのこととあっては、まことにあちら様のために も、またこちらとしても、なにもかも人聞きの悪いことばかり次々起こってまいるはず、 いや、仮にそうなったとしても、世間でどんな噂をしているかなど、いっさい不問に付し て、世の常の夫婦のように仲睦《むつ》まじくしてくださるなら、時の経つに従って、いつかは浮き名も消え、夫婦として心の慰められることもあるだろうと、強《し》いて思いなどいたしてお りましたに……こう冷淡薄情なされようとあっては、まことに情知らずの大将どののお 心がけでございますもの……」

御息所は、こうかきくどいては、またはらはらと泣くのであった。

そこまで一方的に決めつけて言われては、もはや抗弁し申し開きする言葉もみつからなくて、宮はただただしくしくと泣いている。その様子は、おっとりとして、いじらしいまでの可憐さであった。

それをじっと見守りながら、御息所は、

「ああ、ほんとうに、なにが人より劣っておいでなのでしょう。いかなる因縁があって、こんなにどこまでも辛い物思いをするべき運命に生まれつかれたのでしょう」

などと言いながらも、また七転八倒して苦しみだした。

物の怪などというものは、こうした弱り目につけこんで祟るものだから、たちまちに意識が絶え……と見る間に体は冷たくなっていく。

祈禱の律師も騒ぎ立って、願《がん》などを大声でしきりと喚《おめ》き立てている。律師は、命の果てるまで山籠りして修行一途《いちず》にと志していたのに、そこを曲げて一大決心のもとに山を下り、この御息所のため加持祈禱に努めてきたものを、善果《ぜんか》を得《う》ることなく護摩壇《ごまだん》を取り壊して山に帰るようなことになれば、それこそ面目丸つぶれで、お力をお示し下さらなかった仏をも恨み申すことになろう、というようなことを願に立てて、一意専心ひたすらに祈願申すのであった。

こんなことになっては、宮が泣きじゃくり、くれ惑うのも、まず道理と申すべきであったろう。

御息所死去

この騒動のさなか、御息所はかすかに意識を取り戻して、大将からの返状が今しがた届けられたということを聞いた。そして、〈今ごろになって文をか……さては、今宵もおいでにはなるまい〉と思うと、また心は憂愁の雲に覆われて、〈こんなことでは、宮のことは、後々まで世の笑い草として引き合いに出されることのように思える……なんだってまた、私までが、あんな恨みごとのような歌を詠んで、みっともないことをしてしまった……〉と、煩悶のうちにさまざま思い出して、そのまま息が絶え果てた。

あまりにあっけない最期で、その悲しさはどうにもこうにも言いようがない。

御息所は、以前から、こうした物の怪病みを、折々発症していたのだった。それがために、何度も、もうこれが限りかと見えるようなこともあったので、こたびも、例のごとく物の怪に魅入《みい》られているのであろうと思って、大騒ぎで加持祈禱をさせたけれど、今回だけは、今までとちがっていよいよ命終《みようじゆう》の時を迎えたことが、誰の目にもはっきりわかった。

落葉の宮は、母の後《あと》を追いたいと、そればかり思い込んで、御息所の亡骸に取りすがって臥している。

女房たちは、みな宮のもとに集まってくると、

「今は、もうなんと申し上げようもなく……」

「宮さま、そのようにお嘆きあそばしても、もとより定まった命、寿命には限りがござい

ますもの……」

「そうですとも、もはや、お帰りあそばすはずもございませぬ」

「そのようにお後《あと》を慕われましても、これまた定まる命、決してお心にかなうはずもございますまいから……」

など、口々に今さら言わずもがなのことを言い言いする。

「後を追って行かれたいなど、縁起でもございませぬ。それに、亡き御息所さまの御ためにも、罪深い行ないでございますよ」

「ささ、宮さま、あちらへお帰りなされませ」

と、力ずくで引き動かそうとするけれど、宮は全身がこわばったようになって、前後を忘ずる有様である。

とかくする間《あいだ》にも、祈禱のための護摩壇は取り壊され、僧侶たちも三々五々退出してゆく。ただ、これから葬儀などのために奉仕する僧ばかりは残っているけれど、すべてはもう終わってしまったということが、なんとしても悲しく、また皆々心細く思うのであった。

すぐに、あちらこちらからのご弔問《ちょうもん》が至る。それは、いったいどこからこの御息所逝去の報が伝わったのであろうかと不思議なくらいであった。

左大将も、これを聞いてはかぎりなく驚いて、真っ先に弔問の使いをよこす。

六条院の源氏からも、また致仕大臣からもと、それからそれへ弔問は引きも切らぬ。

西山の朱雀院もこの由を聞かれて、たいそう心のこもったお悔やみの文を遣わされる。

宮は、泣き伏していたが、この朱雀院からの文を見てやっと頭《こうべ》を上げた。

「この日ごろ、重く患っておられると耳にしておりましたが、常々病がちのことと仄聞《そくぶん》致しておりましたのに耳慣れて、ついお見舞いも差し上げぬままになっておりました。今さらなんと申しても甲斐なきことながら、宮が思い嘆いておられるだろうと、その有様を遥かに推量するほどに、しみじみと胸の痛む思いがします。死出の旅路は、誰も逃れることのできぬところ、無常迅速《むじょうじんそく》の道理《ことわり》をご分別あって、せめてお心をお慰めなさいませ」

父院からの文にはこう書いてあった。

その夜、御息所の葬儀に夕霧押して参列

常々、御息所がそのように希望していたこととて、本日ただ今、亡骸を茶毘《だび》に付して埋葬するということになり、御息所の甥は、大和守《やまとのかみ》であったが、この際葬儀万端を取り仕切る。

「せめて亡骸なりとも、もうしばらく拝見していたい」

と、宮はすぐに茶毘に付すことを惜しんだけれど、いつまでもそうしていられるものではないので、皆、葬儀の準備を急いで、家中《いえじゅう》が凶事《きょうじ》で取り込んでいる折も折、夕霧の大将がやってきた。

「今宵を外しては、どうにも日柄が悪いのでなあ……」

北の方などに対してはそのようなことを申し立てつつ、

「宮がどんなに思い嘆いておられるかと思うと、どうしてもお見舞いに行かぬわけにはいかぬのだ」

と、いかにも悲しく心の籠った口調で言う。

周囲の者どもは、

「このような不祝儀《ぶしゅうぎ》の取り込みの折に、大将さまのようなお方が、すぐに御みずからお出ましになるものではございませんよ」

と諫《いさ》めなどするけれど、夕霧は聞き入れず、押してやってきたのであった。

洛中から小野への道は遠く、やがて山辺《やまべ》に入っていくほどに、なにやらぞっとするような感じがしてくる。

小野の山荘に着くと、いかにも不吉な風情に幕など引き巡らして、葬儀の式場が衆目に触れぬように隠してある。

左大将は、落葉の宮の御座《おまし》近く、寝殿の西面《にしおもて》に案内された。

世話役の大和守が挨拶にまかり出て、泣く泣く恐懼《きょうく》の旨を言上《ごんじょう》する。夕霧は、隅の開き戸の前の簀子《すのこ》の勾欄《こうらん》に寄りかかって、女房などを呼び立てる。

女房どもは、誰もかれもみな、悲しみのために茫然となって、なにがなんだか分からなくなってしまっているところであった。

そこへちょうど左大将のご入来《じゅらい》とあって、いくらか心も慰められ、やがて少将の君がやってきた。

　夕霧は、なにも言葉が出ない。もともと涙もろからぬ心の強い人柄ではあったが、この場所柄といい、折節といい、また嘆きに沈んでいるであろう落葉の宮の様子を想像するにつけても、なにやらたまらない思いがして、この無常の世の有様が、かくも身近なこととして実感されるのも、まことに悲しいことであった。

　大将は、しばらく胸を鎮めてから、

「御息所さまのご病状は、小康状態だと承っておりましたが、すっかり気を許しなどいたしておりましたところへの、このご訃報《ふほう》、まことに夢かと驚きましたが、いやいや夢ならば覚めるときもあろうものを、これは覚める期《ご》とてない現実なのだと、まことに茫然とするばかりでございます」

　と宮へ弔意を伝えさせる。

　しかし、宮にしてみれば、御息所がくよくよと考え込んでいた様子を思い出し、〈あのご懊悩の多くは左大将ゆえの煩悶が原因だったのだ……こうなるのは前世からの定めとは申しながら、なんとしても恨めしい大将とのご縁であった〉と、そう思うにつけても、とても返事をしようという気にはなれない。

側仕えの女房たちは困り果てた。

「では、宮さまの御意《ぎょい》を、どのように大将の君に申し上げたらよろしゅうございましょうかしら」

「ええ、ああして、決して軽々しいご身分でもない君が、わざわざかかるところまで急いでおいでくださいましたものを……」

「そのお心のほどを、まるでご分別あそばさぬようなお仕打ちは、あんまりかと存じますよ」

などなど口々に宮を諫《いさ》める。

「されば、そなたたちが、よろしいように私の心を推し量ってお返事なさい。私は何を申し上げたらいいのかわかりませぬ」

宮がそういって臥せってしまったのも道理であった。

やがて、奥から少将の君が出てきて応答する。

「ただ今のところ、宮さまは、亡き人と変わりのないような、茫然自失のご様子でございますので……ただ、大将さまがお出で下さいましたことは、たしかに申し伝えてございます」

こんなことを伝言する少将の君も、ひどく涙に咽《むせ》んでいる様子なので、

「いますぐに申し上げるべきお慰めとてもございませぬが、もう少し私自身も心を落ち着け、また宮のお心も鎮まるころに、やってまいりましょう。ただ、どうしてこうご病状が急変されたのかと、そこのところが知りたくて……」

大将がそう言うと、そうそうあからさまにではないが、御息所がひどく思い嘆いていたことの有様を、少将の君は、差し障りのない程度に少しばかり打明けてから、

「これ以上申し上げますと、なにやら恨みごとを申し上げるようなことになりかねませぬほどに、きょうはこのくらいでご勘弁くださいませ。只今は、なにぶんたいそう心が混乱いたし、取り乱しなどいたしておりますほどに、あるいはとんでもないことを申し上げてしまうかもしれませぬ。またお越しくださるとあれば、宮さまがこんなにも悲しみ惑うておられますことにも限りがございますゆえ、やがて少し落ち着かれましたら、その頃にまた詳しく申し上げもし、またお話を承りいたしたくも存じます」

と言う。こう言う少将もまた我を忘れたような取り乱しかたなので、もはや言うべきことも口にできなくなった。

「まことに、闇にくれ惑うているような心地がいたします。それでも、さらに宮のお心を

どうかよくお慰めなさってください。そして、その上でほんのわずかのお返事でもいただけましたら嬉しく思います」

とだけ言い置くと、そんなところにうろうろとしているのも身分がら軽々しいというものだし、やはり葬儀の準備や弔問使の往来など、人騒がしいことでもあるので、夕霧は急ぎ帰ることにした。

しかし、まさか今宵すぐに行なわれるとも思っていなかった葬儀の用意が、あまりにも簡略にどんどん進められていく様子を見て、〈これではいかにも物足りないな〉と夕霧は思う。そこで、近在の領地の人々を呼びつけて、葬儀に必要なあれこれのことどもを、よろしく奉仕するようにと、種々申し付けてから引き上げていった。これによって、ことがあまりにも俄かであったために、略式で挙行されようとしていた葬儀が、厳《いか》めしく盛大になり、また奉仕の人々の頭数などもずいぶん多くなったことであった。

大和守も、

「まことにたぐいもなき大将殿のご差配でございます」

などといって、感謝の意を恐懼《きょうく》しつつ言上《ごんじょう》する。

葬儀が済むと、御息所の亡骸は、跡形もなく消え失せ、そのことが宮には茫然とするほどの悲しみで、ただただ臥《ふ》し転《まろ》んで泣き焦がれる、が、そんなことをしても、なんの甲斐もない。されば、いかに親子の仲とは申せ、これほど過度に睦み慣れて過ごすべきではないのであった。

宮の悲嘆《ひたん》を、お側で見ている女房たちも、このままでは宮自身に万一のことでも出来《しゅったい》しはせぬかと、不吉な思いに駆られて嘆きあう。

大和守は、葬儀の残務を始末すると、

「かような心細い山里に、宮お一人では、ようお暮らしなさいますまい。また母君の思い出に、悲しみの慰められる時とてもございますまい」

などと言上するけれど、宮は、〈でも、ここにいれば、あの峰のあたりに立ち上《のぼ》った茶毘の煙が、それでも身近に感じられるゆえ、それをよすがに、母君を思い出しながら過ごせますほどに〉とて、なおこの山里で一生を終わりたいとまで思うのであった。

近親の者たちが忌中の穢《けが》れを過ごすために物忌みをするのに随伴して籠《こも》った僧侶たちは、寝殿の東面《ひがしおもて》の渡殿《わたどの》や、召使い小屋のあたりに、かりそめの衝立《ついたて》など立てて、静かに控えている。

その西廂を質素にしつらえて、宮は居室としている。

九月、落葉の宮なおも悲嘆して山荘に

一日の明け暮れも分別できぬほどぼんやりとして宮は過ごしていたが、月が変わって、今は九月《ながづき》になった。

山颪《やまおろし》が激しく吹き、木々の葉もすっかり落ちて枝もあらわになり、何につけても哀しみの横溢《おういつ》する季節柄ゆえ、空の気配も悲しげで、宮は袖の乾く間もなく涙にくれている。しかも死んでしまいたいと思った自分の命さえ思いのままにならぬとあって、生きていることが厭《いと》わしく辛いことだと思ってもいる。

お側仕えの女房たちも、これには、諸事万端悲しい思いにくれまどうばかりであった。

夕霧の大将は、毎日毎日見舞いの手紙を届けさせる。そのついでに、侘《わ》びしげな念仏の僧などにまで、気慰みにせよとばかり、食料やらなにやらを遣わして慰問するという心の配りようであった。

そうして、落葉の宮には、心に沁《し》みいるような言葉を尽くして逢ってくれぬことを恨み

わたるかと思えば、同時にまた、これでもかこれでもかとばかり、重ねて見舞いの状を送り続ける。けれども宮は、それらの文を手に取って見ることさえしない。

〈あんな、以ての外に呆れかえったお振舞いを……、病で弱りきっておられた母君のご心中には疑うこともなく、ことがあったのだと思い詰めなさって、そのせいでお亡くなりになってしまわれたのだもの〉と思い出すと、そんな苦悩の内に死去したことが、母の成仏を妨げる罪障《さわり》にもなりはせぬかと、胸が一杯になって、この左大将のことを、ちらりと小耳に挟むだけでも、たいそう辛くて情なくて、涙の催される思いでいる。

こんな調子だから、どんなに夕霧が文を届けても、女房たちには、それを伝達するすべすらなく、みな弱り果てている。

文を送っても送っても、宮からは一行の返事すらない。夕霧は、そのことを、しばらくの間は、母を失った心惑いのために手紙が書けないのかもしれぬと、好意的に考えていたが、あまりにも音沙汰のないまま時も経ってしまったので、〈……いくら悲しいといっても、限りがあろうに、どうしてまた、これほど私の気持ちに知らん顔でおられるものであろう。まったく張り合いのない……子どもじゃあるまいし……〉と、恨めしく思う。そうして、また夕霧はなおも思い続ける。

〈いや、これがこんな場合だのに、花よ蝶よなどと不釣り合いなことを書いたというのであれば、それは無視されてもしかたあるまい。しかし、仮にも宮自身が心底《しんそこ》悲しいと思いもし、また嘆かわしい思いでいる事について、いかがかと問うてくれる人に対しては、睦まじくも、またしみじみ嬉しくも思うべきものじゃないか。……思い出してみれば、あの大宮がお亡くなりになった時、私は悲しくて仕方なかったが、致仕大臣《ちじのおとど》は、それほど悲しんでもおられぬようで、生者必滅《しょうじゃひつめつ》の世のならいと割り切って、儀式ばったことばかりをきちんと執行《しゅぎょう》されて、それで大宮を弔《とむら》ったことにしたのは、私にしてみれば、いかにも辛い、またなんだか気にくわぬことのように思ったものだ。その時、六条院の父君が、実の母でもないのに却って懇篤《こんとく》に、死後七日ごとの法要だの、追善の諸事を営まれたが……、いや、父親だから身贔屓《みびいき》で言うのではないけれど、やはりああいうふうに、心を込めた懇《ねんご》ろなされようを、私はずいぶん嬉しく拝見したことだった……。思えばその葬儀などの折節《おりふし》に、しばしばあの故衛門の督と顔を合わせて、取り分け良い奴だと思うようになったのだものなあ。督は、人柄がいかにも落ち着いていて、どんなことでもたいそう深く心に留《と》める性格だったから、祖母大宮のことも、人よりまさって悲しむ気持ちが深かった……

ほんとうに、ふと心惹《ひ》かれる人柄であった〉など、無聊《ぶりよう》のままに、それからそれへと物思いを続けながら、日々を明かし暮らしている。

雲居の雁の心中の疑念

さて、雲居の雁は、夫と落葉の宮との仲が、いったいどうなっているのであろうかと不審でならぬ。

〈どうも、あの御息所とは、せっせと文を通わせたりしていたように思われるけれど、どうしてまた御息所と……〉など、どうしたって得心がゆかぬ。

そこで、ぼんやりと夕暮れの空を眺めて臥している夕霧のところへ、若君が、雲居の雁からの手紙を持ってきた。なにやら、そこら有り合わせの紙に書いてある。

「あはれをもいかに知りてかなぐさめむ
あるや恋《こひ》しき亡きや悲しき

その哀痛のお気持ちが、いったい何によるものと思ってお慰めしたらよいのでしょう。

はたしてご存命のお方が恋しいのか、それとも亡くなったお方が悲しいのか……

そこがどうもはっきりしないことが辛《つろ》うございます」

夕霧は苦笑《にがわら》いして、やれやれと思う。

〈まず、前々からいろんなことを考えついておっしゃることだったが……。それにしても、亡くなったお方が悲しいのか、か……わかりきったことを、あてつけがましい……〉

そう思って直ちに、またいかにもさりげない風情で、こう返した。

「いづれとかわきてながめむ消えかへる
　露も草葉のうへと見ぬ世を

さてさて、亡き人と在る人と、どちら故の涙の露かとお尋ねながら、そもそも露が儚く消えるということも草葉の上の事に限りますまい。人の世などはみな同じこと、在るにもせよ、亡きにもせよ、いずれ儚く消えてしまうのですから、区別して悲しむ必要などありましょうや

誰がどうこうでなくて、この常なき現世《うつしよ》そのものが悲しいのだよ」

夕霧の返事には、こう書いてあった。

〈ああ、こうなってもなお、私に心隔てをなさって、こんなしらじらしいことを仰せになる……〉

返事を読んだ雲居の雁は、露の世のあわれとかなんとか、そんなことはそっちのけにして、酷薄な夫の心を、身も世もあらず嘆いては、ため息ばかりついている。

夕霧、ついにまた小野の宮のもとへ

夫の夕霧はしかし、書いても書いても返事すら来ない落葉の宮は、どういう気持ちでいるのか見当がつかぬだけ、考えあぐねて、また小野へ出かけていった。

いや、ほんとうは、忌中の物忌みが済む三十日が過ぎてから、心静かに出かけようと、せいぜい己《おの》が心を抑えていたのだが、結局我慢がしきれなくなった。

〈どうせありもせぬことで浮き名が立ってしまった今となっては、なんの強いて遠慮などすることがあるものか、実直男《まめびと》として堅物《かたぶつ》ぶるのはもうやめだ、これからは、ただもう男と女の間柄に、と思い定めて、最後まで思いを遂げてしまうまでだ〉と、心を決めたのであった。

そうなると、北の方の懸念を、強いて打ち消そうとも思わなくなった。そうして、〈宮ご本人がどんなに強く拒まれようと、あの御息所の文に、『一夜ばかりの宿を借りた』と、歴々たるお墨付きがあるのだから、そこを突破口にして責め立てたら、ついには身の潔白など言い通すこともできなくなるに違いないぞ〉と、充分に成算がありそうに思われる。

九月《ながづき》の十日余り、野山の景色は、ものの情趣を深くも弁えぬ人ですら、その美しさに尋常ならず心を動かされることであろうと思われる。

山颪《やまおろし》の風に堪《た》えきれず散る梢の葉も、峰に這い繁る葛《くず》の葉も、等しく先を争って散るに忙しく、その隙々《ひまひま》から、尊い読経の声がかすかに聞こえて、また念仏の声よりほかには、人の気配もない。

木枯らしが吹きすさんで散らしてしまった籬《まがき》のもとに、妻恋う鹿は佇《たたず》んで、山田の鳴子《なるこ》の響きにも驚かず、黄金色《こがねいろ》に染まった稲のなかに交じってしきりと鳴くのも、いかにも恋の想いを訴えているように聞こえる。

滝の音は、恋しさに物思う人を驚かすように、いっそう耳かしましく響いてくる。

そして、草むらにすだく虫ばかりは、寄る辺無き心細さを悲しむように、次第に声も弱っていき、枯れたる草の下から、竜胆《りんどう》の花が、我一人はいつまでも気長に咲くのだといわぬばかり、ぬっと花房をもちあげて、そこにいっぱいに露が置いて見えるなど、どれもこれもみな、この季節柄の風情ながら、こういう折、またこういう所柄からだろうか、それはもう堪《た》えがたいほどの物悲しさであった。

夕霧は、いつもの西面《にしおもて》の開き戸のあたりに立ち寄り、そのまま鬱々とした面持ちで外を眺めて立っていた。その出で立ちは、いくらか着馴れてしんなりとした直衣《のうし》の下から、濃き紅《くれない》の衣《ころも》が透けて見えているのだが、それも、砧《きぬた》で柔らげた擣《う》ち目がくっきりとして見える。夕日の薄れ行く光が、何の斟酌《しんしゃく》もなく射し入ってくるので、夕霧は、眩《まぶ》しそうな目をして、自然なしぐさで扇をかざして顔を隠す。その手つきは、いかにも品があって、〈ああ、私たち女こそ、こういうふうに振舞いたいものだけれど、でも、女だってなかなかこう品よくはいかぬものね〉と女房たちは感じ入っている。

その顔は、見ているだけで屈託した心の慰めにもなろうかというほどの美形であったが、しかも、つい笑みが漏れるほど艶めいた表情で、少将の君を取り立てて呼び寄せる。

簀子だから、なにほどの広さもないうえに、御簾の奥にはほかの女房たちもいるのであろうと思うと気が気でなく、逢瀬のことなど微妙な問題までは立ち入って相談することがかなわない。

そこで、夕霧は、

「もう少し近《ちこ》う参れ。そしてね、どうかこんなふうに私を一人放っておきなさるな。かくも山深くまで道の遠きを厭わずして分け入ってくる私の心意気を思えば、どうしてそのように、心を隔てておかれますのか」

と、かきくどきながら、敢て少将のほうを見ずに、ふと外の山の景色など眺めているそぶりを見せる。

「ああ、霧もたいそう深くなった……」

と呟きなどしつつ、

「なあ、なあ、いいではないか、ここへ参れ」

としきりに誘《いざな》った。

やがて、少将の君が、几帳だけを御簾の端のところから少し簀子へ押し出して、その陰に隠れながら大将と対面しようとする様子である。ただ、その几帳は喪中とあって鈍色《にびいろ》の垂れ絹をかけ、その下から少将の衣の裾が覗いてしまっていたのを、慌てて引き隠すようであった。

この小少将の君は、葬儀の世話役を務めた大和守の妹で、つまりは御息所にとっては姪に当たるのであったから、血の繫がりも近く、また実際に御息所の手許で育てられて人となったという経緯もあることとゆえ、喪服の色もたいそう濃い。団栗《どんぐり》の実や葉で濃く染めた薄墨色の喪服一襲《ひとかさね》、そこに略礼装の小袿《こうちき》を重ね着ている。

「このように、いつまでも尽きることのない御息所ご逝去の悲しさはもちろんのこと、その上に、この切ない気持ちをなんとして宮に申し上げようかと、その手だてとてもないほどの宮のお心の冷淡さを思うとき、わたくしの心の辛さもいや増しになり、今ではわが魂も体を離れてふわふわしておりますような心地がいたします。されば、会う人ごとに、どうかしたのかと怪しまれるほどでございますから、もうもう、今はとても耐え忍ぶことができなくなりました」

などなど、夕霧は、思いの丈をあれもこれも恨み続ける。

そのはざまに、あの御息所が今はの際《きわ》に書き残した文にあった、「一夜の宿を借りた」との文言にまで言及しながら、さめざめと泣く。

これには、少将の君も、ひどく泣き崩れながら、

「あの夜のことは、大将さまが、お出で下さらなかったばかりか、その文にお返事すら下

さらなかったことを、ご最期の苦しい息の下《した》に、そのまま思い詰めなさいまして、もう日が暮れて暗くなってしまった空の色をご覧になって、ああいよいよ君はお出で下さらぬと、ひどくお心を苦しめられましてね、そういう弱り目に祟り目ということにて、例の物の怪がとうとう御息所さまを冥界《めいかい》に引き入れてしまったと、そんなふうに拝見いたしております。……以前の、衛門の督さまご逝去の折とて、御息所さまは、すんでのところで物の怪に取り憑かれそうになったことが、何度もございましたけれど、その時は、宮さまが同じように悲しみに沈んでおられましたのを、なんとしてもお慰めしようという強いお心がございましたから、なんとかかんとか正気を取り戻されたような次第でございました。されば、こたび、その母君御息所さまご逝去ともなれば、宮さまのお嘆きはひとしおにて、ただただ、もう我を忘れたようなご様子で、ひたすら茫然としてお過ごしになっておられました……」

そんなことを言えば言うほどに、涙は止《とど》めようもなく流れ、そうしてひたすらにため息ばかりつくような始末で、なかなかはっきりとした物言いもできぬ。

「そうであろうな。しかし、そういうふうにただ悲嘆にくれておられるというのも、いかさま頼りないことにて、まことに不甲斐ないお心ざまと申さねばならぬぞ。今は……まことに恐れ多い申し条ながら……これより先いったい誰を頼りとして生きていくおつもりであろうか。父院の山寺ご隠棲も、あのような深い峰に、世の中と隔絶して雲中に住まれるような按配と拝見するゆえ、お手紙をやりとりなさることすら難しいようななかで、どうしてご後見《こうけん》を頼みにできようか。

……されば、わたくしに対して、これほどまでに辛く当たられるお仕打ちを、どうか改めてくださるように、そなたからよくよくお諫めしてほしいのだ。わたくしと宮とのご縁は、なにもかもすべては前世からのお約束であったに違いないのだから。

……いかに悲しく思われても、そしてその悲しみゆえにもうこの世から消えてしまいたいなどとお思いになっても、そうはまいりますまい。それが現実というものです。もし宮のお考えどおりに、なにごとも運ぶのであれば、まずなによりも、あの御息所とどうしてこんなお別れをしなくてはならなかったことであろう……」

など、言葉を尽くして夕霧はかきくどく。

しかし、それについて少将としてどう返事をしたものか、思いつく言葉もなく、ただ出るのはため息ばかりであった。

また、いずこかで鹿がケーンケーンと鳴いた。

「『秋なれば山とよむまで鳴く鹿にわれ劣らめやひとり寝《ぬ》る夜は（秋になると山を揺るがすばかりに鹿が鳴く。しかし、あの妻恋う鹿に私だって恋しさは劣るものか、こうして寂しく独り寝をする夜は）』と申す歌もございましたな……」

夕霧はそんな古歌を引き合いに出すと、

里《さと》遠《とほ》み小野《をの》の篠原《しのはら》わけて来て
われもしかこそ声も惜しまね

この山里の遠さに、はるばると小野の笹原を踏み分けて来て、
わたくしとて、あの鹿（しか）のように、いい、しかく声も惜しまず泣くことでございます

と、こんな歌を詠み贈る。すると、さっそく少将の君が歌を返す。

藤衣《ふぢごろも》露けき秋の山人《やまびと》は
鹿のなく音《ね》に音をぞ添へつる

藤色の喪服を涙の露で濡らしておりますこの山住みのわたくしどもは、
鹿の鳴く声に、いい、泣く声を添えております

なるほど、詠みぶりは上手とまではいえぬが、折が折だけに、その忍びやかに優しい声の遣いかたなど、まずまず宜しかろうと聞きなされるのであった。

夕霧、またも思いを遂げず帰る

それから、夕霧は、少将を仲立ちとして、宮への文をかれこれ書き送るけれど、宮は、「今は、こんなに呆れるばかり儚い夢のような世の中を、いささかでも夢を覚まして諦《あきら》める折があったらよいのにと、そう思うばかりです。さればせめては、絶えず頂戴しておりますお見舞いに対するお礼ばかりは申し上げなくてはね……」

と、まったく愛嬌《あいきよう》もなにもなく言うだけのことであった。

なんという張り合いのない冷たい宮のお心であろうと、夕霧はただ嘆きつつ帰っていく。

その道すがらも、夕霧は、しんみりした空を眺めている。すると、折しも十三日の月がたいそう華やかにさし昇ってきたので、この月の明光《めいこう》の下《もと》では、あの小暗《おぐら》いという名の小《お》倉《ぐら》山の山路だって踏み迷うこともなかろう夜道を、夕霧は京へ戻ってきた。

その途次に一条の宮があるのであった。

宮の有様は以前よりさらに一段と荒れまさり、西南《ひつじさる》の方角の築地《ついじ》塀《べい》の崩れ目から邸内を見やると、すべての格子戸をずっと締め切って、人影も見えず、ただ月影ばかりが、遣水《やりみず》の水面《みなも》に住んでいる……その光が、水面をくっきりと光らせる加減で、いっそう水が澄んで見えるのであった。

〈ああ、昔、ここであの柏木の大納言が、管弦の遊びを催されて楽しんだっけなあ〉と、懐かしい折々を夕霧は思い出す。

見し人のかげすみ果てぬ池水《いけみづ》に
ひとり宿守《やども》る秋の夜の月

かつてここで会った人の影は、ここには住んでいない……、もはや澄んでいない池水に、ひとり宿って守っているのは、この秋の月ばかりだ

こんな歌を独り吟じつつ、自邸へ帰ってからも、月を見上げながら、心は空にふわりふわりと漂っていくような心地がした。

「やれやれ、なんてまた見苦しい……」

「こんな夜遊びなど、今までなかったのに、すっかり悪いお癖がついてしまわれて……」

と、長く仕えている女房たちは、主人の夕霧があらぬ姿で女のもとへ浮かれ歩く様子を憎らしがって言いあった。

まして、雲居の雁は、ただただ辛い思いで、〈わが君のお心はすっかりどこかへ漂っていってしまわれた……もともと、ご実家の六条院では、たくさんのご夫人がたが一緒に仲良くお住まいになっている、そんな方々を、どうかすれば女の称賛すべき姿だと例に引かれるくらいだから、私などは心の狭い図々《ずうずう》しい女だと、そんなふうに思っておられるのでしょうね。ほんとうにそれは理不尽……。私だって、生まれついてそんな暮らしぶりのなかで育ったとしたら、ほかの人ともうまく馴れあって、そこそこにうまく生活することができたかもしれない。でも、ああやって実直《じつちょく》な男としていつも引き合いに出されるくらいの真面目なお人柄で、それは親兄弟以下、みなあやかりたいほどの睦まじい夫婦仲だと思ってくださっているのに……、このまま進んでいけば、いずれは大恥をかくようなことになるかもしれない……〉などなど、それはもうひどく嘆いている。

明け方、夕霧、また落葉の宮に文を書く

そのまま夜も明け方近くなって、二人とも互いにどちらから口を利くということもなく、ただ背を向けあったまま、ため息ばかりついて、やがて夜が明けると、朝霧の晴れるのも待たず、夕霧は、例のごとく落葉の宮への文を、急いで書いている。

雲居の雁は、それを見て、もちろん気に入らぬことと思うけれど、いつぞやのように、その文を奪い取ったりもせぬ。

すると、夫は、たいそう心濃《こころこま》やかに書き綴《つづ》って、また下に置いては、文に書きつけた歌を低く吟じて調子を見たりしている。その声は低くひそめて歌っているのだが、それでも漏れて聞こえてくるのであった。

「いつとかはおどろかすべき明けぬ夜の
　夢さめてとか言ひしひとこと

いったいいつと見当をつけて、夢をお覚まし申すことができるでしょうか。なかなか明けるこ

とのない無明《むみよう》の闇夜の夢のような現世《うつしよ》の、その夢を覚ましてとかなんとか仰せになっていた一言を思いますと、なんだかいつまでもお訪ねできぬような気がします

かの『上《うへ》より落つる』という思いにて」

と、文にはそんなことが書いてあるらしい。「いかにしていかによからむ小野山《をのやま》の上《うへ》より落つる音無《おとなし》の滝(どんなふうにして落ち、どんなふうに素晴らしいのでしょうか、小野山の上から落ちているという滝は、音無の滝とあって音が聞こえませぬほどに、見当もつきません)」という古歌を引き事にして、あの音無の滝ではないけれど、一向に音沙汰が無いので、私はどうしたらいいかわからずに苦しんでいます、とでもいう心をこめたのであったろう。すぐにこの手紙を上包の紙で包んで、それを押し戴《いただ》くようにしては「いかでよからむ(なんとかしてうまくいってくれよ)」などと、またこの歌の名残を口ずさみながら、夕霧は恋の成就を願ったりしている。

そして、使いの者を呼んで、これを托した。

こんな夕霧の行状を横目にみながら、雲居の雁は、〈ああ、せめてあのお返事だけでも、この目でしかと見たいものだけれど……ほんとうのところ、二人の仲は、いったいどうい

うことになっているのかしら……〉と、その実際の有様をなんとしても知りたいと思っている。

小野の山荘からの返事至る

だいぶ日が高くなった頃、使いの者が宮からの返事を持ってきた。けれども、その返事たるや、濃い紫色の紙がいかにもそっけなく、しかも宮本人からの文ではなくて、例の小少将の君からの返答なのであった。

そうして、またいつもの通り、宮からのお返事は叶わないという旨を書いて、さらに、

「さりながら、これではあまりにもお気の毒に存じましたゆえ、あの頂戴いたしましたお手紙の余白に、宮さまが手習いがてらに書き散らされたお歌を、こっそりと盗みとりまして」

と一言添え、その宮の書き散らしたという歌の紙片を破り取って、手紙のなかに封入してある。

〈おお、さては、今回は見るだけは見てくださったのか……〉と思うだけでも夕霧は嬉し

くなって、思わず口元が緩んだりするのは、いやはやみっともないことであった。
その破り取られた紙片には、あちらこちらととりとめなく散らし書きにしてあったが、
それをしまいまで読み通してみると、一首の歌が添えてある。

朝夕に泣く音《ね》を立つる小野山は
絶えぬ涙や音無《おとなし》の滝

母御息所を喪《うしな》った悲しさに、朝に夕に声を上げて泣いております、この小野山では、その朝夕に絶えることのない涙が、あの音無の滝のように流れ落ちます

字が乱れていてよくも読めないが、まずそんな歌と読んでおいたらよかろうか。その他、古歌などあれこれ、なにやら物思いに沈んでいるような調子で、乱れ書いてあるのだが、しかしその手跡は、なかなか見どころがある。
〈……他人《ひと》の身の上のことだったら、こんなみだりがわしい好き心に耽《ふけ》るというのは、いかにも難ずべき行為で、どこぞ正気を失っているのではないかと、そんなふうに思っていたものだったけれどなあ、……さて、いざ我が身のこととなると、まったく理性で抑制できるようなことではなかった……。なにがなにやら、我ながらわけが分からぬ。どうして

ここまで、あの宮のことで、私が物思いに苛々《いらいら》しなくてはならぬのだ、ばかな〉と、夕霧は自問自答するのであったが、といって、それで心を鎮めるということもなりがたい。

源氏、夕霧の行状に心を痛める

六条院の源氏も、このことを噂に聞いて、心を痛めている。

〈あれは、昔からたいそう老成したようなところがあって、なにごとも落ち着いて判断し、人から後ろ指を指されるような欠点もなかった。それで、いままで危なげなく過ごしてきた……それは親として面目が立ったというもので、翻《ひるがえ》って自分の若かった時分を思い出してみれば、いやはや、少々好き事にだらしなくて、結果的に浮気者という汚名を蒙ったくらいだったから、せめて息子が真面目で評判というのは、名誉挽回《ばんかい》というものだと嬉しく思ってきたのに……なんとまあ、厭《いと》わしいことになった。こんなことをしていれば、こちらばかりか、あちらのほうにも胸を痛めるようなことが出来しかねまい。……そもそも、かの衛門の督やその父致仕大臣とは、まるっきりの他人というわけではないのだから、さて父大臣などが、どんなふうに思うであろうかな……これしきのことが分からぬはずもなし、どうしてこんなことになったのであろう。いわば前世からの因縁というもので、そうなるとさて、逃れようにも逃れかねること……。もはや私などがかれこれ容喙《ようかい》すべきことでもあるまい〉

源氏はそんなふうに半ば諦めている。

しかしまた、〈とはいえ、男はともかく、女の身にしてみれば、まずいずれもかわいそうなこと……〉、まことにけしからぬことをしてくれたものだと、源氏は、聞くほどにため息をついている。

紫上の自省

紫上に対しても、源氏は、これまで二人で暮らしてきた日々のさまざまな出来事を思い出し、また、これから先はどうなるのだろうということを思いやりなどして、

「こんなことを聞くにつけても、さて自分が死んでしまった後《あと》、そなたの身の上が心配でならぬ」

などと言う。

そんなことを言われて、紫上は、ぽっと顔を赤らめつつ、

〈なんということを……。そんなにもわたくしを長く後に残して、先に逝《ゆ》かれるおつもりか……〉と嘆かわしいことに思っている。

〈まことに、女の身ほど、身の処しかたも不自由で、哀しいものはない……。なにかのことに思い沁《し》みたり、折々の妙《たえ》なることどもに感動したり、そういう人間らしい心も持たずに、ただおとなしく引っ込んでいろというようなことだったら、いったい何として、この世に生きている甲斐などあろう……なんの張り合いもなく、無常の世の無聊《ぶりよう》を慰める手だてとて、それではあるまいというもの。いかに女だからとて、まるで愚か者のようになんの分別も持たず、生き甲斐もないような暮らしに馴れきってしまうというのは、思うに、苦労して育てた親だって、さぞ口惜しいことに思うのではあるまいか。あのありがたいお経に出てくる無言太子《むごんたいし》は、生まれて十三年口をきかなかったとか、そこらの法師どもが無《む》言《ごん》の行《ぎよう》をひどく苦痛に思って、その太子のことを引き合いに出したりするようだが、こんな昔のたとえ話でもあるまいに、良いことと悪いこととの分別がきちんとついていながら、それを言わずに黙って我慢しているなど、なんと張り合いのないことであろう。……されば、わたくし自身の問題として考えたときに、いったいどのようにするのがもっとも

望ましい身の処しかたなのであろう……〉と、とつおいつ紫上が案じ患っているのは、他ならず、自分の手元に預かっている明石女御腹の女一の宮の行く末を思うがためであった。

源氏と夕霧父子の対話

ある日、ついでがあって、大将の君が六条院にやってきた。この折を捉えて、源氏は、大将がどう考えているのかを知りたく思って、言葉をかけた。

「あの一条の御息所の四十九日は、もう終わったのかね。……昨日今日亡くなられたばかりと思っているうちに三十年もの昔のことになってしまう、まったく亡き人の年の逝くのは速い。ああ、つくづくとつまらぬ……『朝《あした》の露に名利《みやうり》を貪《むさぼ》り、夕《ゆふべ》の陽《ひ》に子孫を憂《うれ》ふ（儚く消える朝露のような世に名声や利益を貪り、もうすぐに沈んでしまう夕陽を前に子孫の行く末を案じるようなもの）』というに、まるで夕べの露が葉末に置いているようにわけもなく消えてしまう現世《うつしよ》にいつまでも執着していることの無意味さよな。なんとかしてこの髪を下ろして、なにもかも世俗を捨て果てて出家したいと思うものを……さてもさても、いつまでも続く命とでも思うてか、うかうかと日を過ごしている。なんとも格好の悪いことではないか」

そんなことを源氏は言ってみる。

「まことに、たいして惜しくもないような人ですら、だれもかれもみな捨てがたく思って、つまらぬ世に執着しておりますようにみえます」

夕霧は、源氏の意を迎えるようなことを口にし、さらに言葉を継いだ。

「御息所の、四十九日の法要などは、みなあの大和守のなんとかいう朝臣《あそん》が、一人で取り仕切っておりますが、それも思えば寂しいことでございます。あの御息所のように、とくにこれという後ろ楯を持たぬ人は、生きている間こそそれなりでございましょうけれど、こうして命終《みょうじゅう》の後は、たいそう哀しいものでございます」

「朱雀院からもお見舞いがあったのであろうな。……あの……皇女《みこ》（落葉の宮）も、さぞ思い嘆いてであろ。このごろになって、あれこれと見聞《けんもん》するに、以前宮中で耳にしていたよりは、あの更衣（御息所）は、遺憾な点もなく、ごく感じのいい人の数に入るお人であった。されば、宮中というような所でなくて、ごくふつうの世間にあっても、まず惜しいことをしたというものだ。あのままお元気でいてほしい人だったが、そういう人に限ってこう世を早くされる。院におかれても、いたく驚いておいでであったが……。あの二の宮こそは、この六条院においでの入道の宮（三の宮）に次いで掌中の玉のように思っておられる宮であった。お人柄もきっと良くておいでであろうな」

源氏は、こう水を向ける。

「さあ……。お人柄までは、さてどんなふうでございましょう。御息所は、これといって欠点もないようなお人柄、お心ばせの方でございましたが。二の宮のほうは、いまだ心を許して親しく語らったこととてございませせぬほどに、よくも存じませぬが、しかし、なにかのことの端々《はしばし》に、おのずから人柄や心用意などは顕《あらわ》れるものでございましょう」

こう夕霧はとぼける。その口ぶりには、落葉の宮のことなどなんとも思っていないような風情で、そしらぬふりを決め込んでいるのである。

源氏は思った。

〈まず、これほど生一本《きいっぽん》な男の心に思い初《そ》めてしまったことは、これからなんと異見しようとも甲斐はあるまい。いずれ異見したとて、聞き入れもすまいことに、さかしらに口を差し挟むのもつまらぬことよな〉

そして、その話はそれきりになった。

御息所の四十九日を夕霧が取り仕切る

かくて四十九日の法事は、大和守に任せるのでなくて、なにもかも夕霧が表に立って差配することとなった。

このことは、誰も知るところであったから、致仕大臣も耳にして、〈いかになんでも、そのようなことがあっていいものか〉と、落葉の宮の考えが浅いゆえだと、敢て思いなすのも、宮からみればとんだ濡衣《ぬれぎぬ》というものであった。

それでも、大臣の子息たち、すなわち柏木の弟たちも、兄との縁のあることゆえ、法事にはお参りせざるを得ぬ。誦経《ずきょう》などは、致仕大臣からも、僧どもに命じて盛大に執行《しゅぎょう》させる。そこで、その子息がたも、いずれ劣らず父大臣に倣ったもので、御息所の法事は、結果的に、まるで今を時めく人に劣らぬ盛大さとなった。

落葉の宮、小野にて遁世を思うが父院に禁《いさ》められる

宮は、もういっそこのまま一条には戻らず、この小野の山荘に引き籠って世を捨ててしまおうかと思い立ちなどもしたけれど、そのことを、ひそかに朱雀院に注進した者があった。これを聞いて院はお許しにならぬ。

「出家など、まったく言語道断なことである。たしかに、あちらの人こちらの人と、多くの人に身を任せるというようなことは、感心したことではないが、といって、宮のようにこれという後見人のない人が、生半可に尼姿になって、その後《あと》からまたあるまじき浮き名など立って罪を得《う》るようなことがあった日には、現世《げんせい》ばかりでない、来世《らいせい》も、そのまた来世も、極楽に往生することなどおぼつかぬこと、結局浮かばれぬままに悪名《あくみよう》を負うて彷徨《さまよ》うというようなことになる。……私がこうしてこの山寺で世を捨てて過ごしている上に、三の宮も同じように尼姿に身を窶《やつ》しておられる……こんなことでは、やがて子孫も絶えるような家筋だと人が言いそやすのも、まずもとより出家の身としては思い悩むべきことでもないかもしれぬが……。本来出家は、崇高な仏縁に引かれて果たすべきもの、だれもか

れもがそんなふうに、同じ道へと先を争うようにしているというのも、いよいよもって情ない。なまじな世俗の憂さ辛さに負けて世を捨てたいなどと思うのは、かえって人聞きも悪い所行《しょぎょう》というものだ。この上は、もういちどしっかり己《おのれ》の心に考えを固め、もうすこし心鎮めて、胸の内をすっきりとさせてのち、出家でもなんでも志すべきものぞ……」

と重ね重ね宮へのお諭しがある。

かくのごとくに朱雀院が仰せ下さるにつけては、おそらく、夕霧の大将との浮ついた噂が上聞《じょうぶん》に達したのであろう。そこで、〈……もしここで軽はずみに出家などすれば、世間は、決まってその艶聞《えんぶん》の恋のままならぬことをはかなんで、宮が世を捨てたのだと噂するに違いない〉と、院は内心に、そのことを案じられて、かく異見されるのであった。

〈さはさりながら……このまま、大将との仲が人も知るところとなって、公然と一緒になるなどというのも、いかにも軽率の謗《そし》りを免れまい……それまた感心したことではない〉とも思し召しながら、またいっぽうで、〈とはいえ、それを露骨に私の口から持ち出せば、宮がどんなに恥ずかしい思いをされるか、それもかわいそうな……されば、なんだって私までが、こんな噂にいちいち容喙《ようかい》することがあろうぞ〉とも思われるゆえ、結局この夕霧との一件には、あえてこれ以上は口をさしはさまぬことにされたのであった。

夕霧、落葉の宮を一条の宮に帰す用意をする

大将は、〈こうしてあれこれと宮に言葉を尽くしてはみたけれど、しょせんなんの甲斐もないことよ。この先どんなに口説いても、あの宮が心を許してくださることは、まず難しそうにみえる。かくなる上は、すべて御息所もご承認済みのことなのだと、そう皆には思ってもらって、堂々と婿がねとして乗り込むことにしよう。いかがなものであろうかな……この際、亡き人に、いささか軽率であったという咎めを負わせて、いつからこういうことになったのかなど、細かな事情はみなうやむやにしてしまおう……。今さら蒸し返して、さらに色恋ずくに泣いたり口説いたりというのも、まったく我が身には相応《ふさわ》しからぬことにちがいない〉と、思い定めた。

かくて、一条の宮に落葉の宮が帰ってくる日を、いついつの吉日にと卜定《ぼくじょう》し、その日に大和守を呼んで、結婚の儀のしかるべき作法を言い聞かせ、宮のうちをすっかりきれいに掃いたり拭ったり、調度を調えなどしたりさせる。かねて申し聞かせていたことながら、女ばかりの邸では庭の手入れまでは手が回らず、草ぼうぼうの荒れ邸になっていたのを、

ぴかぴかに磨き立てるように内外を調え尽くす。

こういうときの夕霧の心遣いはまことに行き届いたもので、しかるべき儀礼作法も厳《いか》めしく、壁代わりの垂れ布《ぬの》や、屏風、几帳、また御座《おまし》の敷物に至るまで、なにもかも夕霧自身が気配りをして大和守に指示し、大和守の家において急いで調製させるのであった。


その日になった。

夕霧は、宮の帰邸に先立ってみずから一条の宮に入って待ち、小野の山荘に向けて、牛車と前駆《さきが》けの者を差し向かわせる。

宮は、こんなことではどうしても帰りたくないと思い、一心に訴えもしたが、周囲の女房たちのだれもかれもが、帰るべきことをきつく諫めてやまない。また、大和守も、

「このままここに……など、どうでもご承知申しますまい。わたくしも、宮さまが一人残られて、いかにも心細く哀しいご様子でおられるのを拝見いたしまして、ご同情申しましたるゆえに、せめてわたくしなどにできますことの限りはと思い、ここしばらくお仕え申してまいりました。しかしながら、いつまでもこうしてはおられませぬ。わたくしにも本来の任国《にんごく》の仕事もございますことにて、いそぎ大和へ下らなくてはなりませぬ。一条のお

邸のこととて、今より後《のち》のことを誰といって任せるべき人もございませぬ。しかし、そんなことでは、いかにも不都合千万にて、いかがなものかと案じ煩《わずら》っておりましたところ、こうして左大将の君が、なにからなにまで痒《かゆ》い所に手が届くようにお世話くださいます……。なるほど、大将の君と宮さまの御仲《おんなか》をば、ご結婚ということとして愚考いたしますには、必ずしも望ましいこととも思えませぬが、とは申せ、昔から、宮さまのようなご身分の方が、お心にかなわぬ形でどなたかと結婚されたというような例はいくらもございます。それについて、どうして宮さまお一人が世間の謗《そし》りをお受けなさらなくてはならないことでございましょうぞ。しかるに、どうしても一条のほうへお帰りになりたくないなど仰せになっては、まるで駄々っ子のような……、いかにも心幼くおわしますことでございます。

……そのように、どんなに強情《ごうじょう》を張られましょうとも、女一人のお考えだけで、ご自分の身の行く末をきちんと処置なされ、なにもかもお一人でご自分の暮らしを立てていかれることなど、どうしてできましょうや。やはりここは、どなたかしかるべき殿御が、宮さまを御身《おんみ》大事と崇《あが》めてお世話くださるのに助けられてこそ、生きていくすべもあり、またそうなって初めて、宮さまの深きお心次第の賢いお暮らし向きのことどもも成り立つと申すべきものでございます」

こう宮を厳しく諫めると、大和守の舌鋒《ぜっぽう》は、宮を世話する女房たちに向けられる。

「よろしいか、そなたたちが、日ごろからきちんきちんとお諫め申し上げて、ものの道理をお聞かせ申しておかぬから、こういうことになるのだ。それでいて、なにやら恋文の取り次ぎなど、あるまじき事を、自分勝手な心からやりはじめたり、まったくけしからぬことばかりじゃ」

などなど、それからそれへ小言を言い続けて、女房たちのなかでも左近と少将の二人にはきつい叱責を加える。

落葉の宮、一条の宮へ帰る

こうして、女房も大和守も、みな集まって宮を宥《なだ》めたり賺《すか》したりするので、どうにもやるせない思いながら、宮は喪服を脱いで、色鮮やかな御衣《おんぞ》に着替える。多くの女房たちが寄り寄り衣を脱ぎ替えさせる間も、宮はほとんど忘我の境《きょう》にあって、内心には、なんとしてもこんな黒髪は削《そ》ぎ捨てて尼になってしまいたいという思いがして、その長い黒髪を後ろから前のほうへ搔《か》き出して見る。すると、長さは六尺ばかりで、物思いのためかいくらか毛が減り細っているけれど、女房たちは、それを別になんとも思わない。ただ宮自身の気持ちからすれば、〈ああ、この黒髪もひどく衰えてしまった、こんな貧相なことでは、とてもこれから夫となる君に見《まみ》えようという様《なり》ではない。ほんとにつぎからつぎへ、さまざま辛いことばかりのこの身……〉という思いで、いつまでも気が晴れないまま、またうち臥してしまった。

「もうご出発のお時間が過ぎてしまいますよ、宮さま」

「もはや夜も更けてまいりましょうほどに」

と、吉日の良き時を選んで出立《しゅったつ》するようにと、大将からくれぐれも言われている女房たちは、皆口々に騒ぎ立てる。

折しも、時雨《しぐれ》がぱらぱらっと音を立てて吹きつけ、なにやらたいそう慌ただしく急《せ》き立てるように聞こえる。

宮はもうなにもかも悲しくてならぬ。

のぼりにし峰の煙《けぶり》にたちまじり

思はぬかたになびかずもがな

ああして母君を荼毘に付したそのときの煙に立ち交じって、わたくしも一緒に煙になってしまいたかった。

そして、こんな思ってもいない方になびかないでいたい……

宮の心ひとつは、だれがなんと言おうとも、決してなびかないでいようと、固く強く決心していたけれど、万一にも宮が自分で髪を切ってしまったりしないように、たとえば鋏《はさみ》のようなものは、女房たちがみな取り隠してしまっている上に、何人もの人が周りに侍《はべ》ってひしと見守っている。

宮はため息をついた。

〈なにもこれほどまでに騒ぎ立てずとも、自分勝手に髪を切ったりするような、愚かしい幼稚なことをするものですか……そんな、師僧もお願いしないで髪を下ろすなんて、人が聞いたらひどくおぞましい所行と思うでしょうに。……いずれ惜しいともなんとも思わぬ身、そんなことをするくらいなら、いっそ死んでしまいたい……〉と思っているゆえ、かねての希望であった出家を果たすこともできぬ。

こうして、宮うちの女房たちは、みな仕度働きに余念がなく、おのおの、櫛《くし》、手箱、唐櫃《からびつ》などよろずの物、いずれも山荘の仮住まいのためにざっと袋に入れて運んできたようなものばかりだったが、ともかくなにもかも纏《まと》めてひと足先に一条の本邸のほうへ運んでしまってあるのだから、この先、宮が一人でここに残るわけにもいかぬ。宮は泣く泣く、車に乗る。すると、以前だったらいつも隣に母御息所が乗っていたものゆえ、自然と目はなにもない脇《わき》のあたりをじっと見つめてしまう。

すると、ここにやって来たときの車のなかで、母君が自分は気分が優れないのに、宮の髪を搔《か》き撫《な》で繕い、車から降りるのを助けてくれたことなどが、それからそれへと思い出され、悲しくて、涙が溢《あふ》れて何も見えなくなってしまう。

いつも身に帯びている守り刀に添えて、今は法華経を収めた、母の形見の経箱《きょうばこ》が手許《てもと》にある。その経箱を見れば、優しかった母御息所の面影が彷彿と浮かんでくる。

恋しさのなぐさめがたきかたみにて
涙にくもる玉の箱かな

見れば恋しさの癒しがたい形見（かたみ）の箱（かたみ）にて、

それゆえ、涙に曇る玉の箱なのね

あまりに急なことで、黒い喪中用の箱も調製が間に合わなかったゆえ、ここには、亡き母が日ごろ手許《てもと》で使い馴らしていた螺鈿《らでん》細工の箱を持参している。この箱については、母御息所から、誦経の僧侶への布施として施入《せにゅう》するようにと遺言されていたにもかかわらず、母の形見として、敢て手許に留《とど》めておいたものなのである。

それはまるで、玉手箱だけを手に帰ろうとしている浦島太郎のような心持ちであった。

一条の宮に到着してみると、御殿の内は、もはや悲しげな気配もなく、人気《ひとけ》も多く賑《にぎ》やかで、出てきたときとはまるで様変わりがしている。

寝殿に車を寄せ、降りようとしてあたりを見渡してみれば、さらに我が家とも思えない。そのことが、宮には疎ましく思われて、ますます不愉快は募り、すぐには車から降りる気もしない。

茫然として佇んでいる宮の様子を見て、女房たちは、〈……これはまたひどくおかしな、子どもじみたお振舞いを〉と思って、おろおろはらはら、どうしたものかと案じ煩っている。

けれども、夕霧は、東の対の南面《みなみおもて》を自分の御座所と勝手に定めて、仮にそのようにしつらえ、すでにここに住み着いているような顔で居座っている。

さて、夕霧の本宅三条の邸では、このことの成り行きに、女房たちが、

「なんてまた俄《にわ》かに、呆れ返ったことにおなりでございましょうぞ」

「されば、いつからさような仕儀におなりかの」

など、驚き呆れている。

とかく、日ごろ真面目で、あまりなよなよした風流《すき》ごとを好ましくないと思っている人は、却って、時にこういう思いもかけない振舞いに及ぶことがあるものだ。

しかしながら、三条の女房たちは、この色恋沙汰をば、もうずっと以前から秘かにできていたことで、それをしも煙にもあらわさず、こっそりと隠して過ごしてきたのだろうと、みなそう思い込んでしまっていた。されば、未だに宮のほうでは一切心を許していないというのが真実であるのに、そのことに思い至る人など誰一人いなかった。

いずれにしても、宮のためにはまことにお気の毒なことであった。

落葉の宮、塗籠に隠れる

ともあれ、宮はまだ服喪中の身ゆえ、服装調度なども常とは違って一切が薄鈍色《うすにびいろ》に染められ、せっかく婚礼の初夜というに、縁起でもないことであった。が、やがて食事なども済み、皆寝静まってしまった時分に、夕霧が渡ってきて、少将の君をひどくせっつくのであった。けれども、

「もしお気持ちを末長くお持ちくださいますなら、どうぞ今日明日はご勘弁くださいまして、後にお話しくださいますようにお願い申し上げます。こうして戻っておいでになりましたことで、かえって悲しみに沈んでしまわれまして、まるで亡き人のように臥せておしまいになっておいでてございますので……。わたくしどもも、手を変え品を替えてお執《と》り成《な》し申し上げておりますのですが、ただただもうひどいことをするとばかり思い込んでおられますゆえ、これ以上はなかなか……。何ごとも、我が身はかわいいことでございまして、これ以上強いて申し上げて、万一にもお勤めご免にでもなれば元も子もございませぬ……されば、わたくしどものほうからは、もうこれ以上は申し上げかねますことにて

……」

少将はそういって、すっかり困却のていである。

「なにを下らぬことを言うておるのだ。かねて、よいお人柄とばかり推量申し上げておりましたのとは大違いにて、なんとまあ、頑是無《がんぜな》い、そして合点のまいらぬお心がけであろうかな」

と、こう言って、夕霧は、今自分が考えていること、すなわち宮を事実上の正室として処遇するということにすれば、それは宮にとっても、また自分にとっても望ましいことで、それがために世の非難を蒙るなどということはあるはずもないのだ、という旨を、くどくどと説明し続ける。

いくらそう言われても、少将の君は困惑するほかはない。

「いえいえ、なんと仰せ下さいましょうとも、ただ今は、無理押しを致しましたらお母君さまにつづいてお亡くなりになってしまうのでは……と、それはもうはらはらして取り乱しておりますもので、なにがなにやら弁《わきま》えもつかないことでございます。どうかお願いでございます、とかく無理押しをして、しゃにむに思いを通そうとしてくださいますな」

そう言って、少将は手を擦《す》って懇願する。

「なんと、またこれは呆れたこと。いまだかつて、男女《おとこおんな》のことでこんな目にあわされたことがないぞ。憎たらしくて目障りな男めと、人よりも格段に見下げられてしまったらしい我が身の情《なさけ》なさよな。はたして本当のところはどちらに理があるのか、なんとかして、しかるべき識者にでも判定してもらいたいものだが」

夕霧は、もはや何を言っても始まらぬと思って、そう言い放つ。さては、さすがに夕霧が気の毒と思わぬでもないので、少将は言葉を補った。

「いまだかかる目におあいになったことがないとの仰せ、まことにごもっとも……なるほど、それはあまり男女のことについて良くもご存じないお心がまえのゆえかと……いえ、さて、どちらに道理があるのか……その判定をしてくださる人がございますでしょうかしら」

そう言って少将は、ほほほ、と小さく笑った。

こんなふうに少将は手強《てづよ》いことを言うけれど、もはや今となっては、夕霧もそんな女の言葉に邪魔立てされて引っ込んでいるつもりもないこと、そのままこの少将を引っ立てて、このあたりかと思う部屋へ、むざと上がり込んだ。

宮は、こんなことの一部始終が、すべて辛いばかり、結果的に大将を手引きして引き入れるような、こんなにも思いやりのない、そして考えの浅い女房どもの心よと、癪《しゃく》にも障るし、また薄情な者どもだと思いもして、〈えい、もはやこうなったら、あの者たちがどう思おうと構わぬ、幼稚なことだと騒ぐなら騒ぐがよい〉と思って、塗籠《ぬりごめ》に隠れ入る。そしてそこに御座《おまし》を一つだけ敷かせ、内から鍵を鎖《さ》して、そのまま横になったが、なかなか眠れぬままに、

〈……でも、こんなことをしていたって、いつまで身を守れるだろう。周りじゅうがこんなにも、みなそぞろ浮足だってしまっている者ばかり……あの者どもの心根ときたら、まったく悲しく口惜しいばかり〉と思う。

いっぽう男君は、〈また逃げ隠れするなど、なんという心外で無情な仕打ちであろう〉と思うけれど、しかし、〈ここまで来れば、もはやなんとして逃げおおせることができようぞ〉とばかり、鷹揚《おうよう》に構えて一晩中なにやかやと物思いに耽っている。その気分は、まさにあの「足引きの山鳥の尾のしだり尾の長々し夜をひとりかも寝む（足引きの山、その山鳥の尾の、そのしだれた尾が長々しいように、長々としたこの秋の夜を独り寝に過ごすことよ）」という、いにしえの歌さながらに、長き夜はいつまでも明けぬ思いがするのであった。

やっとのことで明け方になった。

もうこんなことばかりで、この先取り立ててすることは、直接に明るい光のなかで顔を見られて恥をかくことくらいで、他にはなにも良いことはなし、またみっともなくもあるので、さっさと帰ろうと思って、
「どうか、ほんのちょっと、細く隙間《すきま》をだけでも開けてくださいませぬか」
と、懇願などしてみるけれど、返事すらない。
「怨みわび胸あきがたき冬の夜に
また鎖《さ》しまさる関の岩門《いはかど》
恨んで悲観して、胸の憂さを明けがたい、この長く明けがたい冬の夜に、
また開けるどころか閉ざしまさる恋の関の岩の門よな
なんともかんとも申し上げようもないほど、つれないお心でございますな」
そう言いながら、夕霧は、泣く泣く出て行く。

夕霧、六条の院の花散里のもとへ帰る

六条の院、東北《うしとら》の御殿にやってきて、夕霧は一休みする。

そこでまた、母親がわりの花散里が、

「一条の宮（落葉の宮）を、京のご本邸のほうへお移しなさいましたそうですね、あの致仕大臣のあたりではそんなお噂で持ち切りだとか。それはどういうことでございましたのか」

と、たいそうおっとりとした口調で尋ねる。

その横には几帳が立ててあるけれど、その側から花散里は、あえてちらりと夕霧に姿を見せている。それが養母としての、せめてもの優しさなのであった。

夕霧は述懐する。

「ええ、たしかにそんなふうに、世間では面白可笑《おか》しく言いそやすことでございましょう。じつは、亡き御息所は、当初、たいそう手強《てづよ》く、さようなことは決してあってはならぬことと言い放っておられましたが、もうお命のほども今が限りという頃になられます

と、すっかりお気持ちが弱られたのでしょうか、また自分以外に宮の後見《うしろみ》をすべき人もないことを悲しくお思いでもございましたのでしょう、やがて亡きあとの後見としてわたくしを頼みたいというようなことがございまして、いやそうなれば、わたくしとて、あの衛門の督との約束もあり、もともと後見人《こうけんにん》としてお世話を申し上げるつもりでおりましたことゆえ、結局はこんな形で後見役《こうけんやく》をお引き受けする決意をいたしましたものでございます。なのに、世間では、あることないこと、どんなふうに取り沙汰していることでございましょうか。さして言い立てるほどのことでもないのに、世間というものは、わけもなく口さがないことを言い募るものでございますね」

と、にっこり笑って、また、

「ところで、あの宮ご本人は、どうでもこのまま俗世間にはいたくないというようなことを深く思い立たれて、尼になりたいなど、そればかり思い詰めておいでのようですから、なんのなんの、どんなにあちこちで聞きにくい噂など立てられたとしても、また宮が尼になられて男女《おとこおんな》の間柄の嫌疑など晴れたとしても、どちらにしてもわたくしは、あの衛門の督と交わした生前の約束を違《たが》えまいと、さように考えております。それで、ただこんなふうに、なにかとあの宮のご身辺のことに口出しを致しておりますような次第でございます。もし父上がこちらにお出でになる折節がございましたなら、そんな折、なにかのついでにでも、今わたくしが申し上げましたとおりに間違いなくお伝えくださいますように。これまで実直者《じっちょくもの》として過ごしてきたものを、今になって、つまらぬ心を起こしたものだと、お叱りを頂戴しはせぬかと気にかけてはおりましたが、いやはや、この男女の道ばかりは、誰の異見にも、また自分の良心にも、すんなりとは従えないものでございますね」

など、声を潜めて思いを語った。花散里はおっとりと頷《うなず》く。

「……わたくしはまた、かようなお話は、根っからの偽り事であろうかと存じておりましたけれど、なるほどそのようなことでございましたか。かようなことは、とかく世間にはありがちなことでございますけれど、あの三条の姫君（雲居の雁）は、これについてはどのようにお思いでございましょう、それがいささかお労《いたわ》しく存ぜられますが……なにぶん、今までが今までございますほどに、さぞ安心しきっておいででしたろうし」

こう突っ込まれて、夕霧ははたと困った。

「姫君だなどと、いかにも可憐《かれん》なふうに仰せでございますね。実際には、まったく鬼のように恐ろしくて手に負えない女でございますものを……」

こう、言いかけて、また夕霧は思い返す。

「いえ、その、そんな妻でもどうして疎略に扱うようなことがございましょうか。こう申してはまことに恐れ多いことでございますが、こちらの六条院での御方《おんかた》さまがたのご生活から、どうぞご推量あそばしてくださいますように。わたくしもこちらのような平和なありようを願っておりますほどに、まずはなにごとも角を立てずにすんなりと対処することこそ、女として最終的にあるべき姿ではありますまいか。あの三条の妻が、口さがなく、また事を荒立てなどしてやきもちを焼きますのも、当初は、いい加減煩わしく面倒に思われて、それでついつい遠慮するようなこともございましたけれど、そうそう遠慮ばかりもしてはいられませぬ。そこで、こういうようなことがこじれてまいりますと、わたくしも、またあちらでも、互いに憎らしく思って、すっかり嫌気がさしますね。それでもなお、東南《たつみ》の御殿におすまいの御方（紫上）のお心のもちようこそは、どうあっても真似のできぬほどにて、さてまた、こちらの御方（花散里）のお心なども また、じつにご立派なものと拝見するようになりましてございます」

などとせいぜい誉《ほ》めちぎるので、さすがに花散里もいささか苦笑して、

「そのようなことの例《ためし》に、わたくしを引き合いに出されましては、あれは夫に浮気をされても平気でいる女だなどという、体裁の悪い評判も立ちましょうほどにのう。さはさりな

がら、可笑しいことは、源氏さまが、みずからの悪戯癖《いたずらへき》を人は知らぬかのような顔をしてね、そなたさまにいささかでも浮気らしいお心がけが見えますと、これは一大事というような騒ぎをなさって、ご戒告なさったり、また陰口などもおききになったりするようで、それこそ、世に申します『利口ぶった人は、自分の欠点がわからない』と申しますことでございましょうかしら……」

「はっはっは、まったくその通りですね。父上は、いつだってこの男女《おとこおんな》の道のことを殊《こと》の外《ほか》厳しく戒められます……、しかし、そんなに恐れ多いお教えを賜らずとも、わたくしとしては自分自身でよくよく身を修めておりますつもりですけれど」

などと言い言いして、ほんとに可笑しがっている。

それから夕霧は源氏のところに顔を出した。

源氏は、あの落葉の宮のことはすっかり聞き知ってはいたけれど、何もかも知っているぞというような顔をするにも及ぶまいと思って、ただじっと大将の顔を見つめている。すると、その面差しの称賛すべきこと、どこと言って非の打ち所もない。

〈……ああこれこそ、ちょうど今が男として成熟の極み、いわゆる男盛りというものでもあろうか、されば、こんなふうな色好みの沙汰を起こしたとしても、なんで非難などするに当たろう、この男前ではしかたがあるまいに……きっと鬼神《おにがみ》といえども、その罪を許してしまうだろうという美しさ、すっきりとして一点の汚れもなさそうに見え、若々しくて今を盛りの色香を発散している。若々しくても、分別もろくにないような若者という年でもなし、どことといって欠けたるところもないように全き成長を遂げてよく整っている、なるほど、これでは無理もあるまい……女の身としたら、どうしてこれを愛《め》でずにおられようか、鏡を見たって、きっと自分自身にうっとりするほどであろうにな〉と、源氏は我が子ながら、つくづく素晴らしい、と見とれるようであった。

夕霧やっと三条の邸に戻る

こんな具合で、三条の自邸に大将が戻ったのは、もうすっかり日が高くなってからであった。

部屋に入った途端に、若君たちが、それからそれへと、かわいらしい姿でまつわりついて遊ぶ。

しかし、雲居の雁は、帳台の内に臥していて出てこない。しかたなく、夕霧のほうから帳台に入ってみるけれど、そっぽを向いて目も合わせぬ。

〈これは、ひどい仕打ちだと思っているのであろうな〉と見るのも道理であったが、そこを敢て遠慮するそぶりもなく、女君が被《かぶ》っている衣を、えいっとばかり引き剝がす。すると、

「いったいここをどこだとお思いになって。もうわたくしはとっくに死んでしまいましたっ。いつだってわたくしのことを鬼だ鬼だとおっしゃってるんですから、もう同じことなら、死んで鬼になってしまおうと思っているんですからねっ」

と大層な剣幕《けんまく》である。夕霧は苦笑しつつ、言い返す。

「おお、そうともさ。そのお心こそ、たしかに鬼よりも恐ろしいけれどなあ、しかし、姿はどことい って憎らしげなところもないから、なかなか疎んじ切ることもできませぬぞよ」

とさりげない様子で言い賺《すか》そうとする、その夫の態度がまた、妻にはどうしたって許しがたいのであった。ますます立腹して、

「そんなふうに、すばらしいご容姿で、色めいたお振舞いをなさるようなお方のそばに置

いていただけるような身でもございませぬほどに、もうもう、どこへでも消えてしまいたいと思います。ええ、ええ、消えてしまいますほどに、どうぞこんなふうにたまさかにでもお思い出しくださいませぬようにね。なんの甲斐もなく長《なが》の年月《としつき》連れ添っただけでも、ああくやしい、くやしい……」

　とそんなことを言いつつ、がばっと起き上がったその様子は、たいそう愛嬌たっぷりで、色香も匂うばかり、ほんのりと赤みが差した顔なども、まことに魅力的なのであった。

「いつだってこう、子どもみたいにぷんぷんするものだから、もうすっかり見慣れてしまって、この鬼どのも、今ではちっとも恐ろしくもなんともなくなった。鬼というからには、もうすこしこう、厳めしい感じがないといかんねえ」

夕霧は、このまま戯《ざ》れごとにしてしまおうとする。

が、それが火に油を注いでしまった。

「何よ、その言いかた。へんなことばっかり言ってないで、そのまま死んじゃってよ。わたくしも死にます……死んじゃうんだから。もう、その顔を見れば憎たらしいし、言うことだって聞けばかわいげないし。……でも、わたくしが一人先に死んじゃったら、後に残ったあなたのお世話をする人もいなくなっちゃうから……」

剣幕はすごいのだけれど、その様子を見れば、真っ赤な顔をしてますますかわいらしさがまさるばかり、夕霧は、くすくすと面白そうに笑った。

「わかったわかった、もう顔も見たくないというのなら、それでもいいが、私の噂ばかりは、離れていても聞こえてくるのではあるまいかね。死ぬとかなんとか、そんなことを言って、私たちの妹背《いもせ》の契《ちぎ》りが生死を超えて深いのだということを、まあ言いたいのであろう。いずれ、どちらかが死んだらすぐに、残ったほうも続いて後を追おうというようなことは、互いにそうしようなと、もう約束済みではないか、今さら言わずとも」

そんなことを言って、夕霧はまともに取りあわない。そうして、なにくれとなく宥《なだ》めたり賺《すか》したり、妻を慰める。

雲居の雁は、なにしろまったく世間ずれしていない、心のかわいらしい人で、どこか健《けな》気《げ》なところがあるので、夫の言い草を、どうせ通り一遍の慰めだとは思いながら、いつしか心が和《なご》んで許す気になってくる、そんな妻の様子をみていると、なんだかかわいそうだと思いはするものの、夕霧の心はやはりどこか上の空で、あの一条の宮のことばかりが心に浮かんでくる。

〈あの宮も、私が何を言おうと聞き入れず、ひたすら我《が》を通そうとしている。とはいえ、あれでどこまでも強硬で不愉快なお人柄でもなさそうだが、もしここで私が強引にことを運んだなら……それがどうしても不本意だという気持ちから、尼にでもなってしまおうと思い立たぬものでもない。万一そんなことになったら、とんだ愚かしいことになるというものだ……よし、かくなる上は、なにはともあれ間《ま》を置かぬことが肝心だ、できるだけせっせと通うことにせねば〉と思うと、もう居ても立ってもいられない気持ちになる。

そうこうするうちに、はや日も暮れようとしている。

〈さては、きょうもお返事は下さらない……ということか〉と思うと、夕霧の心にはそればかりがひっかかり、怏々《おうおう》と楽しまぬ表情で、しきりと考え事をしている。

雲居の雁は、昨日今日とんと食欲もなかったが、こうして夫と一戦交えて、なんとか和戦に漕《こ》ぎ着けてみると、すこしほっとしてものを食べる気になった。

そんな和やかな妻の様子を見て、夕霧はしみじみと話しかける。

「昔から、そなたに対する私の心は、それは並大抵のものではなかった……ほら、父大臣《おとど》が、二人の仲を裂こうとしてずいぶんひどい仕打ちをなさった、あの時はほんとに私も辛かった。なにしろあんなにばかにされてまで、一人の女に執心して他《た》を顧みないなんてのは、あいつは阿呆ではなかろうかとまで言われたものだったよ。いや、しかし、そこを堪《た》えがたきを堪え、忍びがたきを忍んでね、私はそなたのことしか眼中に置かなかったのだ。それは、あちらからもこちらからも、降るほど縁談などはあったさ。あったけれど、どれもこれも、まあ聞き流しておいた。その一刻《いっこく》ぶりは、女だとてあそこまで貞操堅固には通せまいと、みんな嘲《あざけ》り笑ったものだった。……今改めて考えてみても、いったいどうしてあそこまで一途《いちず》にできたのだろうと、まあ我ながら感心する……おそらく、若くて血気盛んな時分といえども、私の心には浮ついたところがなかったのだな、と思い当たるな。……さてさて、今はそのようにそなたは、私をお憎みになるけどね、しかし、ああして決して見捨てることのできないかわいい子どもたちが、こんなにたくさん生まれているじゃないか。されば、いかに恨めしいといっても、その自分一人の思いばかりに、ここを出て遠くに行ってしまうなど、それはできぬことではないか。そうだろ。また……いやもうよい、ただこの先、私がどうするか、見ていてごらん。どちらが先に死ぬか、それは命ゆえ定めはないけれどね……」

　こんなことを言い言いして、いつしか夕霧は涙をこぼしたりもするのであった。

女も、あの悲しかった昔のことを追懐するにつけて、〈たしかに、こんなに世に類例のないほどに心の通《かよ》いあった二人の仲なのだから、ああ、やっぱりほんとうに深い前世からの契りがあったのだわ〉と思い出す。

やがて、夕霧が、すっかりくしゃくしゃになった衣を脱いで、心を込めて縫い上げた衣を重ねて香を焚きしめ、それを見事に着こなして、念入りに化粧などして出て行こうとするのを、雲居の雁は帳台の内から、灯明の火影《ほかげ》のもとに見送っていると、堪《こら》えがたく涙がこぼれる。せめて、夫の脱ぎ置いた単衣の袖を引き寄せて、

「馴るる身をうらむるよりは松島の
あまの衣に裁《た》ちやかへまし

この衣のように馴れてくしゃくしゃになってしまった我が身をうらむよりは、あの松島の浦（うら）に住む海士（あま）の……尼（あま）の衣に仕立て直して、出家してしまいましょうか

このままこうして俗世の人としては、とても生きていけそうもありませんもの……」

と、独り言のように呟《つぶや》くのを、夕霧は耳に留めた。

「まことによろしからぬお心がけだ、

松島のあまの濡衣《ぬれぎぬ》なれぬとて

ぬぎかへつてふ名を立ためやは

いや、その松島の海士（あま）の衣が潮にぬれてくしゃくしゃになってしまったとしても……いかに馴れ馴れて飽きが来たとしても、尼（あま）になどなって、あれは夫を捨てて脱ぎ替えたなどという評判が立たぬほうがよくはないか」

と、こう詠み返したが、出発間際で時間がなかったこととは申せ、いかにも急ごしらえの、おざなりな歌ではなかろうか……。

一条の宮と塗籠の攻防

さて、一条の邸では、依然として落葉の宮が塗籠に鍵をかけて籠城《ろうじょう》している。

さすがにお付きの女房たちも困り果てて、

「いつまでこんなことをしておられますやら……」

「かくては、あまりに大人げのないなされようだと、よからぬ噂も世に広まってしまいましょうほどに……」

「さあさあ、どうぞもとのお部屋にお帰りあそばして、その上で、嫌《いや》なら嫌と、はっきりお考えのほどを申し上げるようになさいませ」

などなど口々に宮を諌める。

そういう女房たちの諌めはもっともだと思いはするものの、なお宮の心は解けない。

〈これで仮に契りを結んだとしても、今から後《のち》、世間では決して良いようには噂すまい〉とも思い、また〈ああして母御息所が苦悩のうちに亡くなられて、あれほど悲しい思いをさせられたのも、いずれも、すべてはあの気に入らない、恨めしいばかりだった大将の君のせいであったもの……〉と思い知っているゆえ、その夜も、対面することを拒んでいる。

「『ありぬやとこころみがてらあひ見ねばたはぶれにくきまでぞ恋しき（逢わずにいても生きていられるだろうかと、試みがてらの気持ちで、逢い見ずにいたら、そんな冗談などいっていられないくらい、恋しくてしかたがないぞ）』と、いにしえの歌に戯れて歌っておりますが、試しに逢わなくても生きていられるかどうか、などという戯れなど、とても言えないくらい恋しくて……、なのに逢ってもくださらぬ、文もお声も頂戴できぬとは、それはもう世にも珍しい冷淡なお仕打ちでございましょうぞ」

などなど、夕霧は思いの丈をとことん吐露《とろ》し尽くすのであった。

これには、少将の君なども、さすがにお気の毒だと思ったのであろう、

「宮さまは『ただいまはまだ取り乱しておりますけれど、これから先、すこしでも人心地の付く時がまいりましたら、そのときまでもし、わたくしのことをお忘れになっておられなければ、なにとぞしてお返事も差し上げましょう。ただ、今のこの母君の喪に服している一年のほどは、余事に心を乱されることなく、ひたすらに菩提《ぼだい》を弔《とむら》って過ごしたいのです』と、深く心に決めておられ、またそのように仰せでございますものを、まことに不都合なることに、大将の君がお通いとの噂は、天下に知らぬ人とてないような仕儀となってしまいました。それを宮さまは、たいそう苦になさっておいでなのでございます」

と、せいぜい宮の気持ちを代弁して答える。

「わたくしの存念は、けっしてさようなけしからぬものではなく、なんのご心配にも及ばぬことに過ぎぬのですが、ああ、思いの外なる男女《だんじょ》の仲らいでございますな」

夕霧は、そう言って、大きなため息をつき、そして、

「塗籠などではなくて、いつものお部屋におわしますなら、障子や御簾《みす》などを隔ててでも

よろしいのですから、ただわたくしの思いの丈ばかりを申し上げて……決してお心を痛めるような振舞いには及びませせぬゆえ、ご安心くださいませ。そうして、わたくしは、これから何年でも、宮さまのお心が解けるまで、気長に待つつもりでおります」

など、果てしなくかきくどくにもかかわらず、宮のほうから返ってきた言葉は、

「いまなお、喪中の悲しみに心乱れておりますところに、いつぞやのような慮外《りよがい》なることをお考えになっておられますのは、まことにつらくお恨みに存じます。かかることは、やがて世の人々の聞き知るところとなり、どんな浮き名を立てられるか、そのことだけでも、なまなかのこととは思えませぬけれど、まずそれは措《お》くとしても、かようなことは、ことのほかに好ましからぬお心のほどでございます」

とて、やはりぴしゃりと逢瀬を拒絶して恨みわたる言葉ばかり、かくては、とうてい近くにも寄りがたいあしらいであった。

さりとて、いつまでもこんなことばかりはしていられない。

〈いかんな、このままでは、意気地無《いくじな》しに振られてばかりいる男だと、面白ずくの噂になってしまうのも道理というもの……まったくみっともないかぎり、ここの女房どもだっ

て、どんな目で見ているか……〉と、夕霧はいよいよ堪忍袋の緒の切れる思いがする。かかる時は、やはり少将を責めるに限る。

「宮が、そこまで母君の喪に服したいと仰せなら、それはそれでいいとしようさ。しかし、いつまでもこうして締め出されているのでは、ますます情《なさけ》ない限りではあり、また外聞のほどもいかがであろうぞ。もう夫婦の契りを結んだものだと誰もが思っているのだから、まず当分の間は、宮の願いにまかせて喪に服していただくにしても、表向きは、それらしいお情を見せていただかなくては、こちらも引っ込みがつかぬ。

……また、仮に、こんなことでは仕方がないと思い切って、これっきり私が通うのをやめてしまったとしたら、それもどうであろう。あれほどこの左大将がお世話をしていたのに、どうやらあっさり捨てられたらしいと、そういう評判が立ちましょうほどに、それもまた厭わしいことではありませぬかな。とかく、宮は、ご自分の考えばかりに拘泥《こうでい》して、人のことなど思ってもくださらぬのは、いかになんでも幼な過ぎる。まったく困ったことだ……」

こういうふうに責め立てられて、少将も、大将のいうことは道理だと思い、ここまでないがしろに扱われているのも見るに見かねるし、また一生懸命な大将の様子はもったいないことだとも思って、女房の出入りのために鍵をかけていない北の戸口から、そっと夕霧を導き入れたのであった。

男が入ってきた。

宮は、それを感知してがく然とし、天を仰ぐ。

〈あ、少将が手引きしてお入れ申したに違いない。なんというひどいことをするのだろう、ほんとうに辛い……日ごろから心を許して近く召し使っている人ですら、ああ、こんなことをするのが世間の人の心根《こころね》なのだもの、これから先もっともっと辛い思いをさせられるにちがいない……〉と、頼りにできる女房も、もはや側近には誰もいなくなったということを知って、そんな我が身を返す返すも悲しく思うのであった。

男は、しかし、性急に手をかけたりはせぬ。情理を尽くし、なにもかも宮に諒解《りようかい》してもらえるように諄々《じゆんじゆん》とまた懇々《こんこん》と諭《さと》し続ける。じっと心に沁み入るようなことや、気を引き立てるようなことなども交えながら、言葉を尽くして説きかけるけれど、宮のほうは、ただただ辛い、こんなことは嫌だ、とばかり思っているのであった。

「これほど申し上げても、お解りいただけませぬとは、まったくお話にもなにもならないほど嫌な男とお思いのようだ。そんなふうに見下げ果てられた我が身のほどを思えば、この上なく恥ずかしくもありますほどに……今となっては、身分違いのお方に恋いわたるような、あってはならない心を起こしたことが悔やまれます……そんなのは、まったく思慮を欠いたことにて、我ながら忸怩《じくじ》たる思いがいたしますけれど、しかし、わたくしたちのことは、もう世の中にかくれもないこととして、すっかり浮き名が立ってしまいました。かくなる上はもうそのことを取り消すこともできはしませぬ。それなのに、今さらなんのいいいお名惜しみでございましょう。もはやなにを言っても甲斐のないこととお諦めなさいませ。いにしえの歌に『世の中の憂きたびごとに身を投げば深き谷こそ浅くなりなめ（世の中、辛いことがあるたびに身を投げて死んでいたなら、それこそどんな深い谷だって身投げ人の亡骸ですっかり浅くなってしまいましょう）』などとございますほどに、苦しい思いに身を投げるというようなこともございましょうが、それなら、この深く思い詰めているわたくしの心を深い淵《ふち》と思し召しあって、その淵に身投げするのだとでも、お思いなしくださいませ。これもいにしえの歌に『身を捨てて深き淵にも入りぬべし底の心の知らまほしさに（あなたは恋しかったら淵に身を投げてみよとおっしゃる。ああ、よろしい、私はこの身を捨てて、そのあなたの心の深い深い淵に身を投げましょう。そこもとの心の底(そこ)がどうなっているのか知りたい一心で……)』ともございますほどに」

夕霧は、こんなことを言って、膝《ひざ》を進める。

もはやこうなっては、防ごうにもどうにもならぬ。宮にとってはただ、長い髪もなにもかもすっかり単衣《ひとえ》のなかに引き込めて、声を上げて泣くばかりが、せめてもの抵抗であったが、それも取り乱すというのではない。ただ慎み深く、よよと泣くのであってみれば、その姿も労《いたわ》しくて、夕霧は、それ以上なかなか行き泥《なず》む思いであった。

〈この期《ご》に及んで、これは困った。この人は、どうしてここまで私を嫌うのであろう。ふつうどんなに貞操堅固な人でも、ことここに至れば、自然と気持ちの緩《ゆる》む兆候《きざし》があるものだがな……。岩や木でもあるまいに、頑《がん》として靡《なび》かない場合、前世からの因縁がよほど疎遠で男を憎むということも、ままあるようだが、さて、宮もそうお思いなのであろうか〉

と、そこに思いが至ると、あまりのことに心も折れる気がしてくる。

いささか心の弱くなった夕霧の胸中には、三条の本邸の雲居の雁が今ごろさぞ悲しんでいるだろうということや、昔、互いに何の隔心もなく愛しあって幸せだった頃のことや、もう長いこと妻が無条件に信頼を寄せてくれて、ほんとうに気を許して過ごしてこられたことや、それからそれへと思い出されてくる。それなのに、わざわざ自分から求めてこのような煩わしいことに足を突っ込んでしまって、こんな砂を嚙むような思いをすることになったのは、なにもかも自分の不心得ゆえだ……などなど思い続ける。そうなると、もはや、これ以上宮を強いて宥《なだ》め賺《すか》そうというような気も起こらず、ただため息ばかりついて夜を明かしてしまった。

これで朝になって帰っていって、また夕べに来るということを繰り返しても、それが能無しのように振られては出入りしているばかりなのだから、いかにも馬鹿げている。そんなことなら今日は一条の宮に留《とど》まって過ごすに如《し》くはないと夕霧は決心して、その日一日心のどかに過ごすことにした。

〈朝になっても帰らないなどと、無茶ななされようは、なんという呆れたことだろう〉と宮は思って、心緩むどころかますます厭わしい思いが募る。それをまた、夕霧のほうでは、〈まったく愚かしい意地を張るものだ〉と、ひどい人だと思いもし、かわいそうな人だとも思う。

その塗籠には、とりたてて細々《こまごま》としたものがたくさん置いてあるというわけでもなく、ただ香《こう》を含ませるための衣装箱やら、厨子《ずし》やら、多少の家具類があったが、それらは適宜部屋の片側に引き寄せて、全体を住みやすいようにしつらえてある。

周囲にはろくに開口部がないから、内部は薄暗いけれど、朝日が空に昇ってくる気配が隙間から漏れてくる。

その時、夕霧は、宮が引き被った衣を一気に引きのけた。

………

やっと思いを遂げて後、わが腕のうちの宮の、それはもうひどく乱れてしまっている髪の毛を、やさしく手で掻き上げなどしながら、夕霧は、初めて宮の顔をちらりと見た。

すると、貴《あて》やかで女らしくて、飾り気のない生《き》のままの美しさを持った人だ……と思えた。

いっぽう、男の風姿は、きちんと正装した時よりも、ゆったりと打ち解けた姿に魅力があって、どこまでも汚なげのない美男ぶり、と女の目には見えた。

宮は、故衛門の督と引き比べる。

〈故君はこの大将ほどの美男というわけでもなかったけれど、心中どこまでも気位高く、わたくしのことはさまで美形ではないと、なにかにつけて思っていたらしい……そんな折々の故君の表情を思い出すと、まして、これほどひどく窶《やつ》れ衰えてしまった自分の姿など、大将の君が目にしたら、ほんのしばしの間《あいだ》でもとうてい堪忍がならぬことであろう〉と思う。そう思ったら、この美しい夕霧の前にはっきりと姿をさらすことなど、ひどく気が引けてならぬ。

ああでもないこうでもないと、宮は思い巡らしつつ、この取り返しのつかない状況のなかで、ついにこうなってしまった自らの心を正当化しようと悪戦苦闘している。そして思い至るところは、〈なにがどうでも、こんなことを人に知られたら、ただただ具合が悪いし、父院さまや致仕大臣《ちじのおとど》のお耳に入ったら、なんとお思いになるだろう……それはどうしてもわたくしが悪いとお叱りになるだろうし、ましてや、今はまだ母の服喪中だというのに、こんなひどいことになって……〉と、どうあっても自分の心を安んずることができないのであった。

落葉の宮、常の御座に戻る

やがて、宮のための洗面具や、朝のご飯が、塗籠ではなくて本来の御座のほうへ運ばれてくる。もうすべて女房たちは承知の上で、新婚らしい朝を演出しはじめている。

さてそうなると、喪中の鈍色の調度なども、今朝からはいかにも不吉な感じがするので、寝殿東側のあたりには屏風を立てて喪中調度が見えないように隠し、母屋の御簾際《みすぎわ》に丁子《ちょうじ》で染めた黄土色の几帳などの、あまり喪中めいて見えないようなものを揃え、さらに沈香《じんこう》で作った二階棚《にかいだな》などのものを立てて、部屋の空気が明るくなるようにしつらえてある。このあたりは、大和守の差配によるのであった。

これに応じて、女房たちも、あまり目に立たぬ色合いの、山吹襲《やまぶきがさね》（表薄朽葉《うすくちば》、裏黄）、搔《かい》練襲《ねりがさね》（表裏とも紅）、濃い紫の衣、青鈍色《あおにびいろ》などの衣に着替えさせて、また薄紫色の裳《も》、青朽《あおくち》葉色《ばいろ》（やや青みを帯びた茶色）の衣などを身に帯びさせ、いずれ目にうるさくならぬようにして朝の膳を供するのであった。

今までは主人以下女ばかりの家で、男の目を気にせず、なにかと気の緩んでいた宮のうちに、これよりは左大将が住み着くとなれば、そうした弊《へい》を改めて体裁が悪くないように気をつけ、わずかに仕えていた下男どもにも、これからは万事きちんとするようにと、大和守がよく申し付ける。なにもかも、この大和守がすべて取り仕切っているのである。

夕霧の大将ほどの高官が通《かよ》ってくるということを聞いて、今までは怠けがちであった家《けい》司《し》（事務官）なども、俄かに態度を改めて、政所《まんどころ》と呼ばれる事務所に日々精勤するようになった。

雲居の雁、憤慨して実家に帰る

こうして、夕霧は、もうずっとこの家に夫婦として馴染《なじ》んでいるかのような風情で振舞うようになった。

しかしそれでは、三条の邸の雲居の雁は収まらぬ。〈もう私たちの仲もこれっきりみたいね〉という思いが萌《きざ》してきて、〈こんなことは、やわかあるまいと高《たか》を括《くく》って夫を信じていたけれど、とかく実直男《まめびと》というものは、いったん狂い始めると、止めどなく変わってしまうものだと聞いていたのは、なるほど本当だった……〉とも思い、かれこれ夫婦などというものの実相をすっかり心得たような心地がしてくる。

〈この上は、もうこれ以上の無礼な仕打ちなど見たくもない〉と思って、実家の致仕大臣の邸へ、いちおうは「方違《かたたが》え」という触れ込みで帰ってしまった。

すると、そこにちょうど、異母姉の弘徽殿女御《こきでんのにょうご》も里下がりしていたので、さっそく対面して、なにかにの話に時を過ごす。それで少しだけだけれど、気の晴れる思いがするのであった。

こんなことをして、雲居の雁は、なかなか三条のほうへ戻ろうとしない。

これを夕霧は聞いて、なんということかと思う。

〈やはり、そうなったか。なにしろたいそう短気な人柄だからな、あれは……いや、あの人の父致仕大臣という人がまた、氏《うじ》の長者《ちょうじゃ》らしく悠然とおおらかに構えるという本性《ほんじょう》ではない。されば親子揃って、たいそうせっかちで派手な性格の人たちゆえ、今回のことは、さぞ憤激して、『あの男は、不愉快千万な奴だ、もう顔も見たくない、噂も聞きたくない』くらいのことは言いつつ、根性の曲がったことをしでかすかもしれぬ〉と、内心びくびくしながら三条の邸へ戻ってきた。

すると、子どもたちも、半分ほどはこちらに留《と》め置き、姫君たちと幼い若君だけを引き連れて、実家へ帰ったもののようであった。帰宅した父を見つけて、居残った若君たちが大喜びでまつわりついてくる。あるいは、居なくなってしまった母を恋しがって泣いて訴える子もいて、夕霧は、まことに胸の痛む思いがした。

二条の致仕大臣邸には、たびたび消息を遣わして、雲居の雁へ迎えの使いを差し立てたが、あちらからは返事すらよこさない。

〈こんな、頑《かたく》なで愚かしいまねをして、なんという思慮のない軽々しいことを……そんな程度の夫婦仲だったのであろうか〉と、夕霧は苦々《にがにが》しい思いであったが、さりとて、そのままにしておいては、致仕大臣がなんと思うであろうと心配にもなって、日が暮れてから、自分で秘かに迎えに出かけていった。

女君は寝殿にいると聞いたので、里帰りの時にいつも居る部屋に行ってみると、そこには雲居の雁自身はいなくて、ただ女君付きの女房たちだけがいた。そして若君たちは、乳母と一緒にそこにいたのだった。どうやら妻は弘徽殿女御のところへ話しにでも行っているようであった。

「なんだいったい、このありさまは。今さら、気ままな娘時分でもあるまいに、女御のところへ遊びにか……。それもこの幼い子らを、あちらの邸にもここにも放り出して、なぜにまた、さような寝殿でのおしゃべりなぞ……。私とはとかく気が合わない質《たち》だとはかねて思っていたけれど、やれやれ、こういうふうになる宿縁なのであろうかな。私のほうでは、昔から心に離れがたい人と思いもし、また、今はこんなふうにまだまだ手のかかる子どもらもたくさんいて、いずれもかわいい子たちゆえ、互いに見捨てるようなことはまずないはず、とこう頼りにしていたものをな。こんな些細《ささい》なことで、ここまでするべきであろうかね」

夕霧はこんな風に、妻の振舞いをひどく難《なん》じて、その言葉を女房に伝達させる。

すると、雲居の雁から、

「わたくしのことなど、なにもかももう、今では見飽きておしまいになったのでしょう。そんなつまらぬ女でございますから、今さら昔のような暮らしに戻れるわけもございませぬのに、なんでお行儀良くしている必要などございましょうか。そこらのへんてこな子どもらは、もしお見捨てにならずにいてくださるなら、万々《ばんばん》嬉しゅうございます」

という切り口上の返事が来た。

「これはまた、ご丁寧なるご挨拶だね。しかしだよ、こんなことをつきつめていけば、結局どちらの不名誉が甚だしかろうか、そこをご分別なされよ」

しかたなく、夕霧はこんなことを申し送って、強いてこっちへ戻ってこいとも言わずに、その日は、大臣邸に独り寝の夜を明かした。

〈それにしても、どちらへいっても宙ぶらりんなことばかりだ……〉と夕霧は思いながら、若君たちを前に臥せさせて、〈今ごろはまた、さぞあちらで宮が懊悩しておられるだろう〉と、そのありさまを想像し、なかなかまんじりともできぬ思いで心労を重ねている。

〈さればよ、世の中ではみんな色好みなどと楽しそうに言うけれど、さて、どんな男がほんとうにこんなことを面白がるのであろうか〉と、なにやら懲り懲りというような思いがする。

　夜が明けた。

「このままでは、外聞もあまりに大人げないということになりましょう。もしほんとうに、これで終わりにしたいと仰せなら、そういうことで致してみましょうか。三条の邸に残っている子どもらも、いたいけな様子でそなたを慕い焦がれているようでしたが、まあ、あちらに放り出されたについては、それなりの理由もあっての選《え》りっ滓《かす》とでもいうところでしょうけれど、滓でもなんでも見捨てるわけにはいきませぬから、なんとかかんとか、私が育てることにいたしましょう」

と、夕霧は脅しにかかる。

すると、もともと雲居の雁はお姫さま育ちで、性格は生一本なのであるから、いまこの大臣邸のほうへ連れてきた子たちまで、夫が一条の宮へでも連れて行ってしまいはせぬかと、急に心配になってくる。

夕霧は姫君に言い聞かせる。

「さあさ、こちらへいらっしゃい。どんなに恋しくても、そなたに会いたいというだけのことで、こちらへ来るということも不都合だから、そういつも会いにはこられないよ。でも、あちらの邸にも子どもたちが私を待っているからね。だから、姫もあちらへ行こう。そうしたら同じところでお世話をして上げられるからね」

と夕霧はこんなことを言う。姫はまだ幼くて、かわいい盛りである。そのいたいけな姿を夕霧はじっと見つめながら、

「いいか、そなたたちの母君のお教えに従ってはなるまいぞ。あのように好ましからぬ、また分からず屋の心がけというのは、まことに良くないことなのだからね」

と、そんなことまで言い聞かせるのであった。

致仕大臣、落葉の宮に文の使いを送る

致仕大臣は、このことの一部始終を聞いて、こんなことではとんだ物笑いになるだろうことを思い嘆いている。

「いくらなんでも、短気を起こさずと、もうしばらく様子を見たらよさそうなものを。大将の君だとて、きっとそれなりのご思案があるのであろうぞ。女として、こんなことに妙に思い切りが良いというのも、却って軽率のように思われる。まずしかし、それもしかたあるまい。そんなふうに言い始めてしまったとあれば、なんだってまた間抜け顔をしてすぐに帰宅することがあろう。こうしているうちには、いずれ大将の君のなされようなり、ご本心なりが分かる時も来るだろうて」

父大臣《おとど》は、こんなふうに娘を諭しながら、同時に、一条の院の落葉の宮に宛てて文を書き、それを息子の蔵人《くろうど》の少将を使者に立てて、遣わした。

「契りあれや君を心にとどめおきて

あはれと思ふうらめしと聞く

前世から因縁があったのでありましょうか。あなたのことをわたくしの心に留めてあります。それで、夫に先立たれたことではおかわいそうにとも思うし、また娘から夫を奪ったということでは恨めしいとも思います

やはりわたくし共を、お見捨てにはなれますまいな」

と、こんな打ち付けなことを書いた文を、少将が持っていって、委細構わず一条の邸うちへどんどんと踏み込んでいった。

南面《みなみおもて》の簀子に、藁《わら》で編んだ座布団など出して、女房たちが応接するけれど、正妻雲居の雁の実家の大臣家から、乗り込んできた使者とあっては、なんと応接のしようもない。

宮は、まして、どんなに悲観的な思いでいることか。

この蔵人の少将という人は、柏木の兄弟のなかでは、まずまず容貌が良く、姿もすっきりとしている。その少将が、あたりを静かに見回して、柏木生前のなにやかやを思い出している様子である。

「わたくしは、このお邸に、もうすっかり参り馴れているようなつもりでおりますので、

べつにどぎまぎするようなこともございませんが、このご様子では、さぞわたくしのことをお見許しくださらないのでありましょうな」

などということだけを、当てこすり言う。

かように打ち付けな手紙に対しては、ますます返事など書きにくくて、

「わたくしには、お返事などとても書くことができませぬ」

と宮は困惑している。

「そう仰せになりましても、なにもお書きにならぬのは、お心のほども解っていただけず、またいかにも大人げないお振舞いでございます」

「さようでございますとも。かような文には、わたくしどもが代筆してお返事差し上げるというわけにもまいりませぬこと……」

女房たちは宮を囲んで、口々に諫める。

宮はさめざめと泣き、〈ああ、ここに亡き母君がいてくださったら……。内心に、どんなに困った娘だと思っても、きっとわたくしの罪を庇《かば》ってくださったでしょうに……〉と、また母御息所を思い出しては、流れるのは涙ばかり、筆先のほうはいっこうに墨に濡らすこともなくて、返事はなかなか書くことができぬ。やがて、

何ゆゑか世に数ならぬ身ひとつを
憂しとも思ひかなしとも聞く

なんのことでございましょう。この、物の数でもない身一つを、
憂しと思ったり、悲しいと聞いたり、わけがわかりません

とだけ、心に浮かんだとおり、さらさらと書き流して、そのまま読み返しもせず上包にくるりと押し包むと、すぐに持って行かせる。

簀子で待っていた少将は、女房たちを相手になにくれとなくおしゃべりをしていたが、「こちらへは、時々通わせていただいておりますのに、きょうはまた、中へも入れていただけず、こんな御簾の外に置いておかれますのは、どうも身の置き所もないような心地がいたしますが……とは申せ、今日のこのお使いを承ったのを、よいよすがと思って、これからはしょっちゅう参上いたしましょう。さすれば、こんな端近《はしぢか》ならず、もっと奥のほうまでもお許しいただけるであろうかと、それを思うとこうして日ごろから忠勤を励んでまいったことが報われたように思われますな」

など、意味深長なことを言いながら出ていった。

こんな無礼な手紙が致仕大臣から到来したこともあって、落葉の宮はますますご機嫌がうるわしくない。それで、いっこうに親しくもしてもらえない夕霧は、ただおろおろとそこらを惑い歩くばかり……。こんなふうにして日数を経《ふ》る間にも、雲居の雁は、身の上を嘆くことがしきりであった。

藤典侍、雲居の雁に文を送る

惟光《これみつ》の娘の藤典侍《とうないしのすけ》は、こういう夕霧の行状を耳にして、〈あの北の方は、わたくしのことを不倶戴天《ふぐたいてん》の敵《てき》のように許しなく仰せのようだけれど、今度という今度は、わたくしと違って、どうしたって侮ることのできない共同の敵が現われたのですもの〉と思って、雲居の雁に宛てて手紙を書いた。もっとも、以前から手紙は折々に書き送っていたのではあったが……。

数ならば身に知られまし世の憂さを

人のためにも濡らす袖かな

もしわたくしが人数にも数えられるほどの身分の女でございましたら、御身のお悲しみは我が身のこととして思い知ったことでございましょう。そういう妹背のなかの辛い思いを思いやって、御身のために我が袖を涙で濡らすことでございます

受け取った雲居の雁のほうでは、〈いいかげん小癪《こしやく》なことを〉とは思ったけれど、悲嘆にくれて所在なくしているのを紛らそうとて、返事を書く気になった。こういう文を読むにつけても、あの典侍のほうもさぞ悩ましい思いをしているのであろうと、いささかは同情する心もついたというわけなのであった。

人の世の憂きをあはれと見しかども

身にかへむとは思はざりしを

他人の身については、妹背のなかの辛い思いを、かわいそうにと思ったこともありましたが、まさか自分がその立場になろうとは思いもかけませんでしたものを……

返事には、ただこの歌一首だけが書いてある。これを見て典侍は、しみじみと同情を覚

えるのであった。

　この藤典侍という人は、あの夕霧と雲居の雁が父大臣によって仲を裂かれていた期間に、ただ一人、秘かな恋人として思いをかけなどしていたのだったが、やがて二人が公然と認められるようになってからは、典侍のもとへの通いもごくたまさかになってしまっていた。

　そうして、雲居の雁のお腹《はら》には、太郎君、三郎君、五郎君、六郎君と四人の若君、また中の君、四の君、五の君と三人の姫君が生まれていたが、典侍のお腹には、大君《おおいぎみ》、三の君、六の君と三人の姫君、そして次郎君、四郎君と二人の若君がある。

　すべて六男六女、合わせて十二人の子どもたちのなかに、一人として出来の悪い子もなく、いずれもたいそう美しくて、とりどり素晴らしい生まれつきの子らであった。

　しかも、典侍の産んだ君達のほうが、より容貌も美しく、心にも才覚があって、みな優れているのであった。

　とりわけて、三の君、次郎君は、東北《うしとら》の御殿の花散里の手許に引き取られて、大切に大切に傅育《ふいく》されている。

源氏もいつもこの孫たちを見ては、たいそう慈《いつく》しんでいる。かにかくに多くの御子《みこ》を儲けたこの夕霧の左大将家の、かれこれの仲らいのことは、あまりに多岐にわたるゆえ、とても語り尽くせるものではない。

御《み》法《のり》

源氏五十一歳の春から秋

紫上、再び病を得て出家を願う

紫上が命にかかわるほどの大患《たいかん》に苦しんだのは、はや四年前のことになるが、またこのごろはだいぶ体調を崩して、特にどこが悪いというのでもないのだが、ともかく具合の悪い日々が久しく続いている。それも、さまで病苦が甚だしいというのでもなく、次第次第に衰弱しつつ、年月《としつき》を重ねてくると、もはや快癒の望みはなく、いよいよ頼み少ない感じに弱っていくのであった。これには源氏も愁《うれ》え嘆くこと限りもない。

このまま紫上に先立たれて、自分だけがわずかの間《あいだ》でも現世《うつしよ》に残ってしまうことを、源氏は堪《た》えがたいことに思う。しかし、紫上の気持ちとしては、もはやなんの不足もない一生だったし、子どもを授からなかった身としては、残して逝《ゆ》くことが気掛かりな絆《ほだ》しを持たぬことでもあるので、この先強《し》いて永らえたい命とも思わない。ただ、ずいぶん長い年月になる妹背《いもせ》の契《ちぎ》りをふっつりと離れて、源氏を悲しませ、嘆かせることになるのだけは、その秘かな胸の内に、しみじみと悲しく思われるのであった。

今は、後世菩提《ごせぼだい》のために、尊《たっと》い仏事をさまざまに執行《しゅぎょう》させつつ、内心には、〈なんとかして、かねての思いどおり、世を捨てて尼になりたい……そうしてなおわずかの日々でも、残された命の限り、勤行《ごんぎよう》専一に過ごしていたい〉と、一日として思わぬ日もなく、またその許しを頼み込むけれど、源氏は、なお決して許そうとはしないのであった。

さりながら、源氏自身の気持ちとしても、もともと出家したいという宿願はあることゆえ、紫上がこんなにも出家を懇願するのを良いしおに、自分も心を定めて、同じ仏道修行の道に入ろうかと思わぬでもない。が、ひとたび家を出てしまったら、かりそめにもまた俗世を顧《かえり》みようとはつゆ思わぬこと、かねて来世では同じ蓮《はちす》の花の上に一緒に生まれ変わろうと堅く約束して、それを二人とも頼みの綱としているのだが、しかしいやしくもまだこの世にある間《あいだ》は、修行者《しゆぎようじや》の身として、所を別にして離れ住むのが当たり前だと源氏は思っている。されば、たとえ同じ山のなかに籠《こも》るにしても、別々に峰を隔てて、逢うことの叶わない住み処《すか》に離れて住むのだと決心していたところへ、この紫上の重病で、こんなに明日をも知れぬ容態になって、日々苦悶しているのを見れば、もうともかく胸を痛めるばかり……もはやこれまでとすっきり世を捨て、二度と逢えぬ山中に隠遁するために、重病の紫上を見捨ててゆくという決心もつきがたい。こんな中途半端な気持ちで山住みを志したとしても、却ってわが心の濁りに、清き山水《やまみず》の住まいも穢《けが》れてしまうに違いないと、なかなか思い切ることができないのであった。こんな調子では、それほど深い思慮もなく、ちょっとした思いつきで出家を果たしたりする人々に、たいそう後れを取ってしまうだろうと見えた。

女君としては、源氏の許しもないのに、自分の一存で出家を決心するというのも、やはり見苦しく不本意なことゆえ、ほかにはこれといって恨み事もなかったけれど、ただ出家を許してくれないという、この一点についてばかりは、源氏を恨めしく思っていた。そして、これほど出家の宿願が叶わないのは、よほど自分の身に前世からの罪深い因縁がまとわりついているのではないかと、それも気掛かりに思われるのであった。

紫上の法華供養

この数年、私《ひそ》かに願を立てて書写させていた『法華経』千部を、この際急いで仏に供養するため、紫上は、納経の法会《ほうえ》を催すことにした。それも、自分の所領と心得ている二条の旧邸を会場として開催したのである。法会に奉仕する諸々の役目の僧侶たちには、法服などを、それぞれの身分に応じて布施する。その色といい、縫製といい、見事に美しいこと限りもない。またそのほか総じての事どもも、いずれも荘厳《しょうごん》を尽くして営ませたのであった。

この法会の段取りなどについて、紫上はみな独りで考えて指図し、とくに大がかりなことをするようには報告していなかったので、源氏としては、どんなことをするのか詳しいところまでは知らずにいた。しかし、女の身ながら、独力で、ここまで周到に深く考えて執行したというのは、さすがにこの君が仏道にさえも通暁《つうぎょう》しているということを窺《うかが》わせて、源氏は、紫上の心用意の限りない深さに、ほとほと感心せざるを得ぬ。そこで、仏事一切はすべて紫上の差配に任せて自らは口を出さず、ただひと通り室内の調度の用意などだけを、なにかと手助けした程度にとどめた。

また楽人《がくにん》や舞人《まいびと》などのことは、とりわけ、その道に明るい夕霧の大将が、いっさい手配など引き受けて奉仕する。

内裏の帝をはじめ、東宮、秋好む中宮、明石の中宮（明石女御）、さらには六条院の女君がたも、それぞれに誦経《ずきょう》のための布施や供物《くもつ》などばかりを供養される。それだけでも煩わしいほどのおおごとになってしまうのだったが、ことはそれだけでは収まらず、この時分、どの役所も、貴顕《きけん》の誰彼《だれかれ》も、この法会の準備の品々について奉納しない所はなかったので、結局、はなはだ物々しい大法要になってしまった。

さてさて、いったいいつの間に、これほど周到にいろいろと用意されたのであろうか。なるほど、これは昨日今日思いつかれたことではなくて、ずいぶん昔から長い時間をかけての所願であったのだろうか、と見えた。

花散里と呼ぶ御方、また明石の御方なども、法会に参列するために二条院へやってきた。

寝殿中央の母屋には法会のための仏壇を設け、願主《がんじゅ》の紫上自身は、その西隣の塗籠《ぬりごめ》に御座《おまし》を急ごしらえして着座し、その南と東の戸を開け放ってある。北側の廂には、花散里や明石の御方の局《つぼね》を設け、紫上の御座との間は障子だけを立てて仕切りとしてある。

明石の御方と和歌を贈答

三月《やよい》の十日のことであるから、ちょうど桜が満開で、空の気配などもうららかでいかにも趣深く、あの仏のおわす極楽とやらも、この有様とは遠からぬように想像されて、さしたる信心の心を持たない人でさえ、仏法帰依の心を起こして、現世《うつしよ》の罪障を消滅させることができそうなほどに思われる。
その日は、『法華経』の五の巻《まき》、女人成仏《にょにんじょうぶつ》を説く「提婆達多品《だいばだったぼん》」を講ずる日に当たっていて、参会の人々が挙《こぞ》って声を合わせ、

「法華経をわが得《え》しことは薪《たきぎ》こり菜摘《なつ》み水汲《みづく》み仕《つか》へてぞ得し（『法華経』の教えを私が学び得たことは、自分がまだ大王であった前世において、薪を伐《き》り、菜を摘み、水を汲んで仏に供え、長く阿私仙人《あしせんにん》に仕えてやっと得たものぞ）」という、行基菩薩《ぎょうきぼさつ》の歌を声明《しょうみょう》にして朗詠《ろうえい》しながら、手に手に薪や水桶《みずおけ》や、あるいは供物《くもつ》などを持って、仏の周りをぐるぐると巡って歩いている。その声や足音が、おどろおどろしいまでに、あたりに響き渡り、やがてそれも一段落すると、俄かに水を打ったように静まり返る。

すると、その静寂のしみじみとした哀感が、じーんと紫上の心に沁《し》みるのだったが、まして今は、命の終わりも近く感じられることとて、それ以外のなにごとにつけても、法会の間じゅう、ただただ心細いばかりで、哀痛の思いが胸を締めつける。

思い余って、紫上は、明石の御方に胸の内を打明ける。その言伝《ことづ》ての使者に立ったのは、御方の孫、今年五歳の三の宮であった。この宮は、今上陛下と明石の中宮の第三皇子であるが、紫上が預かって育てているので、この役を仰せつかったのである。

惜《を》しからぬこの身ながらもかぎりとて
薪《たきぎ》尽きなむことの悲しさ

もとより惜しくもないわが身でございますが、もうこれを限りとして、
薪が尽きて火が消えるように命が尽きてしまうことの悲しさ……

紫上の歌は、これも『法華経』に、仏の入滅《にゅうめつ》を「薪尽きて火の滅《めつ》するが如《ごと》し」と書かれてあったのを引いて、こんなに心細い歌いぶりであったが、明石の御方からの返歌は、なにやら当たり障りなく詠んであるようであった。これは、紫上と調子を合わせて心細い歌を返したなら、こんな時になんと気の利かないことよと、後世の人の謗《そし》りを受けるのではないかと、慮《おもんぱか》った結果であろうか。

薪こる思ひはけふをはじめにて
この世に願ふ法《のり》ぞはるけき

仏様は、薪を伐り水を汲んで千年もの長きにわたってご修行なさったと申します。
そういうありがたい教えに接しましたのは、今日を始めといたしますが、
この先、この世に生きて法華の教えを会得《えとく》致しますまでは、

はるかに長い長い年月がかかりましょう。どうぞそれまで長くお元気でいらしてください

こうして、その夜は一晩中、『法華経』を読誦《どくじゅ》する声に、打ち合わせる鼓《つづみ》の音が聞こえて、まことにありがたい気分が横溢《おういつ》しているのであった。

やがてほのぼのと明けていく朝の光のなかに、ほんのりと立つ霞《かすみ》の間《ま》から見えたさまざまの花の色々が、あの「山桜《やまざくら》霞の間よりほのかにも見てし人こそ恋しかりけれ（山桜が春霞のあいだから、ちらりと見えた……そのように、ちらりと垣間見《かいまみ》した人、その人が恋しいのでございます）」という古歌さながら、やはり心惹《ひ》かれるのは春の景色だなと確信出来るほど華やかに咲き競っている。さればまた、「百千鳥《ももちどり》さへづる春はものごとにあらたまれども我ぞふりゆく（かぎりなく多くの鳥どもが華やかに囀《さえず》る春ともなれば、なにもかもが新しく始まるのだけれど、この私だけは古びたまま忘れられていくことよ）」と古歌に歌われた百鳥千鳥《ももどりちどり》が、しきりと囀《さえず》り、それが舞楽の笛の音にも劣らぬ心地がする。かくして、しみじみと心に沁みる春の風情も面白さも、まさにここに極まるというような折も折、『陵王《りょうおう》』の舞も俄かに動きが速くなる終曲のあたりにさしかかって、華やかに、賑《にぎ》やかに聞こえてくる。

楽人《がくにん》や舞人《まいびと》どもに、皆々競って与える褒美の衣服などが、色もあでやかに映《は》えて、それもまたこの花々《はなばな》とした折節《おりふし》に相応《ふさわ》しく興趣ゆたかに見える。

親王《しんのう》がたや、上達部たちのなかにも、腕に自慢の人々は我も我もと下《お》り立って舞い遊ぶ。身分上下の隔てなく、誰もみな心地よげに、楽しくてしかたないという様子でいるのを見るにつけても、紫上は、みずからの命がもう残り少ないということを観念して、この打ち興ずる楽しそうな人々の景色までもが、つくづくと悲しく眺められるのであった。

その翌日、紫上の病俄かに悪化

きのう一日は、法会のために紫上は無理して起きていたのだが、その無理が祟ったのであろうか、きょうは一転して苦しみのうちに臥している。

今までずいぶん長いこと、こういう法会や宴のある毎《ごと》に参会し、音楽を奏《かな》で遊ぶ人々の容貌や風姿、それぞれの才能や奏でる琴笛《ことふえ》の音《ね》みな、見慣れ聞き慣れてきただけに、〈ああ、今日がもう、なにもかも見納め聞き納めなのでしょうね〉とばかり思うゆえか、ふだんだったら、あまり目にも留めない程度の人たちの顔まで、ふしぎにしみじみと心に沁《し》みて眺められる。

ましてや、夏冬折々の管弦の楽の催しや宴遊の際にも、あの六条院に住み集うている女君たちは、本心のところでは、どこかで張り合うような思いも多少は交じりもするものの、しかし、それでも心許して厚情を交わした人々であったから、誰も永劫《えいごう》にこの世に留まることはできぬことは当然ながら、今という今、自分一人だけが、この世を去って行方知れずになってしまうのかと、そんなことまで思い続けると、たいそう悲しいことであった。

花散里と名残を惜しむ

法会が果てて、女君がたはそれぞれ帰っていこうとする。それも、もうこれが永《なが》の別れかという気持ちがして、常よりも名残が惜しまれてならぬ。

花散里の御方には、こんな歌を贈る。

絶えぬべき御法ながらぞ頼まるる

世々にとむすぶ中の契りを

もうこれを限りの我が身（み）、この御法（みのり）もこのたびがこの世の限りでございますが、それでもここにお参りくださって結んだ契りは、来世も来来世もずっと絶えぬご縁と、頼もしく思うのでございます

花散里の返歌。

結びおく契りは絶えじおほかたの
残りすくなき御法なりとも

こうして結び置く契りは、来世も来来世も絶えることはございますまい。わたくしどもおおかたの人間にとっては、命の残りも少なく、こうした御法（みのり）に参ることも少ない身（み）でございましょうけれど、紫上《うえ》さまばかりは、まだ末長くお元気でいてくださいますように……

こんなふうにして、法会は終わったが、しかし、この機会になお紫上のためを思って、源氏は、昼夜を通して読経をさせ、また法華《ほっけ》読誦《どくじゅ》の行法《ぎょうほう》、その他あらゆる尊い行ないを執行させる。また密教の加持祈禱《きとう》は、これという効果も現わさぬまますいぶん時が経って、

もはや日常業務のようになってしまっているから、さらにさらにあちらの寺こちらの寺と追加して、思いつく限りの法要祈願を行なわせるのであった。

明石の中宮、紫上の見舞いのため里下り

夏になった。

毎年のように猛暑がやってきて、いよいよ意識も朦朧《もうろう》とする折が増えていった。どこか痛いとか苦しいとか、特別に悪い病があるようにも見えないし、またひどく苦悶したりもせぬのであったが、ただただ衰弱に衰弱が募るばかり、それでも見るに見かねるような苦痛に悶《もだ》えたりすることはなかった。

側近く看護する女房たちも、この先いったいどうなってしまうのであろうかと、心細く思えて、なににつけても涙が先立ち、〈……これほど素晴らしいお方が……ああもったいない、悲しい……〉と思って見ている。

育ての母の紫上がずっとこんな容態のままなので、明石の中宮は、この二条院へお見舞

いのため里下がりしてくることになった。中宮の御座《おまし》は東の対であるから、紫上は、西の対の自室を出て、東の対で待ちもうけていた。

行啓《ぎょうけい》の儀式作法も特に珍しいことはなく、まったく例のとおりであったが、それでも中宮の顔を見れば、まだ幼い若宮がたの姿や顔が思い浮かんできて、〈ああ、もはやあのかわいらしい若宮たちの行く末を見届けることはできないのか……〉と、そんなことばかり思われて、なににつけても悲しいことであった。

中宮の行啓に供奉《ぐぶ》してきた公卿たちが、到着のたびに、誰彼と名乗りをする、その声が聞こえてくると、〈ああ、あの声はあの方、この声はだれそれ〉と、ついつい耳をそばだてて聞いてしまう。すると、上達部などもたいそう多く供奉してきていることが分かって、おのずから中宮の声望《せいぼう》も窺《うかが》われるのであった。

もう久しく明石の中宮とは対面できずにいたので、その入御《じゅぎょ》を紫上はたいそう珍しいことに思って、積もりに積もっていた話を心細やかに語り合っている。

そこへ源氏が入ってきた。

「今宵は、まるで巣から締め出された雄鳥《おんどり》のようだ、まあ、私としては良いところなしという気分でございますな。されば、もうこれにてご免を蒙《こうむ》りまして、寝《やす》ませていただくことにいたしましょう。あとはどうぞご婦人同士心置きなく……」

と、そんな戯《たわむ》れを言いながら、すごすごと自室へ戻っていく。

ただ、このところひどく弱っていた紫上が、中宮と対面のために起き上がっていたのを、源氏は嬉しく思った。それもしかし、思えば当てにならない気休めに過ぎなかったのだが……。

紫上は、

「中宮さまはこなた東の対にいらっしゃいますけれど、わたくしは西のかたに住んでおりますので、まさか中宮さまにわたくしの部屋までおいでいただくのは恐れ多いこと、といって、わたくしはもう病で弱っておりますから、そうそうこちらに参りますことも難しゅうございますので、せめてきょうだけは、いましばらくここに……」

と言って、なお東の対に居残った。そこへ中宮の実母明石の御方も六条院から渡ってきて、しんみりと心深い風情で語り合っている。

紫上は、心のうちでは、自分の命終《みょうじゅう》のことや、その後《のち》の仕置きのことなど、あれこれ案じ煩《わずら》うことが多いのだが、しかし、小賢《こざか》しく自分の死後のことなどを言い出すことはしない。ただ、一般論として、この世は無常だということを、おっとりとした口調で、また口数少なく、しかし決しておざなりにではなく話していく様子などは、自分のことをあれこれ言っているのよりもなおいっそう悲しく聞きなされる。そうして、その言葉の端々に、もういくばくもない命を、どこか頼りなく思っている様子が、はっきりと窺われるのであった。

中宮の若宮たちを見るにつけても、

「この宮たちの御行く末を、なんとかしてこの目で拝見したいと思ったりいたしますのは、しょせんもういくばくもない命を惜しむ心が混じっているからでございましょうね」

と、そう言って涙ぐむ、その顔の色香はまことに匂《にお》うが如くであった。

〈どうして、こんなに心細いことばかりお思いになるのだろう……〉と思うと、中宮はしくしくと泣きだした。

けれども、紫上は、とくに不吉なことに触れるような口調ではなく、ちょっとした話のついでに、ほろりと、長年この邸に仕え馴れている女房たちなどのなかで、とくに身寄りがなくて労《いたわ》しい様子の者について、

「……この人、それからあの人……いずれもわたくしが居なくなりましての後《のち》は、どうかお心をお留《と》めくださいまして、なにかと面倒を見てやってくださいませ」

と、そんなふうにだけ中宮に頼み込んでいるのであった。

それから、季節ごとの読経の催しがあるからというので、紫上は、いつもの自分の部屋へ戻っていった。

紫上、三の宮に二条院の紅梅と桜のことを遺言

この明石の中宮腹の三の宮という若君は、今上陛下《きんじょう》の数多い御子《みこ》たちのなかでも、とりわけて愛くるしい様子でちょこまかと歩き回っている。そんな宮を、紫上は、すこし気分の良い折に、前に座らせて、女房や乳母《めのと》などが聞いていない時に、

「もしね、わたくしがいなくなったら、思い出してくれますか」

と訊《き》いてみる。すると、

「そんな……とても恋しいと思うけど……。僕は、内裏の父上よりも、母宮よりも、おばあさまのほうが大好きだから……もし、いらっしゃらなくなったら、きっとね、ぜったい泣いちゃうにきまってる……」

そう言って宮は、小さな手で目をこするようにして、溢《あふ》れる涙を紛らしている、その様

子がいかにも可憐《かれん》なので、紫上も、思わずにっこりとしながら、しかし、やはり涙がぽたぽたと落ちるのであった。

「もしね、宮が大人になったら、この二条院にお住みくださいね。そしてね、この対《たい》の前の紅梅《こうばい》と桜と、それぞれの花の盛りになったら、よく心を留《とど》めて眺めて遊んでくださいな。そうして……そんな折々には、一枝《ひとえだ》折って、仏にもお供えしてくださいね」

紫上がそう諭し聞かせると、宮は、こくんと頷《うなず》き、それから紫上の顔をじっと見つめていたが、また涙がこぼれそうになったので、つと立っていってしまった。明石の中宮の御子たちのなかでも、とりわけてこの三の宮と女一の宮の二人は、みずから引き取って手塩にかけて育てただけに、この先大人になるまで見届けることができないのを、紫上は、口惜しく、また悲しく思うのであった。

秋、中宮、再び里下りして紫上を看取る

ようやく待ちに待った秋が来て、世の中が少し涼しくなってみれば、紫上の気分もいくらかは爽《さわ》やかになる時もあるようだが、なお油断するとまたぶり返すということの繰り返

してあった。

「秋吹くはいかなる色の風なれば身にしむばかりあはれなるらむ（秋に吹くのは、いったいどんな色の風なのであろう。こんなに身に沁みるほどしみじみと感じることよ）」と名高い歌にあるような、しみじみと身に沁みる秋風でもなかったのであるが、それでも、哀しみの涙に湿りがちな日々を紫上は送っている。

中宮は、そろそろ宮中へ帰らなくてはならない。そこを、もう少しこちらに居ていただきたい、と紫上は申し上げたいとは思うのだが、そんなことを言うのは差し出たことのようにも思うし、また内裏からお迎えのお使者がひっきりなしにやってくるのも気にかかるしで、結局そのことを口に出しては言うことができないでいる。とはいえ、もう衰弱して東の対まで行くことも叶わないから、中宮のほうから西の対まで見舞いに来てくれた。かくてはいかにも恐懼《きょうく》すべきことだけれど、といってじっさい中宮の顔を拝まずにいるのも生きる甲斐のない思いがするゆえ、結局、この西の対に中宮のための御座所《おましどころ》を急ごしらえして迎えたのであった。

中宮が見舞ってみると、紫上は、もうすっかり痩せ細っていたが、そうなってみれば、なるほど、貴《あて》やかに飾らぬ美しさの限りない魅力もますますまさって、ほんとうに素晴らしいと中宮は思う。これで、かつてまだ若かった頃……あまりに色香も輝くばかりで、その美しさが鮮やかに匂い立っていた盛りには、なまじっか、現世《うつしょ》の花の色香にも喩《たと》えられていたものだったが、今となっては、そういう華やかさは影をひそめて、代わりに、限りなく可憐で弱々しい美しさに彩られ、もはやほんとうに現世を仮の宿りと悟道しているような様子も、またとないくらい痛《いた》ましくて、ただただわけもなく悲しい思いに中宮は打たれる。

やがて、風がぞっとするように吹き出した夕暮れに、紫上が庭の植込みを見たいといって、脇息《きょうそく》に寄り掛かっているところへ、源氏が渡ってきて具合を見る。

「今日はだいぶ具合が良くて起きているようだね。この中宮様の御前《おまえ》では、だいぶお心も晴れ晴れとされるように見える」

源氏はそんなことを言った。この程度でも小康を得たことを、たいそう嬉しく思っている様子を見るにつけても、紫上は胸を痛め、〈ああ、こうして自分が死んだら、この君はいったいどんなに動揺されることだろう〉と思うと、悲しみが心に満ちてくる。

おくと見るほどぞはかなき
ともすれば風に乱るる萩《はぎ》のうは露

「起（お）く」とご覧になっておられますけれど、それもまことにあてにならないことでございます。露が置（お）くと見たところで、しょせんは儚い露、ともすれば、ふとした風に当たっただけでもほろほろと乱れて落ちてしまうものですから……萩の上の露など

紫上はそんな歌を詠んだ。

〈なるほど……ああして風に吹かれて折れ返っては、ほろほろとこぼれて留《とど》まらぬ露の玉、……今しもこんなふうに命を露になぞらえた折も折だが……〉と、源氏は堪《た》えがたい思いで、庭の植込みのほうを見やる。

ややもせば消えをあらそふ露の世に
後《おく》れ先立つほど経《へ》ずもがな

ややもすると、誰が先立つかを争っている露のような無常の世の中に、そなたとはいずれが先か後か分からぬけれど、いずれ間《ま》をおかず一緒に消えてゆきたいものだね

源氏は「末の露本《もと》の雫《しづく》や世の中の後れ先立つためしなるらむ（葉末の露が先に落ち、やがてまた本の雫が滴《したた》って葉末から落ちる、そのように順序よく命を終えていくのが世の中の順逆の例《ためし》でもあろうが、先後はあれ、いずれ儚《はかな》い露雫のようなもの、それが命なのだ）」と詠じた古歌を引いて歌を返しながら、こぼれ落ちる涙を拭いきれない。

中宮もまた、

秋風にしばしとまらぬ露の世を
たれか草葉のうへとのみ見む

秋風が吹けばたちまちこぼれ落ちてしまう露のように儚いこの世を、誰がいったい草葉の上のこととのみ見るでしょうか、誰の命も同じことでございます

と唱和する。その中宮といい、紫上といい、顔立ちはどこにも不足のない美しさで、見るほどにしみじみと心を動かされる。それにつけても、〈このまま変わらずに千年も見ていたい〉と源氏は思うけれど、そんなことはいかに願っても思いのままにはならぬことゆえ、命ばかりはこの世にずっと留《とど》めておく手だてのないことが、つくづく悲しいのであった。

「どうぞ……もう……あちらへ……お帰りくださいませ。ああ……気分がひどく悪くなってしまいました。もう……なにを申し上げる甲斐もないほど……弱ってしまいましたこととは申せ、まことに……ご無礼をいたします」

紫上は、そう言うと、すぐに几帳を引き寄せて臥《ふ》してしまった。その様子は、常にもまして、ひどく頼りなくみえて、〈どんなご気分でいらっしゃいましょうか〉と案じた中宮が、そっと紫上の手を取る。

そうして、泣く泣く見ているうちにも、まことにすーっと消えていく露のような様子で、命も今が限りと見えた。

さては、僧どもに誦経《ずきよう》を頼みにいく使者たちが、おびただしい人数立ち騒ぐ。

先年も、こんなことがあって、一度は絶えた息が高僧の祈りによって蘇生《そせい》したということがあった……あのときは物《もの》の怪《け》の祟りであったから、こんどもそういうことがありはせぬかと、一縷《いちる》の望みを託して、その夜は一晩中手を尽くし肝胆《かんたん》を砕《くだ》いて祈らせてはみたけれど、なんの甲斐もなく、ほのぼのと夜が明けてくる時分に、紫上の命はすっかり消え果ててしまった。

源氏、紫上に形ばかりの出家をさせる

中宮も、内裏に帰らずにいて、こうして最期《さいご》を看取《みと》ることができたことを、万感の思いを以て噛《か》みしめている。

誰も誰もこれを、命あるものには当然の別れで珍しからぬ事なのだとは思わず、ただただ、めったとない別れだと思って悲嘆にくれては、払暁《ふつぎょう》の薄明《はくめい》に見た夢に茫然としてくれ惑うているような有様であったことは、いまさら申すまでもない。

こんな痛哭《つうこく》のうちに、平然としていられる人などいはしない。仕えている女房たちも、一人残らず取り乱して、皆我《われ》を失ってぼんやりしてしまっている。

源氏は、ましてや、気持ちを静めるすべもなく、ちょうど夕霧の大将が近くに来ていたのを、几帳のところまで呼び寄せ、辛うじて口を開いた。

「このように、今はもはや命の限りと見えるけれど、この人はもう長いこと出家したいという宿志《しゅくし》を抱いていた。この機会にな……その願いを……ああ、とうとう叶えてやらぬままになってしまうことがかわいそうでならぬ、それゆえ、なんとかして、思いを遂げさせ

てやりたいと思うのだ。加持祈禱のために来ている高僧たちや、読経の僧侶などは、どうやらもう声を止《とど》めて退出していった様子だが、それでもまだ何人かは居残っている者もあろう。……いや、そんなことをしたとて、もはやこの世に引き留めるためには無益《むやく》なことと分かってはいるのだが……、それでもな、仏のお導きを……今からはあの冥土《めいど》への暗き道を辿《たど》るための光ともお頼みしなくてはならぬ。されば、髪を下ろして尼の姿にしてやるための用意をさせよ。その導師として頼めそうな僧は、誰が残っているか」

こんなことをしどろもどろで言う源氏の様子は、ずいぶん気を確かに持って振舞おうと努めているように見えるけれど、顔面蒼白《がんめんそうはく》、なんとしても堪《た》え難い様子で、涙もただ流れるにまかせている。その憔悴《しょうすい》し混乱しきった父の姿を、夕霧は、それも道理というものだと、悲しく見ている。

「御物《おんもの》の怪《け》などが、この御方の場合も……とかく物の怪などというものは、人の心を乱そうとして、こんな悪さをするようでございますから……ですから、今回も、その手のことではありますまいか。そうだとしたら、とにもかくにも、まずすっかりお命が消え果てぬうちに、かねての宿願を叶えてさしあげるのがよろしゅうございます。たとい一日一夜《いちにちいちや》の短い間でも、戒律を守って仏に帰依《きえ》し奉《たてまつ》るということは、決して無駄にはなりますまい。

が、もしほんとうにすっかり事切れておしまいになった後《あと》で、御髪《みぐし》ばかり下ろして尼姿に窶《やつ》させてみても、それは後々《のちのち》の世に果報を得《う》るための御光《みひかり》ともなりはせぬことにて、ただ目前に悲しみが増さるだけのことでしかないかもしれません。されば、ことは急いでいたしませんと、……どうなさいますか」

夕霧は、こんなことを言って、忌み籠《ごも》りのために居残るつもりで退出せずにいた僧を、その人、あの人などと名指しして召し寄せ、紫上の出家落飾《らくしょく》についてなすべきあれこれを、みずから一切差配して執り行なわせる。

この何年か夕霧は、何やかやと、紫上にけしからぬ思いを抱いたこともなかったが、〈ただ、いつかふたたび、いつぞやの野分《のわき》の朝《あした》に垣間見《かいまみ》したような按配に、あのお姿を見てみたいものだが……見るどころか、ちらりとお声をすら聞いたことがない、まったく嗜《たしな》み深いお方だ……などと、いつも心から離れることなく思い続けてきたものを、お声はとうとう聞かせていただけぬままになってしまいそうなりゆきだ……ならば、せめて空しい亡骸だけでも……今一度拝見したいという思いが叶えられる機会は、今のこの時を措いてあるまい……〉と、そう思うほどに、ついに堪《こら》え切れず涙がこぼれて、女房が、誰もか

れも泣き騒ぐのを、

「お静かになされよ、しばらくの間……」

と窘《たしな》めるような顔で物を言い入れる、そのどさくさ紛れに、几帳の垂れ絹を引き上げて、夕霧は内部を見た。

外はほのぼのと夜が明けて行く気配であるが、その薄明《はくめい》の光はここまでは届いてこない。されば、灯明台を紫上の亡骸近くへ引き寄せ、灯芯《とうしん》を掻き上げて明るくしながら、源氏はその死に顔をじっと見つめていた。そのどこまでもかわいらしく、賛嘆すべき無垢《むく》の美しさ、こんなにきれいな顔を、もう見られなくなってしまうのかと思うと、その名残惜しさに、源氏は、夕霧が後ろからのぞいているのを視野に捉《とら》えていながら、強いてこれを隠そうと思う心も起こらないもののようであった。

「ほら、こんなふうに、なにもかもまだ少しも変わりはしない。しかし、もはやこれが限りということは誰の目にも明らかだ……」

源氏は、そう言いながら、袖を顔に押し当てる。

夕霧も、涙にくれて、もう何も見えなくなったが、またむりやりに目をしぼり開けて死に顔を見た。すると、なまじ見たために却って底なしの悲しみは比類もなく深くなり、まことに心が惑乱するのも道理というものであった。

黒髪が枕辺《まくらべ》に無造作にうちやられている……その豊かな、そして汚れなき髪には、露ばかりも乱れたところなく、つやつやとまるで少女の髪のように美しいさまは限りもない。

灯《とも》し火の光が明々《あかあか》としているせいか、顔色はたいそう白く光るように見えて、万事嗜み深く振舞っていた生前の姿よりも、いまこうして正体もなくなって、なんの嗜みもなく臥している今のありさまのほうが、一点非の打ち所もなく美しい……など言うにも及ばぬことであった。その美しさは、どこもここも、一通り美しいなどという程度のことではなくて、それはもう世に並ぶものとてもない麗《うるわ》しい姿……見ている夕霧は、もうこのまま自分の魂が体から遊離していってしまいそうな思いがして、いっそそれなら、我が身を離れた魂が、紫上の魂の抜け殻である骸《むくろ》のなかに、すーっと入って留まってほしい……とまで思えてくる……が、いやいや、それはしょせん叶わぬ願いというものであった。

紫上の野辺の送り

かくて、ながらく側仕《そばづか》えをしてきた女房どもは、誰も誰もみなうつけのようになってしまっているので、源氏は、みずからも悲しみにくれて分別もつかない心地なのに、そこを強いてよくよく心落ち着けつつ、葬送の一切を取り仕切った。

思えば、母桐壺更衣に死別して以来、悲しい思いに打ちひしがれるようなことも数々経験してきたけれど、葬儀一切を自身で差配して野辺の送りまでしたなどということはなかった。されば、こんな悲しみは、今まで味わったこともなかったし、またこれから先もおそらく二度とないだろうという気がする。

臨終のその日ただちに、葬送のことを諸事取り計らう。

どんなことにも限りがある。亡骸をずっと見守っていたいけれど、まさかいつまでもそんなことはしていられない、それが世の中の辛《つら》い現実なのであった。

やがて、野辺の送りの場《にわ》に亡骸は送られる。

広々とした野の、どこにもここにも立錐《りっすい》の余地もなく会葬の人々が立て込み、限りなく盛大な葬儀となったが、荼毘《だび》に付された亡骸は、うっすらとした煙になって、はかなく空へ昇っていってしまった。これまた、世の常のことだけれど、あまりにもあっけなく悲しいことであった。

源氏は、まるで空中を歩いているようなふわふわした心地がして、人に支えられて姿を見せたのを、見ていた人々も、〈おお、あれほどご立派な御身なのに……〉と、なんの教養もない下衆《げす》どもさえ、貰い泣きをせぬ者はなかった。まして、この野辺の送りに参会した女房どもは、まるで夢のなかを彷徨《さまよ》っているような心地がして、哀哭《あいこく》のあまり牛車から転げ落ちそうになるのに、供の者たちは手を焼いているのであった。

そのかみ、夕霧の母、葵上の亡くなった時の暁を思い出すにつけても、かの時はまだ多少冷静な部分が残っていたのであろうか、暁の月が皓々《こうこう》と照っていたことを源氏は明らかに覚えている。が、しかし、今宵の源氏は、茫然として月もなにも目に入らず、ただただ悲しみに打ちひしがれているばかりであった。

紫上は十四日に亡くなって、これは十五日の暁。

やがて朝になると、太陽はたいそうきらびやかにさし昇ってきて、野辺の露も隠れるところなくきらきらと光り、源氏の目に宿る涙の露もまた朝日に映じてきらめくのが見える。

その涙を、落ちるに任せて、源氏は、世の中の来《き》し方行く末を案じ巡らしつつ、〈つくづくこの世は厭《いと》わしい、まるでこの露のように儚いものだ〉と観想《かんそう》するにつけても、〈……今は紫上に先立たれ自分は後に残ったけれど、なに、残ったところで、いずれはすぐに消える命だ、そうそう長いことでもあるまい〉と思い至る。されば、かの「末の露本の雫《しづく》や世の中の後れ先立つためしなるらむ」という歌も身に沁みて感じられ、〈いっそこの悲しみに紛れて、かねての宿志である出家を遂げたいものだ〉とまで思う。しかし今、こんな時に出家したならば、妻に先立たれた悲しみに流されて世を捨てた心弱い人間だったと、後世《こうせい》の人々から指弾されるのを慮《おもんぱか》って、まずはこの嵐のような悲しみの日々をやりすごしてから、本意を遂げることにしようと、懸命に堪《た》えている。それでも、胸のうちに嗚咽《おえつ》がこみあげてくるのばかりは、いかんともしがたいのであった。

夕霧、源氏と共に忌み籠り

夕霧の大将も、源氏と共に三十日の忌み籠《ご》もりに入り、かりそめにも二条の邸を出ることはなく、明け暮れ父のそばに付き添って、その胸痛む悲嘆の様子を、まことにもっともなことだと自分も悲しく見ては、なにくれとなく慰めなどして過ごしている。

風が野分《のわき》めいてざわざわと吹き出してきたさる夕暮れのことだ。

夕霧は、かつてちょうど今日のような野分の吹いた日に、〈ああ、ちょうどこんな野分の日だった。あの時、紫上さまのお姿をちらりと拝見したことがあった……〉と、その面影がいかにも恋しく思われて、また、〈……ご最期の床で目にしたその人の姿の美しさは、とても現《うつつ》のこととは思えぬほどだったな〉と、人知れず物思いに耽《ふけ》っている。しかし、自分の妻でもないものを、あまり一途《いちず》に悲しむところを見られては、それも憚《はばか》られるので、じっさい堪えがたい悲しみではあったが、表面上はそう見えないように装っている。そうして、

「南無阿弥陀仏、南無阿弥陀仏……」

と、ひたすら念仏を唱えながら、ぽたぽたと落ちる涙の玉を、爪繰《つまぐ》っている数珠の玉に紛らして懸命に隠しているのであった。

いにしへの秋の夕《ゆふべ》のこひしきに
いまはと見えし明けぐれの夢

昔、かのお姿を拝見した秋の夕べが恋しくてならぬに、
今(いま)は、ああ、あのいまはの際のお姿を見たのは、夜明けの薄明のなかに見た夢……

……夢であったろうかと思うと、その夢の名残も胸に応える。

源氏は、忌み籠りの間、常の作法として日に六回の念仏はもちろん怠りないが、その他に、女人成仏のことわりを説く『法華経』なども、特に申し付けて僧どもに読誦《どくじゅ》せしめる。いずれもいずれもしみじみと心に沁みる。

源氏は、寝ても覚めても涙の乾く時とてなく、両の眼《まなこ》は涙のために霧がかかったようにぼんやりとして明かし暮らしている。

〈その昔からの自分の身のありさまを思い巡らしてみると、鏡に映る姿を始めとして、人とは格別に違った我が身だったけれど、幼い頃から、実母に死に別れるなど、あれもこれも、悲しいことばかり立ち続いて、それは結局仏が世の無常を悟道せよとお導き下さって

いたのに違いない……なのに、この私は……知らん顔をして、なにもかも思うままに押し通してきた、その揚げ句に、こうして……来《き》し方行く末ともに、これほどの痛苦はまたとあるまいと思われるほどの悲しみに際会《さいかい》してしまった……。もはや、今はこの世になんの心残りもない、ただひたすらに仏の道に赴こうとも、障碍《しょうがい》のあるはずもない。それなのに、かくも意気地《いくじ》なく心惑いに明け暮れている……こんななまくらな心では、願う道にも入《い》りがたいのではあるまいか〉と懊悩しながら、源氏は、〈どうぞ、この心の痛みを、少しでも忘れさせてくださいますように〉と、そのことをまず阿弥陀仏に祈願するのであった。

帝をはじめ、続々と弔問の人々至る

各方面からの弔問は、内裏の帝をはじめ、みな誰もが、単なる社交儀礼として使者を遣わしたのではなくて、何度も何度も懇《ねんご》ろに弔問使が遣わされる。が、ひたすら悲嘆にくれている源氏はまったく上の空で、さらさら目にも耳にも入らない。ただ出家したいという思いは抑え難く、それについて特に絆《ほだ》しになるような事柄とてもなかったはずであるが、

〈今こんな状態のなかで出家などしたなら、あれは妻に死なれて阿呆のようになってしまって、前後を弁えず出家したかと邪推されるかもしれぬ……もう私とて余命などたかが知れた歳だというに、さように愚かしく意気地無しの乱心から世を捨てたのだと、後々の世までも悪い評判が言い伝えられるかもしれぬ〉と、そこを慮《おもんぱか》って出家を我慢している。それがために、ただ悲しいばかりでなく、さらに〈ああ、我が身ながら、我が心のままにならぬ……〉と、こんな嘆きをさえ添えるのであった。

致仕大臣《ちじのおとど》は、こういう弔問などは決して時宜を外さぬ人柄で、これほどまでに絶世無類の素晴らしい人が、儚くも亡くなってしまったことを、口惜しくもまた、悲しくも思って、しきりと見舞いを重ねている。

〈そうだ、昔、左大将の母(葵上)が亡くなったのも、思えばちょうど今ごろの時分だった……〉と大臣は思い出す。するとまた遠い日の悲しみまでが心に蘇って、〈あの時に、妹の死を惜しんでくれた人も、もうずいぶんたくさん鬼籍に入ってしまったな。あの「末の露本の雫や世の中の後れ先立つためしなるらむ」の古歌ではないが、先立ったとやら、逝き後れたとやら言うても、しょせんさしたる違いもない……無常の世よな〉などと、ひっそりと静まり返った夕暮れに、独り物思いに沈んでいる。

ふと見上げれば、空の気配もいかにもしめやかに物悲しいので、子息蔵人の少将を使いに立てて、源氏への見舞状を書き送った。

それはそれは、しみじみと心のこもった言葉を懇篤《こんとく》に連ねたその奥に、

いにしへの秋さへ今のここちして
濡《ぬ》れにし袖に露ぞおきそふ

もうはるか昔の秋のことまでもが、今のことのように思い出されて、その頃涙に濡れた袖に、今また涙の露を置き添えることですね

と詠《なが》めてあった。

源氏は即座に歌を返す。

露けさはむかし今ともおもほえず
おほかた秋の夜こそつらけれ

涙ぐましいほどの哀しさは、昔だから今だからと区別があるようにも思えませぬ。

まずおおかたのところ、この秋の夜というものは心の痛むものなのでございましょう

ただ物悲しいばかりの気持ちをそのまま歌に詠んで返したのでは、その返歌を待ち受けて読むだろう大臣が、〈なんと、心の弱い男よ〉と目をつけるに違いない、いやそういう性格の大臣であってみれば、あまりみっともなくないように斟酌《しんしゃく》してこんなふうにさりげなく詠んだばかりでなく、

「たびたびの、ご懇篤なるご弔問を、重ね重ね賜りまして……」

などなど、お礼の言葉をぬかりなく書きつけることを、源氏は忘れない。

思えば、その昔、正室葵上の逝去に際して、「限りあれば薄墨衣《うすずみごろも》浅けれど涙ぞ袖をふちとなしける（定めというものがあるから、いま自分はこうして浅い墨色の衣を着ているけれど、涙が限りなく出て袖に溜《た》まるから、藤（ふぢ）色の袖を涙の深い淵（ふち）としてしまったのだよ）」と歌った折に比べれば、もう少し思いやりも濃（こま）やかに、色も濃い喪服に身を包んでいる。

世の中には、この上ない幸福に恵まれたことで、筋違いに世間の人々の怨嗟《えんさ》の的となっ

てしまう人もあり、かと思うと、高貴な身分に生まれたことを鼻にかけて、心は驕《おご》り高ぶり、人のためには迷惑な存在となってしまうような人もある。

しかし、あの紫上という人は、なんだか不思議な感じがするほど、ちょっとした知りあい程度の人にまでこよなく好かれて、何心《なにごころ》もなくふとやってみたことでも、いつだって世人《よひと》の称賛を浴び、心憎いばかりの嗜《たしな》みがあって、折々の何事につけても、心遣いが行き届く、そういう世にも稀《まれ》なる人柄であった。

されば、紫上が逝去した時分には、それほどの縁もなさそうなそこらの人までも、風の音につけ、あるいは虫の声につけて、哀痛の涙を流さぬものはなかった。

ましてちょっとでも紫上に接したことのある人は、悲しみを癒すべき時があろうとも思えぬほどであったし、また、長いことお側に仕えてきた女房衆ともなれば、ほんのしばくの間だにもせよ、この世に残ってしまった命が恨めしいと嘆きつつ、なかには、尼になって俗世を捨て、山奥の寺などに籠りたいと思い立つ者もあった。

冷泉院の后（秋好む中宮）からも、しみじみとした文面の見舞い状が絶えず届けられる。それのいずれにも、悲しみは尽きせぬことを述べて、

「枯れはつる野辺《のべ》を憂《う》しとや亡き人の
秋に心をとどめざりけむ

このようになにもかも枯れ果ててしまう野辺の景色を心憂きものに思って、
あの亡くなられた君は秋がお気に召さなかったのでしょうか

今という今、ようやく亡き御方が春を好まれた道理が腑《ふ》に落ちました」

と書いてあった。源氏は、悲しみに呆《ほう》けたようになった心にも感ずるところがあるのか、繰り返し押し返し、その文を下に置くこともせず眺めている。

〈ああ、さればよ、話す甲斐もあり、また風雅の方面の慰めになるお人としては、そうそう、この中宮がおいでであった〉と、いくらかは痛哭《つうこく》の情も紛れるような気もして、あの春秋優劣の論に興じては、たがいの御殿の庭の妍《けん》を競ったことなど、それからそれへと思い出され、源氏はまた涙をこぼしこぼし、たえず袖で拭っているために、なかなか返事を書く暇《いとま》がない。

のぼりにし雲居《くもゐ》ながらもかへり見よ
われあきはてぬ常ならぬ世に

九重《ここのえ》の雲の上に昇ってしまわれた御身も、その雲の上からで結構ですから、
　どうぞ振り返って見てください、
　わたくしはもう、こんな寂しい秋の、無常の世にはつくづく飽き果ててしまいました

源氏は、こんな歌を書き、返し文を上包に押し包んでしまってからも、またぼんやりと空をながめて物思いに耽っている。

源氏、悲愁勤行の日々

なにやら心の根太《ねだ》が抜けてしまったような気がして、源氏は、我ながら意外なほどにぼんやりしていると自身痛感することが多い、そんな気持ちを紛らわすために、女房衆の集まっている気楽な奥向きに身を置いて過ごしている。そうして、仏の御前《おまえ》にあまり多くの人が来ないように命じて、心を鎮めて勤行に励む。

あの紫上とは、千年でも諸共《もろとも》に生きたいと願ったけれど、しょせん限りのある命、こうして永《なが》の別れをせねばならなかったことがたいそう残念でならぬ。かくなる上は、極楽の蓮《はちす》の台《うてな》に往生したいという願いが雑事に取り紛れることのないように、ひたすら後世を祈

って勤行専一に励んでいる。さりながら、妻恋しさに出家したなどと噂されぬようにしたい、などということを、まだ気にしているというのも、なにやらつまらぬことであった。

七日ごとの法要も、源氏には、もはや然るべく差配するだけの気力がなくなってしまっているので、父に代わって左大将の君が、万端取り仕切って奉仕するのであった。

こんな按配では、もう自分の命も今日が限りかなどと、源氏は思い思いする折ばかり多いのに、そのまま死ぬこともできずに、うかうかと日数《ひかず》が積もってしまったことも、まるで夢のような心地がする。

明石の中宮もまた、紫上のことは一時《いっとき》として忘れるひまなく、ただただ恋しく思い出している。

幻
まぼろし

源氏五十二歳

源氏暗然たる正月を迎う

新しい年が明け、源氏は五十二歳の春を迎えた。

この新春の輝かしい日を見るにつけても、源氏の心はますます暗然《あんぜん》として、おろおろと途方にくれるばかりであった。春を愛した紫上はもういない……源氏の心一つばかりは、悲しさの紛れようもなく、寝殿《しんでん》の表《おもて》のほうには、例年と変わらず新年参賀の人々が詰めかけているけれど、源氏自身は、体調がすぐれないということを理由として、御簾《みす》の奥のほうに隠れたきり出てこない。

蛍兵部卿の宮が見えたときばかりは、しかし、それでは気の置けない所で、御簾など隔てずに対面しようというので、そのように伝達させるついでに、一首の歌で挨拶をする。

わが宿は花もてはやす人もなし
なににか春のたづね来つらむ

わたくしの家には、もう花を愛《め》でる人もいなくなってしまいました。

それなのに、どういう心で春が訪ねて来てくれたのでしょうか、
……もう紫上はおりませぬのに、よくぞお訪ねくださいました

これを聞いた宮は、目にいっぱいの涙を溜《た》めつつ、歌を返す。

香《か》をとめて来つるかひなくおほかたの
花のたよりと言ひやなすべき

いやいや、わたくしはこの紅梅の高雅な香りを求めてやって来たのに、その甲斐もなく、
ありきたりの花見客のように仰せになりますか……
わたくしはほかならぬあなた様にお目にかかりにまいりましたものを……

こう詠じながら、庭の紅梅のもとに歩みでてきた兵部卿の宮の姿は、まさに一幅の絵のように美しく、〈おお、花を愛でる人はいないと歌ったけれど、この花を愛でるのに、宮ほどふさわしい人もなかった……〉と源氏は見た。

その紅梅の花は、一つ二つわずかにほころび始めて、あたりには心を奪われるほどの香りが充ち満ちている。

正月だというのに、今年は、恒例の管弦の遊びも催されず、まことに異例なところがた

くさんある。

源氏、女房たちと想い出話を交わす

女房なども、長年こちらに勤めている者は、濃い墨染めの衣を着たままで、年が改まったからとて、悲しみの心を改めるということもできがたい。そうして、亡き紫上への思いは冷《さ》ますべくもなく、明け暮れ恋しがって過ごしている。

とはいいながら、このごろ源氏は、どちらの女君のところへも通っていくことはなく、ただただ奥の女部屋にばかり居続けているので、女房たちは、毎日目《ま》の当たりに源氏の姿を見ていられるのを、なによりの慰めとして側近く仕える日々である。

いっぽう、以前から長いこと、それほど真剣な愛情を注いでいたわけでもないが、時々は思い出したように情《なさけ》をかけていた女たちも、こうして寂しい独り寝の身の上になってからは、却ってたいそうおざなりな扱いとなり、もはや閨《ねや》のお伽《とぎ》はいっさいなく、あの人もこの人も、多くの女房たちと一緒に、帳台のあたりからは遠ざけて単なる宿直役《とのいやく》として侍《はべ》らせている。

こうして、無聊《ぶりよう》な日々を送っている源氏は、女房たちを相手に、いにしえのことをかれこれ思い出しては物語ることがある。

もはや、あの色好みの名残も失せ、道心ばかりがますます堅固になっていくにつれて、源氏の胸中には、かつてあの朝顔の斎院《さいいん》とのかかわりなど、いずれさしたることにもならなかったはずの事についてさえ、紫上も、その頃はずいぶん恨めしく思っていたらしい様子が時々見えたことなど、そこはかとなく思い出しもする。

〈ああ、あの頃、ほんの遊び半分の恋にせよ、またもっと深刻で胸の痛むような……あの三の宮の……ことにせよ、なんだって私は、あのような好き心を紫上《あれ》に見せるようなまねをしたのだろう。紫上《あれ》は、もとより苦労人で気配りの行き届く人だったから、私の胸の奥の思いもよくよく見知っていながら、それぞれの事の当座は、どうなることかと、まず一通りは心配して嫌な思いもしたに違いない……いや、だからといって、夫婦の仲がまずくなり果てるような軽挙妄動《けいきよもうどう》は決してしなかったけれど……、それにしても、少しでもその心を乱し苦しめるようなことをしたのは、ほんとうにかわいそうなことをした〉と、返らぬことながら、今さらに悔やみもする。すると、なんだかたまらない思いが蘇ってきて、とても自分一人の胸の内におさめてはおけないような心地がするのであった。

が、その頃のあれこれの事について、当時のいきさつを知り、今もなお仕えている女房たちは、ぽつりぽつりと述懐《じゆつかい》して源氏に聞かせることもある。

「あの入道された三の宮さまがお輿入《こしい》れになられました当初……さようでございます、その当座、紫上《うえ》さまは、けっして面《おもて》にはお出しになりませんでしたけれど、なにかの事につけて、やるせないことだとお思いになっておられましたご様子が、それはもう、お気の毒なことでございました。……あれは、三の宮さまのお輿入れがあって間もなくの、あの、雪の降っておりました暁のことでございましたね。……大殿《おとど》さまが、あちらからお戻りになられた時、しばらくお部屋の外にお待たせしたことがございました……」

こんなことを女房が語るのを聞けば、源氏も、ああそうであった、と痛切に思い出す。

〈そうであった、あの時は……三の宮のもとへ三日通って戻った暁であったな……外に待たされて、我が身も冷え切ってしまうような感じがして、空はなお今にも雪が落ちてきそうな気配であった……それでも、いざ戻って紫上《あのひと》に対面してみれば、それはもういつもの親しみ深い態度で、おっとりと迎えてくれたが、見れば袖が涙でひどく濡れているのを、一生懸命に隠していた、が……そんなことも、なんとかしてあらわには見せまいとする心の嗜みの深かったこと……〉

思い出はそれからそれへと紡ぎ出されて、夜もすがら、せめて夢の中にでも現われてきてはくれないか、せめて……またいつの世に、ふたたび巡りあうことができるだろうか、などなど、果てしもなく思い続ける源氏であった。

しらじらと夜が明けてきた頃、宿直《とのい》詰めから自室の局《つぼね》に下がる女房の声であろうか、

「まあ、たいそう雪がつもって……」

と言うのが聞こえてくる。

それを聞くにつけても、かの雪の暁にもう一度戻ったような錯覚を源氏は覚えた。が、傍らに添い臥ししていなければならないあの人は、もはやどこにもいない……隣に誰もいない寂しさは、筆舌に尽くしがたく悲しい。

憂《う》き世にはゆき消えなむと思ひつつ

思ひのほかになほぞほどふる

憂《うれ》いばかり多い現世《うつしよ》から、この雪（ゆき）のように、逝（ゆ）き消えてしまいたいと思い思いしながら、

思いもかけぬほどに雪は降（ふ）るし、私もこうして日数を経（ふ）るばかりだ

この寂寥《せきりょう》を紛らわすために源氏は、いつものように朝の洗面道具を持ってこさせ、口を漱《すす》ぎ、顔を洗って身を清めてから、朝の勤行《ごんぎょう》に励む。

灰の中に埋《うず》めてあった炭火に、新しい炭を継いで起こした火桶《ひおけ》が運ばれてくる。

中納言の君、中将の君など、以前は源氏の閨《ねや》に侍《じ》したこともあった女房たちは、御前《おまえ》近く侍《はべ》って、また昔物語などするのであった。

「独り寝で、いつになく寂しい昨夜のさまであったな。いや、本来昨夜のように、よく自重し身を修めて静かに生きるべきであったものを、思えば、つまらぬことにばかり、かかずらってきたものよな」

源氏は、こんなことを言いながら、また悄然《しょうぜん》と物思いに耽《ふけ》る。

〈しかし、もしこれで、私までが世を捨てて出家してしまったら……ここにいる女房たちが、ますます嘆いて、悲観してすごすことになるであろう。それは、いかにもかわいそうで、労《いたわ》しいことに違いない……〉と思いつつ、源氏は、女房たちに目をやる。

忍びやかな声で、源氏は勤行し、経など読んでいる。

その声の素晴らしさ、なんでもない時にこれを聞いたとしても落涙を禁じ得ぬほどであるのに、まして今、こんな折に聞けば、古歌にも「涙川《なみだがは》落つる水上《みなかみ》早ければせきぞかねつる袖のしがらみ（この涙の川の水源から落ちてくる早さがあまりに早いので、袖の柵《しがらみ》では塞《せ》き止めても塞《せ》き止めても、止めることができません）」と詠ってあるような、滂沱《ぼうだ》たる涙が流れて、ただただ悲しく、明け暮れに源氏の姿を見ている女房たちは、それぞれの心中に、尽きることなく源氏を思いやっている。

「思えば……」

源氏はまた、しずかに述懐しはじめる。

「……今生《こんじよう》のことについては、不満に思うようなことは決してあるはずもないほど、高い身分に生まれながら、しかしまた、世の人とは格別、そのことを無駄にしてしまうような拙《つたな》い因果を負《お》うた人生でもあったなと思うことが、いつも絶えなかった。それは畢竟《ひつきよう》、現《うつし》世《よ》というものの儚さや辛さをお教えくださろうとして、然るべく仏などがお定めになった我が身なのであろう。それを、強いて知らぬ顔をして、こんなふうに俗世に生き長らえてみれば、今こうして、人生の夕暮れも近い末の世になって、これ以上辛いことはないというような目に遭った。そこで、わが宿命のほども、また、自分の心の至らなさも、すっかり分かってしまったので、今は却って気が楽になった。されば、今はもはや何の絆《ほだ》しもなくなったというのに……。なあ、中将、中納言、そなたたちのように、こんな私に、前よりもさらに親しみ深く接してくれる人々が……もし、今はこれまでと思って私が出家してしまって……みな別れ別れになってしまったら、その時は、また一際《ひときわ》心が乱れることであろうな。まったく、しょうもない不覚悟で……未練ばかりの、良からぬ我が心よな」

と、こんなことを言いながら、目を押し拭《ぬぐ》って涙を隠そうとするけれど、紛れることもなく潸々《さんさん》と落ちる涙……それを見ている女房たちも、ましてそれぞれの涙を塞き止めるすべとてない。

そうして、そんなふうにうち捨てられることの嘆かわしさをば、一人一人口に出して言いたいとは思うけれど、とても言葉にならず、ただ涙に噎《む》せ返るばかりであった。

こんなふうにして嘆き明かす曙《あけぼの》や、また物思いに過ごす夕暮れなどの、しんみりした折々は、あの中納言や中将など、特別に情をかけていた女房たちを身近に呼んで、こうした物語などをするのであった。

中将の君という人は、まだ少女であったころから側近く置いて召し使っていたのだが、源氏は、せいぜい人目を忍んで、情をかけずにはいられなかったのであろうか……。だが、そのことを中将はたいそう心苦しく思っていて、それからは敢て源氏に馴《な》れ馴れしくはせぬように努めていたのであった。が、今こうして紫上が亡くなってみると、色めいた思いは抜きにして、〈ああ、そういえば、あの中将の君という女房、あれは紫上《かのひと》がずいぶんかわいがっていた者だった……〉と、ふと思い出すにつけて、いわば亡き人の形見というようなつもりで、源氏はかわいいものに思っているのである。

じっさい、この中将の君という人は、心根も良く、顔立ちや容姿もそれなりに美しくて、亡き人の墓に植える松がその人の面影を宿すというような思いで、つまりは、どことなく紫上に通う人柄や面差《おもざ》しを、源氏はこの女房に感じるだけでなく、かつては情をかけたこともあった者ゆえ、なにもないただの女房よりはどこか気の利いたところが感じられると、そうも思うのであった。

さまで親しくもない人には、源氏はまったく会わない。

上達部なども、とくに親しい人、あるいは兄弟の宮たちなどは、常にやってきたけれど、それでも対面するということは、いっさいしない。

〈人と対面するとなると、その時だけは、しっかりして心を高ぶらせぬようにし、なんとか平静を保ちたいと思うのだが、ここ幾月ものあいだ、これほどまでに呆《ほう》けてしまった身のありさまだ……愚かしい失敗などもきっとするだろうし、老いぼれて世の人に嫌がられるようでは、死んでの後《のち》の聞こえも悪くなる一方であろう。いや、源氏は悲しみのあまり阿呆になって人にも会わなくなったそうだと、そんなふうに噂されるのも、まず同じようなものだが、しかし、ただ噂に聞いてそのように変に思われるより、実際目の当たりに見苦しいところを見られることのほうが、格段に愚かしいことに違いない〉と、そう思うゆえに、源氏は、子息夕霧の大将にすら、御簾越しに対面するのであった。

〈しかし、人の噂も七十五日、「源氏は妻に死なれて、すっかり人が変わってしまったようだ」と人が言いそやすようなことも、いずれ収まる時がやってこよう。それまでは、なんとか出家を思いとどまって……〉と、ひたすら我慢して我慢して、この辛い世を捨てずに過ごしている。

六条院の各町《かくまち》の女君たちのもとへ、稀々《まれまれ》ちらりと顔を見せるについては、あたかも「墨染の君が袂《たもと》は雲なれやたえず涙の雨とのみ降る（墨染めのあなたの袂は雲なのでしょうか、そうして絶えず涙が雨のように降っているところをみると）」と古歌に歌われているようにも、ただただ涙の雨ばかりが降り募るので、それも女君がたの手前、わきまえのないことと思うゆえ、結果的に、どの町の御方のところへもすっかり御無沙汰となって、いったいどうしたのだろうと皆が心配するような按配であった。

明石の中宮は、やがて内裏へ帰っていったが、紫上の養育した三の宮を二条院に居残らせる。源氏の寂しさを慰めようという心遣いなのであった。

三の宮は、

「おばあさまが、仰有《おつしや》っておられましたから……」

と言って、西の対《たい》の庭前《ていぜん》の紅梅《こうばい》の木を、とりわけ手入れしてかわいがっているのを、源氏はしみじみとした思いで見ている。

二月、三の宮と形見の紅梅

二月《きさらぎ》になった。そちこちの梅のなかには、花盛りのもあり、まだ蕾《つぼみ》なのもあるが、いずれも梢《こずえ》あたりには、うっすらと霞がかかって春めいている。

紫上の形見の紅梅に、鶯が一声鮮やかに鳴き出した。

源氏は、簀子《すのこ》のあたりへ立ち出でて、見る。そして、

植ゑて見し花のあるじもなき宿に
知らずがほにて来ゐる鶯

この木を植えて眺めていた主《あるじ》も、もはや亡きこの宿に、
そんなことは知らぬ顔で来て鳴いている鶯よな

と、こんな歌を低吟しながら歩き回っては、庭の梅をしみじみと見ている。

三月、三の宮と桜を眺める源氏

三月《やよい》、春の深まってゆくままに、二条院の庭前のありさまは、以前となにも変わりはしない。庭の桜が咲いて、「ひさかたの光のどけき春の日に静心なく花の散るらむ（ああ、光ののどかな、この春の日だというのに、桜ばかりはああして落ち着きもなく散り急ぐようだ）」という古歌のごとく、桜を愛でるがゆえに心が落ち着かないというわけでもないのだが、なにごとにつけても、源氏の胸は痛んで、亡き人が思い出される。

すると、源氏の思いはもはやこの俗世を離れて別のところへあくがれてゆく。あの「飛

ぶ鳥の声も聞こえぬ奥山の深き心を人は知らなむ（空を飛ぶ鳥の声も聞こえないほどの奥深い山、それほどにも深くあなたを思っている私の恋心を、ぜひあなたに知ってほしいものだが）」という古歌に歌ってあるような、それこそ鳥の声も聞こえないくらい深い山奥への欣求《ごんぐ》が、ますます強くなっていくのであった。

山吹などが、楽しそうに咲き乱れているのをみても、唐突に涙が溢れて、花も涙に濡れているように思えてくる。また、世の中ではおおむね、一重の桜が散ってから八重桜が盛りとなり、それも過ぎて後に樺桜《かばざくら》が咲き、しばし後《おく》れて藤が色づくなどということのように見えるので、それぞれの花の盛りの遅き早きを良く弁えて、紫上はこの二条院の庭に植えさせたものゆえ、みなどの木も咲くべき時を忘れず色鮮やかに咲き続けて、いつも花で一杯になっている。

三の宮が、桜の木を指さして言う。

「あの、僕の桜も咲いたね。なんとかして長いこと散らさないでおきたいな。そうだ、木のまわりに帳台《ちょうだい》を立てて、垂れ絹を下ろしておいたら、風も吹き寄れないよね」

良いことを思いついたという顔つきで、そんなことをいうかわいらしさに、源氏も、ついついにっこりと微笑んでしまう。

「おお、それはよい。昔の歌に『大空におほふばかりの袖もがな春咲く花を風にまかせじ（ああ、この大空全体を覆ってしまうような巨大な袖がほしいものだ。あの春咲く桜花を、風が蹂躙《じゅうりん》するに任せぬように……）』などと歌うてあるけれど、そんなのより、宮はたいそう賢く思いつかれたな」

などと言ってみたり、源氏は、この三の宮ばかりを当座の遊び友達として過ごしている。

しかし、そういう折にも、

「宮と仲良くして過ごす日々も、もう残り少ないことになってきたようだ。命ばかりは、もう少しだけ長らえるとしても、今日を限りに、対面することは……きっともうないだろう……」

と言って、源氏は涙ぐむ。

三の宮は、紫上もそんなことを言っていたことを思い出して、なんて嫌なことを言うのだろうと思う。

「おばあさまが仰言《おつしや》ったのと同じこと仰言って、いやだなあ……」

宮は、そう言って目を伏せ、源氏の衣の袖を引きまさぐりなどしつつ、涙を紛らわそうとするのであった。

源氏は、簀子の隅のあたりの勾欄《こうらん》にもたれかかって、すぐ目の前の庭も、御簾《みす》のうちも、すっかり見渡しながら、なお思いに耽っている。

御簾《み す》内《うち》の女房たちの様子を見れば、いまだに葬儀の名残の喪服を身に着けている者もあるかと思えば、もう喪服は脱いで常の服装の者もある。それでも、色とりどりの綾織《あやお》りのような派手なものはさすがに遠慮して地味な服装である。そういう源氏自身も、今はもう喪服ではなくて常の直衣《のうし》だけれど、特に注意して沈んだ地味な色合いの、しかも地紋などの織り出されていないものを着ている。

部屋のしつらいなども、ただださえ質素を心がけている源氏ながら、今はことさらに物数も少なく地味に拵《こしら》えて、寂しげに、また心細い風情でいかにもしめやかである。

今はとてあらしや果てむなき人の
心とどめし春の垣根を

今はもうこれ限りと、出家してしまったなら、せっかく亡き人が
心を込めて作った美しい庭の春の垣根も、草茫々《ぼうぼう》に荒れ果てさせてしまうのだろうか

そんな情景を思いやると、それは畢竟《ひっきょう》、出家して家を捨ててゆく自分のせいで、誰の責任でもないと、源氏は、悲しく思うのであった。

源氏所在なさに女三の宮のもとへ

なにもすることとてなく、たいそう所在ないので、源氏は、六条院の入道の宮（女三の宮）のところへ渡っていった。若宮（三の宮）も女房に抱かれてついてくる。ちょうど入道の宮のところには、年格好も似た若君もいるので、二人の少年はいっしょになって走り遊ぶ。その様子を見ると、花の散るを惜しむとか、そんな心はどうやらあまりないようで、まことに幼いことであった。

入道の宮は、仏の御前《おまえ》で、経を読んでいた。

もとより、この宮は、さまで深く敬虔《けいけん》な心がけからの道心というわけでもなかったけれど、今の日常は、もはやこの世を恨めしく思って心を乱すような何事もなく、ただのんびりと暮らしているなかで、些事《さじ》に紛らわされることもなく勤行《ごんぎょう》をしているというだけのこと、しかしそれで、結果的にはひとえに俗心を去って安穏に暮らしているというのも、いまだ出家を果たし得ずに、あれこれ懊悩《おうのう》ばかりしている源氏から見れば、羨ましい限りなのであった。

〈これほど単純で浅い女のご道心にすら、後《おく》れを取っていることよ〉と、源氏は、無念な思いに打たれる。

仏に供える閼伽棚《あかだな》の花が、もう暗くなりかけた空の西方《さいほう》から射してくる淡い残光《ざんこう》に浮かび上がって、たいそう趣深く見える。

「春が好きであった人の亡き今、花の色もなにやら殺風景に見えるけれど、こういう花々は、仏への供花《くげ》として見るとまた興趣深いものであったな」

と、そんなことを源氏は言い、また、

「東の対《たい》の庭前《ていぜん》の山吹……あれはまた、世には見かけぬ格別の花であろうな。花房などふっさりと大ぶりで、およそ品格高く咲こうなどとは思ってもいない花なのであろうかな。ずいぶん華やかで賑々《にぎにぎ》しい様子、あれはあれでまた一つの面白い咲きぶりであろうぞ。植えた人が、もう今はこの世にいないということなど、まるで知らぬ顔で、例年よりもいっそう美しく咲いているのをみると、なにやら胸に応《こた》えるが……」

と山吹の花に眺め入っている。

これを聞いていた入道の宮は、ただ一言、

「谷には春も……」

と、ぽつり呟《つぶや》く。

「光なき谷には春もよそなれば咲きてとく散るもの思《おも》ひもなし（もはや光もささぬ真っ暗な谷にあっては、春なども余所事《よそごと》だから、あの桜の花が咲いたと思ったらすぐに散ってしまうことを嘆く物思いもない）」という古歌を引いて、自分はもはや世俗の春秋など心にはない入道の身だと卑下《ひげ》したつもりかとみえたが、しかし、それにしても、花を見ながら亡き人や過ぎし昔への物思いに耽っていた源氏にしてみれば、「私には物思いなどありません」と、そっけなく突き返された思いがして、〈こんな折も折、ほかにいくらも引くべき歌もあろうに、なんという情ない返答であろうか……〉と、つくづく呆れ果てる思いがする。それにつけても、〈……まずこうしたちょっとしたやりとりだって、紫上《あのひと》は、こちらがそんなことは言わないで欲しいと思うような慮外《りよがい》なことは、いっさい言ったりしたりはしなかったものだった〉と、その少女時代からの思い出をずっと辿《たど》っては、〈なにもかも、さて……あの人は、どこに不足なところなどあったろうか〉と追懐して、〈ああ、あの折、この時、いつだってあの人は才気煥発《かんぱつ》で、心配りが利いていて、それでいて風情の豊かな人柄や振舞い、そして奥床しい言葉の数々……〉とそれからそれへと思い出しては、またいつもながらの涙もろさに、たちまちはらはらとこぼれ出るのも、まことに辛い。

源氏、明石の御方のもとへ

夕暮れの霞がぼんやりと立ちこめて、それもまた一風情《ひとふぜい》の頃とあって、源氏は、そこからすぐに明石の御方のところへ渡っていった。

こちらへも久しく顔を出さずにいた上に、こんなときに突如現われるとは思ってもいなかったことゆえ、御方は、ちとびっくりしたようだったが、慌てた素振《そぶ》りもなく、ほどよく体裁を繕《つくろ》って応対する。

〈やはり、あちらの宮よりは格段に勝《まさ》っているな〉

と、そのように源氏は見たけれど、いやそれにつけても、〈紫上《あのひと》だったら、こういう応接の仕方ではなかった……もっとこう、どこか趣深いところを見せて応対してくれたものだったな〉と、改めて思い比べると、どうしてもまた、亡き人の面影が彷彿《ほうふつ》として、ただただ恋しく、悲しみばかりが募ってくる。

〈なにをしてもこんなことでは、……はてさて、なんとしてこの心を慰めたらよいものであろう、我ながら扱いにくい心ざまよな〉と源氏はみずからの心を持て余している。

明石の御方のところでは、しかし、のんびりと昔のことを語り合った。

「一人の女に、あまりにも深く思いをかけて心に留《とど》めるようなことは、妄執《もうしゅう》ともいうべく、決して良いことではないと、昔から私はそう思ってきた。だから、すべていかなる人であろうとも、この世に執心が残ってしまうようなことのないようにと、それだけを心遣いしてきたのだ。いや、女のことばかりではない。人生おしなべてのこととして、いつだったか、我が身も空しく落ちぶれてしまうかもしれなかった、あの頃のことなど、ああでもないこうでもないと思いめぐらした結果、命など捨てても惜しくないと思い、野山の末にさすらって空しくなってしまおうとも、なんの障《さわ》りもあるものかと、そんなふうに思うようになったものだった。が、こうして今、死にもせず生き長らえて、かかる頽齢《たいれい》に及び、命終《みょうじゅう》もほど近い身だというに、なお、持つべきでなかった係累《けいるい》に絆《ほだ》されて、今までぐずぐずと俗世に過ごしている。……まったく心の弱い、そしてじれったいことよな」

などなど、紫上に先立たれた悲しみのみに限定して言うのではないが、その口ぶりから察せられる源氏の胸の内を忖度《そんたく》すれば、〈なるほど胸を痛められるのも道理、まことにおいたわしいこと〉と、明石の御方は思う。

「いいえ、特にさしたる身分でもない、人目には出家したとて何も惜しくはなさそうな人であっても、心のうちの絆《ほだ》しは、どうしたって多くございますように仄聞《そくぶん》いたします。まして、御身さまのような特別のお方が、どうしてそう心安くこの世をお捨てになれましょう。そこを、深い思慮もなく世を捨てるようなことをなさいましては、後々《のちのち》軽率な行動であったとの非難を蒙《こうむ》るまいものでもなし、却って出家などせぬほうがよかったというようなことがあれこれ出来《しゅつたい》いたしましょう。されば、出家のご決意がなかなかおできになりにくいことの結果として、最後には、澄みきった深いご道心に到達されることがたしかにございましょう。そのように、わたくしには思いやられますもの……。昔の例《ためし》などを漏れ承りますについても、心に動揺が生じ、思いどおりにならぬことなど出来して、それで世を捨てたりするきっかけになる、というようなこともあったやに聞いております。が、そういうのは、やはり褒められたことでもございますまい。どうぞ、今しばし、ご出家のことはゆるゆるとお考えあそばしまして、若宮たちも皆ご成人なさり、なにもかも盤石《ばんじゃく》の世となったことをご覧あそばしますまでは、お暮らしを乱すようなことはなさいませぬのが、わたくしなどから拝見いたしますと、心安く、また嬉しくもございます」

など、たいそう思慮深げに異見を述べる様子は、まことに好感が持てる。

「いや、そこまでゆるゆると考える思慮深さが仇《あだ》になって、ついには、考えもなくさっさと出家を遂げる人にも劣る結果になりはすまいか」

と、こんなふうに反論しながら、源氏は、昔からあれこれの物思いを経験したことを、ぽつぽつと語り始める。

「あの藤壺の故后《きさい》の宮がお隠れになった春には、花の色を見ても、まったく『深草の野辺の桜し心あらば今年ばかりは墨染に咲け（深草の野の、その野辺の桜よ、もしおまえに心があるならば、どうか今年ばかりは墨染めの色に咲けよ）』と詠じた古歌の心さながらの思いがしたものだった。それは、なに、特別のことがあって言うのでない、ただふつうのお暮らしのいちいちが、いつも奥床しい嗜みがおありで、それを私は幼いころから拝見して、深く心に染み込んでいたからね、……それが、あのように亡くなられたことの悲しさも人一倍感じたという謂《いわ》れなのだ。なにも、格別に恋しく思っていたから、こうした永別の悲しみが大きいとは、かならずしも言えないように思える。だから、こう長年夫婦として連れ添ってきた人に先立たれて、その悲しみの収めようもなく忘れがたいというのも、ただそのように妹背《いもせ》の仲ゆえの悲しさというばかりでもないのだろう。紫上《あれ》は、幼い頃から私自身育て上げたのだから、その時分から、ずっと一緒に年を重ねてきて、その末にうち捨てられてしまった……のだからね、だから、私自身の若い頃からのことやら、あの人の身の上のことやら、なにもかも次々と思い出すことばかりで……、その悲しさが堪《た》えがたいのだ。……すべてなにもかも、それはもう、しみじみと胸打たれたことやら、いろいろな謂れのある事柄や、風雅の方面にも、広く思い巡らすことどもが諸々《もろもろ》あって、それで、先立たれた悲しみが深い深いものとなるのだね」

などなど、すっかり夜が更けるまで、昔今《むかしいま》の物語をしつつ、〈いっそ、このままここで夜を明かしてしまってもいいのだが……〉と源氏は思いながら、やはり帰って行くのを、女も格別の感慨を以て見送る。源氏自身、こんなふうに、女のもとに夜通《よどお》し居ながら、なんの色めいたこともなく引き上げていく自分の心のほどが、〈なんと我ながら訳の分からぬ心ばえよな〉と、痛感される。

この日もまた、帰ってから勤行を果たし、また夜中になってから昼の御座《おまし》に移って、ほんの少しばかり物に寄り掛かって臥した。

そして翌早朝に、明石の御方に宛てて後朝《きぬぎぬ》の文《ふみ》めかした手紙を書いた。

なくなくも帰りにしかな仮の世は
いづこもつひの常世《とこよ》ならぬに

鳴きながら常世（とこよ）の国へ帰って行く雁（かり）ではありませんが、私も泣きながら帰ってきました。
このかりそめの世は、どこも終《つい》の住み処の常世ではありませんから……きのう泣く泣くお別れしてきたあなたのお側は、私にとって住み果てるべき床（とこ）ではありませんから

せっかく通《かよ》って来ながら、宿りも果たさずに帰っていった昨夜の源氏の振舞いは、明石の御方にとっては、恨めしい感じのすることであったけれど、しかし、ほんとうにまるで別人のように思い萎《しお》れている様子を見ると、御方の胸は痛んで、自分の身の上のことはひとまず脇に置いて、つい涙ぐんでしまうのであった。

雁《かり》がゐし苗代《なはしろ》水《みづ》の絶えしより
うつりし花のかげをだに見ず

雁がいた苗代の水が涸《か》れてしまってから、
そこに映っていた花の影すら見ることがありません……

御身さまがいつもお住まいになっていた御殿の女君がお亡くなりになってしまってから、
以前は折々に拝見していたお姿をすら、ちっとも拝見できなくなりました

この今も昔も古びることのない風格ある文の書き振りにつけても、当初紫上は、この明石の御方を目障りな存在のように思っていたのに、やがて明石の姫君を紫上の手許《てもと》に引き取って以来は、打ち解けて互いに心を通わせあう間柄となり、なにごとも任せておける頼りになる人と信頼を寄せ合ってはいた。〈……が、さりとて、なにからなにまで気を許してしまうというわけでもなくて、一定の心の隔てを置いて嗜み深く遇《ぐう》していた、そんな紫上《あのひと》の心中の思いを、明石の御方のほうはきっと知らずにいたのであろうな〉と源氏は思い出す。

そうして、あまりにも寂しさに堪えがたいときは、このようにただなんとなく、西北《いぬい》の御殿のほうへちらりと顔を出して語り合う折々もあった。しかし、昔のように一夜《ひとよ》の閨《ねや》を共にするようなことは、もはや名残もなく絶えてしまったらしい。

四月、花散里と更衣《ころもがえ》のやりとり

四月《うづき》、夏の御方花散里から、更衣《ころもがえ》の装束を奉《たてまつ》るというので、

夏衣《なつごろも》 裁《た》ちかへてける今日《けふ》ばかり
ふるき思ひもすすみやはせぬ

夏の衣を裁ち更えてお召しになる更衣の今日ともなれば、
いつも衣をお仕立てあそばされていた紫上《うえ》さまへの懐かしいお思いも募るのではございませんか

源氏の返歌。

羽衣《はごろも》のうすきにかはる今日よりは
空蟬《うつせみ》の世ぞいとど悲しき

いやいや、こうして羽衣のように薄い夏衣に変わる今日からは、
蟬の抜け殻のように空しい現世《うつしよ》が、ますます悲しく思われることだよ

賀茂の葵祭の日、中将の君とのやりとり

やがて、四月も中の酉《とり》の日、賀茂の葵《あおい》祭の日になった。

この日もまた、たいそう所在なく過ごしていたが、

「今日は祭見物だと申して、皆々楽しそうにしていることであろうな」

源氏はそんなことを言って、懐かしい賀茂神社の社頭の様子を遥かに思いやる。

「こんな毎日では、女房どももさぞつまらない思いをしているであろう。ひとつ里下がりをして、祭見物にでも行ってきてはどうかな」

そう言いながら源氏は、表のほうへ出てくる。

やがて、東面《ひがしおもて》のあたりに、中将の君がうたた寝しているのを、近づいていって見ると、すぐに気づいて起き上がった。

すると、たいそう小柄で、風情のある様子をしている。頬のあたりはほんのりと華やいで、すこし赤みの差した寝起き顔を袖に隠して、いくらか寝乱れた髪のかかりぐあいなど、またじつに魅力がある。紅《くれない》に少し黄色みがかった袴《はかま》、萱草色《かんぞう》(くすんだ橙色)の単衣《ひとえ》、

そこへぐっと濃い鈍色《にびいろ》の袿《うちき》に黒い表着《うわぎ》などが、すこししどけなく打ち重なっていて、裳《も》や唐衣《からぎぬ》も脱いで放り出してあるのを、源氏の出現にあわてて引っかけたりしている。その傍らに、祭にゆかりの葵（あふひ）……「逢ふ日」という名の花が一枝《ひとえだ》置いてあるのを、源氏は取り上げて、

「おお、この花は、なんという名であったかな、もう忘れてしまったが」

と戯れる。

中将の君は当意即妙に歌で応える。

さもこそはよるべの水に水草《みくさ》ゐめ
けふのかざしよ名さへ忘るる

なるほど、もう久しく君の寄（よ）ることもないこちらでは、こうして神の憑（よ）るという瓶《へい》の水もすっかり古くなって、今は水草《みずくさ》が一面に生えてしまいました。こんなことでは、今日の挿頭《かざし》の葵（あふひ）……逢ふ日の草という名さえ、お忘れになってしまいましたはず

こんな色めいた気配の歌をば、中将は恥じらいながら歌う。その様子はなるほどたいそう愛《いと》しい感じがして、源氏は、

おほかたは思ひ捨ててし世なれども
葵はなほやつみをかすべき

おしなべてこの現世《げんぜ》のことはもう思い捨ててしまった私だが、葵（あふひ）、逢ふ日の草ともなれば、やはりこの手に摘（つ）み犯すことになって、神前に罪（つみ）犯すかもしれぬな

など、艶冶《えんや》な風情の歌を返した。どうやら、この中将の君一人だけは、こうなった今もなお女としての未練を感じている様子であった。

五月雨の夜、夕霧と語り合う

五月《さつき》。

五月雨《さみだれ》は、ただ、ぼんやりと物思いに耽って暮らすよりほかの手だてもなく、いっそう寂しいところへ、十五夜近い月がきらびやかに射し出てきた、その雲の晴れ間の珍しい折しも、夕霧の大将は、源氏の許《もと》に伺候《しこう》している。

花橘《はなたちばな》が、皓々《こうこう》たる月影のもとにくっきり見え、「五月《さつき》待つ花橘《はなたちばな》の香《か》をかげば昔の人の袖の香ぞする（五月を待って咲き出《い》でる花橘の香りをかげば、昔なじんだ恋人の袖の香りがして懐かしい）」という古歌さながらに、その薫りも、追うて吹く風が運びくる懐かしさ……、やはりここは「色変へぬ花橘に郭公《ほととぎす》千代《ちよ》をならせる声聞こゆなり（毎年同じ色に律義《りちぎ》に咲く花橘の枝に、今年もほととぎすが、昔に変わらぬ声で鳴くのが聞こえるようだ）」と歌われた、ほととぎすの、千代も変わらぬ声も聞こえてほしいものだと、待っているところへ、俄かに空に群雲《むらくも》がわき起こり、まことに生憎《あいにく》にも、ざあざあと降り出した。その雨に添えて、さっと吹いてきた風に灯籠《とうろう》の灯《ひ》もゆらゆら揺れ、なんだか空が一段と暗くなった感じがした。

すると源氏は、

秋《あき》の夜《よ》長《なが》し
夜《よ》長《なが》くして眠《ねむ》ること無《な》ければ天《てん》も明《あ》けず
耿々《かうかう》たる残《のこ》んの燈《ともしび》の壁《かべ》に背《そむ》けたる影《かげ》
蕭々《せうせう》たる暗《くら》き雨《あめ》の窓《まど》を打《う》つ声《こゑ》

秋の夜は長い。

夜は長いけれど眠ることも出来ぬ。そしてなかなか明けもせぬ。
ぽつりと灯る残りの灯火は壁に寄せて光を投げかけ、
寂しい暗夜の雨がパラパラと窓を打つ音がする

と、珍しくもない古い漢詩《からうた》ながら朗々と詠吟しはじめた。

〈ああ、なんとこの折柄にふさわしい朗詠だろう……これはどうしても「ひとりして聞くは悲しき郭公《ほととぎす》妹《いも》が垣根におとなはせばや（私一人で聞くのは悲しいな、このほととぎすの一声は、なんとかしてこれをあの恋しい人の家の垣根に訪れさせて聞きたいものだ）」の古歌ではないけれど、紫上《あのかた》に聞かせてさしあげたいお声だなあ〉と夕霧は思い寄せる。

「独りで暮らすといっても、生活自体は以前とさして変わりはないのだが、なにかが足りないような気がしきりとする、なぜだかわからぬが……。しかし、これから先、世を捨てて深い山に隠遁するということを考えると、今からこういう暮らしに体を慣らしておいたほうが好都合かもしれぬ。おそらくそのほうが、格段に心が澄んで悟道できるであろうな」

源氏はそんなことを言い、また、

「女房ども、ここに、菓子など持ってまいれ。こんな時間に男どもを呼びつけるのも、ことが大げさになっていかぬ」

など奥の女房たちに命じる。

こんなことを口では言っているけれど、おそらくその内心には紫上のことが片時も離れぬと見えて、ただぼんやりと空を眺めている様子からは、「大空は恋しき人のかたみかはもの思ふごとにながめらるらむ（大空は、恋しい人の形見だとでもいうのだろうか……物を思うたびについつい空を眺（なが）めて、詠嘆（なが）めてしまうから）」の古歌も思い寄せられる。

夕霧にも、父のその苦悩が偲ばれて限りなく胸の痛む思いがする。

〈こんなにいつも苦悩を紛らわせることがないのでは、勤行に際しても心を澄まされることは難しいかもしれぬ〉と、夕霧はそんなふうに父の姿を見ている。

〈いや、私だって、あのちらりと見ただけの面影すら、忘れ難いものを、まして、長年夫婦として過ごしてきた父君にとっては、それも道理に違いない〉とも夕霧は思っている。

「あれから、昨日今日と思っているうちに、一周忌もだんだんと近くなってまいりました。それについては、どのようになさろうとお考えですか」

こんなことを夕霧は尋ねた。

「さよう、特に変わったことなどはせぬ。世間のしきたりと同じようにと思っているよ。

それについては、紫上《あれ》が作っておかせた極楽の曼荼羅《まんだら》などを、ちょうどいいから、この際、仏に供養したらよかろうな。その他に経などもたくさん書写させてあるが、なにがしの僧都《そうず》がその写経の志を詳しく聞いておいたということゆえ、その他に特に加えてするべきことなども、その僧都の差配に従ったらよかろう」

それが源氏の答えであった。

「曼荼羅や写経などを、生前とくに志をもって用意しておいでであったのは、来世のためには頼もしいことではございますが、半面、この世はほんのかりそめのご縁であったのだなと拝見いたします。それにつけても、形見という形でこの世にお留《とど》めになるべきお子たちがおいでではないのは、まことに残念至極でございます」

「いや、それはなにも紫上《あれ》に限ったことではない。あのように世を早うせずに今も元気な女君たちとの間にも子を儲《もう》けるということが、そもそも少なかったのだ。それは私のおおいなる期待外れであったけれど、そこへいくとそなたは、立派な子をたくさんに儲けた。どうか今後も家門の弥栄《いやさか》を頼みますぞ」

など、源氏は述懐する。

何ごとにつけても、ついつい紫上を思って涙を堪《こら》え切れぬ心の弱さを恥じて、源氏は、あまり昔のことは話さずにいる。

その刹那《せつな》、待たれていたほととぎすが、どこかでかすかに鳴いた。

源氏は〈「いにしへのこと語らへば郭公《ほととぎす》いかに知りてか古声《ふるごゑ》のする（昔のことを語り合うと、ほととぎすが聞き付けて鳴くと言い伝えるが、あの今鳴いたほととぎすは、いったいどうやってそのことを知って、いにしえぶりの声で鳴いたことやら）」と古歌に歌ってあるほどに、あの今鳴いたほととぎすは、私が日ごろなにも言わぬというのに、どこで昔のことを聞き付けて鳴いているのであろう〉と思うと、それもまた紫上追慕の心を刺激して、胸の思いはただごとでない。

なき人をしのぶる宵《よひ》の村雨《むらさめ》に
濡れてや来つる山ほととぎす

亡き人を偲んでいる宵の驟雨《しゆうう》に、そしてその雨脚《あまあし》のように繁きわが涙に、濡れてやって来たのであろうか、あの山ほととぎすは

とこんな歌を源氏は詠んで、あとはまたぼんやりと、ただただ空を眺めている。

夕霧の大将の唱和。

ほととぎす君につてなむふるさとの

花橘は今ぞさかりと

ほととぎすよ、どうかあの世のあの人に言伝《ことづ》てほしい。昔の住まいの花橘は今ちょうど盛りだぞと

このほか、女房衆なども口々に歌を詠んだけれど、それらは煩雑につき、ここでは割愛する。

大将の君は、そのまま宿直役《とのいやく》として源氏の側に寝《やす》んだ。

紫上が亡くなって以来、寂しい独り寝があまりに辛いときは、時々夕霧がこんなふうに側に付き添うことがある。思えば、紫上生前のころは、源氏の差配によって夕霧は紫上の御座《おまし》からは常に遠ざけられていたために、このあたりはずいぶん近寄りがたい気がしていたのであったが、今いる宿直所《とのいどころ》とはそれほど離れてもいないので、こうしてここに臥しているると、自然と心に思い出されてくる事どももたくさんある。

六月の物思い

六月《みなづき》の、たいそう暑い頃に、池に面した涼しいところで源氏はまた考え事をしている。池の面《おも》に、蓮《はちす》の花が盛りに咲いているのを見れば、「悲しさぞまさりにまさる人の身にいかに多かる涙なるらむ（悲しいことばかり次から次へと増えてくるこの人の身に、それでも涙は尽きせず湧き出るのだから、いったいどれほど多くの涙がこの体に蓄えられているのであろう）」という古歌が思いやられるほど、涙ばかり流れ、ひたすらぼんやりとしてしまって、何をするでもなく無気力に座っていると、いつのまにか日が暮れた。

蜩《ひぐらし》の声はあざやかに聞こえ、御前《おまえ》の撫子《なでしこ》に、わずかに暮れ残った夕陽の光が宿って、それを源氏はただ独り眺めている。それは「我のみやあはれと思はむきりぎりす鳴く夕かげのやまと撫子（私独りだけがしみじみとした思いで愛でているのであろうか、このコオロギの鳴く夕べの光のなかにほんのりと咲く大和撫子を）」と嘆じた古歌の心にも似て、なにもかも甲斐のないことであった。

つれづれとわが泣きくらす夏の日を
かごとがましき虫の声かな

こうして為すところもなく私が泣いて暮らす夏の日を、あの高々と鳴いている蜩の声は、
まるで「おまえが泣くから俺も鳴くのだぞ」と言わぬばかりだ

すっかり暗くなると、池の水面《みなも》には蛍が多く飛び交《か》って、ふとまた『長恨歌《ちょうごんか》』の一節が口を衝《つ》いて出てくる。

夕殿《せきでん》に蛍《ほたる》飛《と》んで思ひ悄然《せうぜん》たり
秋《あき》の燈《ともしび》挑《かか》げ尽《つく》して未《いま》だ眠《ねむ》ること能《あた》はず

夕方の御殿に蛍が飛ぶのを見れば、思いはどこまでも寂しくてならぬ。
秋の夜長、灯火《ともしび》を掻《か》き立て掻き立てして、すっかり燃やし尽くしてしまっても、
まだ眠ることができない

と、いつもながら、こんな妹背の悲しい別れのことばかりが、自然と口に上《のぼ》されるのであった。

そしてまた、蛍を見てはこんな歌も詠んだ。

夜を知る蛍を見てもかなしきは
時ぞともなき思ひなりけり

ああ、夜になったことを知って光り始める蛍を見ても悲しいことは、蛍の火は夜だけ燃えるのだけれど、私の恋しい「思ひ」という火は、四六時中絶えず燃えていることだな

七夕の夜の寂寥《せきりよう》

七月七日《ふみづきなのか》も、今年は例年と相違するところが多く、七夕《たなばた》の宴《えん》を設けて管弦の遊びをすることもなく、ただひたすら為すところもなくぼんやりと過ごしているばかり、いっしょに牽牛《けんぎゅう》織女《しょくじょ》の逢瀬《おうせ》を眺める女房すらいない。

まだ夜深い頃に、独り起き出して、開き戸を押し開《あ》けると、前の植込みに露がいっぱいに置いているのが、渡殿《わたどの》の戸口からずっと向こうのほうまで見渡される。

源氏は、そのまま簀子に出て、

たなばたの逢ふ瀬は雲のよそに見て
別れのにはに露ぞおきそふ

七夕の牽牛織女がこの夜逢瀬を遂げるということなど、もう雲のかなたのこと、私には無関係に見ているけれど、かの二つの星が別れていく時分になって、この庭に涙の露が置き添えているのを見れば、やはりあの人との別れの悲しみに涙がこぼれる

八月、巡り来る紫上の命日

八月《はづき》、「秋はなほ夕まぐれこそただならね荻《をぎ》の上風《うはかぜ》萩《はぎ》の下露《したつゆ》（秋はおしなべて哀れ深いけれど、そのなかでもなお、夕まぐれが一段と身に沁《し》みる。荻の上を吹きゆく風の音、そして萩の下葉に置く露のこぼれるさまなど……）」と古歌に詠《なが》められている頃になった。

一周忌の法要の準備などで、月始めのころは、いくらか寂しさも紛れているようにみえる。「身を憂《う》しと思ふに消えぬものなればかくても経《へ》ぬる世にこそありけれ（どんなにこの現身《うつしみ》が辛《つら》いと思ったとて、それゆえに消えてしまうこともないものゆえ、とてもかくても今日まで過ぎてきた世であったなあ）」と古歌にあるような感慨とともに、源氏は、ただぼんやりと明

かし暮らしている。

紫上の命日には、身分の上下にかかわらず、みな挙《こぞ》って斎戒《さいかい》して、あの紫上が作らせたという極楽の曼荼羅など、今日のこの日、仏に供養させる。

常々欠かさぬ宵の勤行には、あの中将の君が、身を清め口を漱《すす》ぐための手洗いの具《ぐ》一式を運んでくる。その中将の君の扇に、

君恋ふる涙は際《きは》もなきものを
今日をば何《なに》の果てといふらむ

亡き上様をお慕いして流す涙は果てしもないのに、今日をさていったい、何の一周忌（はて）というのでしょうか

と書きつけてあるのを、源氏は取り上げて見ては、

人恋ふるわが身も末になりゆけど
残り多かる涙なりけり

そなたと同じように、あの人を恋うるわが身も命の末になってきたけれど、

それでも、涙ばかりはまだ残り多くて、いくらでも流れるのだね
と、源氏はそんな歌を書き添える。

九月、重陽の節に

九月《ながづき》。その九日は重陽《ちょうよう》の節日《せちび》。花に置いた露を採るために真綿をかぶせた菊を見て、源氏は、「もろともにおきゐし秋の露ばかりかかからむものと思ひかけきや（いつもいっしょに起きて楽しく暮らしていた頃、秋の露（つゆ）がかかる時分に、まさかかかる死別の悲しみに遭うなんてつゆ思いもかけなかったものだが……）」という古歌を思い出して、ふとこんな歌を詠む。

もろともにおきゐし菊の朝露《あさつゆ》も
ひとり袂《たもと》にかかる秋かな

二人いっしょに起き出して愛でた菊に置きいた朝露も、
今は独り寂しく袖にかかって、涙とともに濡らす秋だな

十月、雁が渡って来る

十月《かんなづき》は、毎年時雨《まいとししぐれ》がちな季節だが、やはり時雨が降ってきた日に、源氏はなおいっそう寂しい思いに駆られて、夕暮れの空の気配にも、筆舌に尽くしがたい心細さが感じられる。

「神無月《かんなづき》いつも時雨は降りしかどかく袖ひたす折はなかりき（神無月は、いつだって時雨が降るけれど、それでもこんなに袖がびっしょりと濡れる折はなかった。今は雨ばかりか涙も添えて袖が濡れまさる）」

という誰か昔の人の歌を、独り口ずさんでいる。

空には、雲の上を渡ってくる雁《かり》が翼を並べて飛ぶのが見える。

〈ああして雁だって独りぼっちではないに……あの鳥は、高く高く昇っていって、あの常世《とこよ》までも行き通うのであろう……そしたら紫上《あのひと》に会えるのかもしれぬ〉と、源氏は、空を行く雁を羨ましく思って、いつまでも見守っている。

こんなときには、またいつものように、『長恨歌』が思い出される。玄宗《げんそう》皇帝は、楊貴《ようき》妃《ひ》の魂を求めて幻術士《まぼろし》を天上へ遣わしたとある。ああ、そういう人がいないものかと、源氏は切実に思うのであった。

大空をかよふ幻《まぼろし》夢にだに
見えこぬ魂《たま》の行方《ゆくへ》たづねよ

大空を行き通うことのできる幻術士《まぼろし》が、もしもここにいたなら……私の夢にすら
見えて来ない、恋しい懐かしい人の魂が、どこへ行ったのかその行方を尋ねてまいれ

こんなふうに、何ごとにつけても、いっこうに悲しみは紛れぬまま、月日の経つほどに追慕《ついぼ》の情《じょう》は深くなっていく。

十一月、五節の舞姫につけても

十一月《しもつき》。世の中が、新嘗会《しんじようえ》翌日の豊明節会《とよのあかりのせちえ》に出仕する五節《ごせち》の舞姫を選びまいらせるなどという取り沙汰で、なんとなく華やいでいる頃、夕霧の大将の子息たちが、童殿上《わらわてんじょう》をしたというので、六条院へ挨拶をしに来た。同じような年格好の若君二人、いずれも雲居の

雁腹の美しい少年であった。雲居の雁の弟、即ち、若君たちにとっての叔父に当たる頭中将、蔵人の少将などは、新嘗会の祭祀《さいし》に奉仕する神官の役を仰せつかって、小忌衣《おみごろも》とて白《しろ》布《ぬの》に春の草鳥などを青く摺《す》り染めた装束《しょうぞく》を着け、汚れなくいかにも感じのよい風采だが、連れ立って少年たちの後見役《こうけんやく》に出仕していたので、みないっしょに六条院へもやってきたのである。

この者たちの、なんの屈託もない振舞いを見ていると、その昔、筑紫の五節の舞姫であった女から、「かけて言へば今日のこととぞ思ほゆる日蔭《ひかげ》の霜の袖にとけしも（五節の舞に引きかけて申しますなら、ああ、あれはまったく昨日今日のことという気がいたしますこと。あの日、日蔭蔓《かずら》を挿頭《かざし》にかけて舞を舞いましたわたくしが、日光《ひかげ》の君の御光《みひかり》のお蔭で、日蔭の霜が袖に融けるように、温かなお情を賜りましたことを思い出します）」という歌など贈られたりしてなにかといきさつのあった折のことなど、さすがに思い出しもするのであろう、源氏はこんな歌を詠んだ。

宮人《みやびと》は豊明《とよのあかり》にいそぐ今日《けふ》
日かげもしらで暮らしつるかな

宮人たちが、豊明の節会に急いでいく今日も、あの五節の舞姫が挿頭《かざし》につけていた日蔭蔓も知らぬまま……日の照ったも陰ったもしらず、うかうかと暮らしていることよ

歳末、世を捨てる準備、紫上の文も焼いて

年も暮れのひと月となった。

この一年を、このようになんとか我慢してすごしたので、もはや俗世を捨てて出家してもいい時が迫ってきたように、源氏は心用意をしている。すると、それはそれでまた、胸に沁《し》みて悲しいことが尽きない。

しかし、次第次第に、出家のための準備なども心のうちに思い量《はか》って、六条院に仕えている女房たちなどにも、それぞれの身の程に合わせて形見の品などを分与し、なにも大げさに「これが限りだ」などと披露することもしないのだが、側近くに仕えている女房たちは、〈これはいよいよ、ご本意を遂げられるご覚悟らしい……〉と見ている。

そうすると、年の暮れていくのも心細い上に、さらにこの別れの準備とあって、悲しいことは限りもない。

もし、これから俗世を捨てての後に、万一これが人目に触れなどすれば、見苦しいと思われるような女君たちからの恋文などは、予《かね》て破り捨ててもきたのだが、それらがなかに、どうしても破ってしまうのが惜しいと思われるのであろうか、いくらか捨てずに残しておいたものがあった。それを、なにかのついでにふと見つけて、源氏は改めて破り捨てさせる。

すると、あの須磨退隠の折ふし、あちこちの女君から到来した文も数々あるなかに、あの紫上の自筆の文だけは、とくに選びだして纏《まと》めて括《くく》ってあった。そういうふうにしたのは源氏自身であったけれど、〈それもこれも、もう久しい昔のことだな〉と思うにつけても、その墨色が、まるでたった今書いたかのように真新しく見えて、これならば、千年の後《のち》までも形見にしておけそうだけれど、〈……いずれ出家してしまえば、これらのものは決して見もすまい、いや、そうしなくてはならぬ……。ならば、こんなものを残しておいてもなんの甲斐もない〉と、源氏は思う。

そこで、信頼できる女房二、三人に命じて、目の前で破り捨てさせる。

紫上ほど深い縁《えにし》に結ばれた人でなくても、亡くなった人の手跡を見るのは、胸に迫るものがあるけれど、まして紫上の手紙ともなれば、涙また涙で目の前は真っ暗になり、文字もなにも見分けられぬほど滔々《とうとう》と流れ落ちる涙が、水茎《みずぐき》の跡も麗《うるわ》しい筆文字の上を流れ下る。

いかになんでも、こんな有様では、女房たちも〈あまりに心弱い男よ〉と見るであろうと思うと、それもいたたまれぬ思いがして決まりが悪いので、手紙を向こうに押しやって、歌を詠じた。

死出の山越えにし人を慕ふとて
跡を見つつもなほまどふかな

死出の山を、もう越えて行ってしまったあの人を追おうとすれば、その足跡ばかりか、筆の跡を見ても、やはり心惑いばかりしていることよ

側仕えの女房たちも、まさかこれらの文を、まともに広げて読むことはできぬけれど、紫上の筆跡だと薄々見分けることができるゆえ、もろともに心を乱されること、また一通りではない。

とりわけて、須磨退隠の折に紫上から届けられた文は、同じ現世《うつしよ》の、しかもそれほどの

遠方でもない須磨と都に別れている、ただそれだけのことなのに、たいそう悲しいという思いにまかせて書き綴った言葉の数々であったけれど、今はもう幽明境《ゆうめいさかい》を異《こと》にして再び逢えぬのであってみれば、まことに、あの時とは比べ物にならぬくらいの堪《こら》えがたい悲しさに、なんと思いを晴らすすべとてもない。

かくて、ますます今ひときわの心惑いの有様も、あまりの女々《めめ》しさに体裁の悪いことになってしまうのは必定《ひつじょう》ゆえ、源氏は、その大切な文をよく見ることもせず、ただ紫上が心こまやかに書いた文面の脇に、

かきつめて見るもかひなし藻塩草《もしほぐさ》
おなじ雲居《くもゐ》の煙《けぶり》とをなれ

海士《あま》どもが掻き集める藻塩草ではないけれど、
どんなに掻き集めてみたってなんの甲斐もありはしないこれらの文の数々、
どうせなら亡き人と同じ煙となって、あの雲の上まで昇っていくがいい

と、こんな歌を書きつけてから、皆焼き捨てさせた。

御仏名執行《しゆぎよう》の日に

毎年十二月《しわす》の十九日から三日間執行《しゆぎよう》される、宮中清涼殿《きゆうちゆうせいりようでん》での仏名会《ぶつみようえ》も、もはや今年限りであろうと覚悟するからであろうか、例年よりも格別に、錫杖《しやくじよう》の響き、読経《どきよう》の声など、しみじみと心肝《しんかん》に沁《し》みて感じられる。その僧侶たちが、源氏の行く末の命長きことを請い願う願文《がんもん》を朗誦《ろうしよう》するのを聞いても、仏がこんなことをどうお聞きになるだろうと思うと、源氏には、まことに聞くに堪《た》えない思いがする。

雪がみっしりと降って、どこもかしこも雪景色になった。

導師が退出するのを、源氏は御前《おまえ》に呼んで、褒美の盃《さかずき》など、ふつうの作法よりもとりわけ懇篤《こんとく》に差しつかわし、また特別に祝儀の品など与える。

長年六条院に出入りして、朝廷《おおやけ》にも奉仕している関係で、昔から見慣れている導師が、今はもうすっかり白髪《はくはつ》になってしまっているのも、感無量な思いに打たれる。

いつも親しくしている、蛍兵部卿の宮やら、そのほか上達部の人々など、みな挙って法《ほう》会《え》に参列した。

梅の花がわずかに蕾《つぼみ》を膨《ふく》らませはじめて一風情《ひとふぜい》を見せている折も折、ふだんならここで管弦の御遊びなどあってしかるべきところだが、やはり今年のうちは、笛の音にも琴の調べにも、むせび泣く人の心が表われてしまいそうな心地がして、ともあれ今年は、賑やかな音曲《おんぎょく》はとりやめ、今の風情にふさわしくしんみりした朗詠などを吟じさせるという程度に留《とど》める。

あ、そうそう、導師に盃ごとを賜ったついでに、源氏はこんな歌を詠じたのであった。

春までの命も知らず雪のうちに
色づく梅を今日かざしてむ

春までこの命が保てるかどうか分からぬゆえに、まだ師走の雪のうちに、
ほのかに色づいたこの梅の枝を、今日の挿頭《かざし》にすることにしよう

導師の返歌。

千世《ちよ》の春見るべき花と祈りおきて

わが身ぞ雪とともにふりぬる

わが君については、千年もの春の花をこのさきご覧になるようにとお祈りしておきながら、
わが身のほうは、雪のように真っ白な頭となって、雪の降る今日は、
わが身もすっかり古るびてしまいました

列席の人々が、口々に数多くの歌を詠んだことだったが、それらは書き漏らした。

長く御簾の奥に籠っていた源氏は、その日初めて南面《みなみおもて》に出てきた。

その姿といい顔といい、昔の光り輝くような美しさの上に、また一段と風格も備わって、この世ならぬ美しさに見えたので、この白髪の老僧も、なにやらわけもなく涙が流れて止《とど》め得ないのであった。

年の極み大晦日に

大晦日《おおみそか》。

こうして、年が暮れてしまうと思うのも心細いのに、あの紫上の育てていた三の宮が、

「鬼やらいをしようと思うんだけど、大きな音を立てるには、どうしたらいいかなあ」

と、大晦日の追儺《おにやらい》の行事を楽しみにして、そこらを走り回っているのを見ても、源氏は、〈ああ、ああ、このかわいい姿を、もう見られなくなる……〉と思うと、なにもかも堪《た》えがたい思いに打たれる。

もの思《おも》ふと過《す》ぐる月日《つきひ》も知らぬまに
年もわが世もけふや尽きぬる

かなしみにくれて物思いばかりしているうちに、うかうかと月日の過ぎてしまったことも気付かなかった。こうして今年も、また私の俗世における生涯も、今日で尽きてしまうのだな

年が明けたら間もなく出家しようと思うゆえ、俗世における最後となる正月年頭の行事のあれこれを、例年よりも格別のやりかたで祝いたいと、源氏は指図しておく。親王《みこ》たち、また大臣たちへの引き出物、それ以下の人々へのそれぞれの身分にふさわしい禄《ろく》の品々、いずれも類例なく立派に用意しておいたということであった。

雲隠
くもがくれ

【第七巻】　訳者のひとこと

垣間見《かいまみ》る視線

林　望

第一巻空蟬《うつせみ》。かの空蟬のいる紀伊《き》の守《かみ》の邸へ、小君《こぎみ》の手引で忍んでいった源氏が、折しも碁に打ち興じていた空蟬と軒端の荻を垣間見する場面にこうある。

「この入りつる格子《かうし》はまだ鎖《さ》さねば、隙見《ひま》ゆるに、寄りて西ざまに見通したまへば、この際《きは》に立てたる屛風、端《はし》の方《かた》おし畳《たた》まれたるに、紛るべき几帳《きちやう》なども、暑ければにや、うち掛けて、いとよく見入れらる」

まさに源氏がそーっと母屋《もや》内部を覗き見るというところだが、この少し前、邸に到着してから、小君は、まず源氏を「東《ひむがし》の妻戸《つまど》に、立てたてまつりて、我は南の隅の間《ま》より、格《かう》子《し》叩きののしりて入」っていったと書かれている。これは東側の開き戸のところ、すなわち簀子《すのこ》の東面《ひがしおもて》に源氏を待たせておいて、小君は、陽動作戦よろしく、わざわざ南の簀子へ廻り、そこで南東の隅の格子戸をガタガタと大げさに叩いたということだ。

このあと、「戸をお閉めなさい。外から丸見えですよ」と注意する女房の声やら、「この暑いのに、どうして格子戸なんか閉め切ってるの」と言い返す小君の声やらが聞こえてくる。すなわち、視点人物源氏の耳にそれらの声が聞こえてきて、しかし、視覚的には、まだそこで何が起こっているのかは見えていないという設定なのだ。

源氏物語は、このようにその都度視点となる人物がいて、その人の耳目によって場面を見聞きしつつ進行していき、それを全体として見通している「語り手」が想定されているという形式をとるのだが、これからしばらくは、源氏の身になってその場面をながめていこう。

源氏は、ぜひ覗き見をしたくなって、そろりと南側に廻り、その小君の入っていった格子戸のあるところの「簾《すだれ》のはさまに入りたまひぬ」とある。

すなわち、格下の人の邸だから御簾《みす》と言わずに簾《すだれ》とだけ書いたのだと考えられるが、それも源氏の心持ちを表わしているのであろう。

そして、その後にくるのが、冒頭に掲げた一文である。

ここのところ、私はこう訳した。

「すると、内側の格子戸はまだ閉めていないので、隙間《すきま》から内部が見える。そっと近寄って、西の方を見通すと、間《あいだ》に立ててある目隠しの屏風《びょうぶ》も端のあたりを畳んであって、邪魔な几帳《きちょう》なども、暑いせいだろうか、垂れ絹が風通しのために横木にうち掛けてある。源氏の目には、室内の様子が丸見えであった」

原文に忠実に直訳すれば、ここのところは「小君が入っていった格子戸は……」としなくてはいけないところなのだが、私は敢てそうしなかった。

ここで問題なのは、その格子戸が、外と内とどちらに向かって開くか、ということである。

格子戸（蔀戸《しとみど》）というと、目に親しいのは、いわゆる半蔀《はじとみ》という形で、上下二分割して上半分を外側に向かって突き上げ、軒下に設けた金具で止めるのだが、これは各所に見かける。

しかし、ここはおそらく内側に開く一枚戸の蔀であろうとする新潮日本古典集成の注釈に、私も従いたい。

もともと蔀戸というものは、必ずしも外に開くものではなくて、古くは内に向かって開くほうが当たり前であったらしい。その実例は、三井寺《みいでら》、書写山円教寺《えんぎょうじ》、また吉野の水分《みくまり》神社などに見ることができる。

ところで、このところは、まず源氏が、簀子を伝って南側に廻りこみ、そこで、簾《すだれ》の隙間から体を滑り込ませ、格子戸の下を通過して後、内部を見通すという視線の動きになっていることに注意したい。もし格子戸が、外開きの形だったとしたら、こういう書き方はしなかっただろう。ここは忠実に源氏の「目」で順序を追って書いてあるのだ。源氏は、本来の出入り口である東の妻戸から入ったのではなくて、小君が自ら入って、わざと蔀戸を開けたままにしておいた、その南面《みなみおもて》の口から入った。そして、簾を潜《くぐ》り、その内側の蔀の下を忍び入り、廂《ひさし》の暗がりから、母屋内部の二人の女を灯火《ともしび》の光の中に覗き見ている、とそう考えて、こう訳した。

この二人の位置関係については、昔からさまざま喧《やかま》しい議論があることは承知ながら、私には、そんなに難しい表現とも思われない。二人の女は、母屋南面の、中央の柱のそばに向かい合って対局していて、そのすぐ脇に灯明《とうみょう》が置いてあるので、向こう側にいて東を向いている軒端の荻は顔も肢体もすっかり丸見えだが、向こうを向いてひたと顔を隠している空蟬はなかなか見えない。と、それだけのことのように思える。しかし、垣間見の視線は、決して固定された単焦点レンズのようなものではなく、必要に応じて、映画のカメラがズームアップしていくように近づいて子細に観察もすれば、どうかすれば、いくらか移動しながら、見えにくい空蟬の横顔くらいまではキャッチしてみせるのだ。

そういう遠近《おちこち》動き回る視線というものを、不自然に感じさせないように、寝殿の構造を巧みに利用しつつ、窃視《せつし》の目が自由に見通せるように、調度の開閉や位置関係、その隙間などをちゃんと描き込んでいるのである。

こうした垣間見の描写の巧みさは、物語の随所に見られるのだが、この第七巻では、とくに、「御法」の帖で、紫上が死去して、その亡骸を、今生《こんじよう》の別れと思って覗き込む夕霧の視線に注目してほしい。かの野分の巻で、大嵐の翌朝に奇跡的に垣間見できた紫上の姿と、この死体となった姿を引き比べながら、物語作者は、思い切った描写を見せる。そのあたり、たしかにこの巻の読み所であるに違いない。

本書の主な登場人物関係図（柏木〜幻）

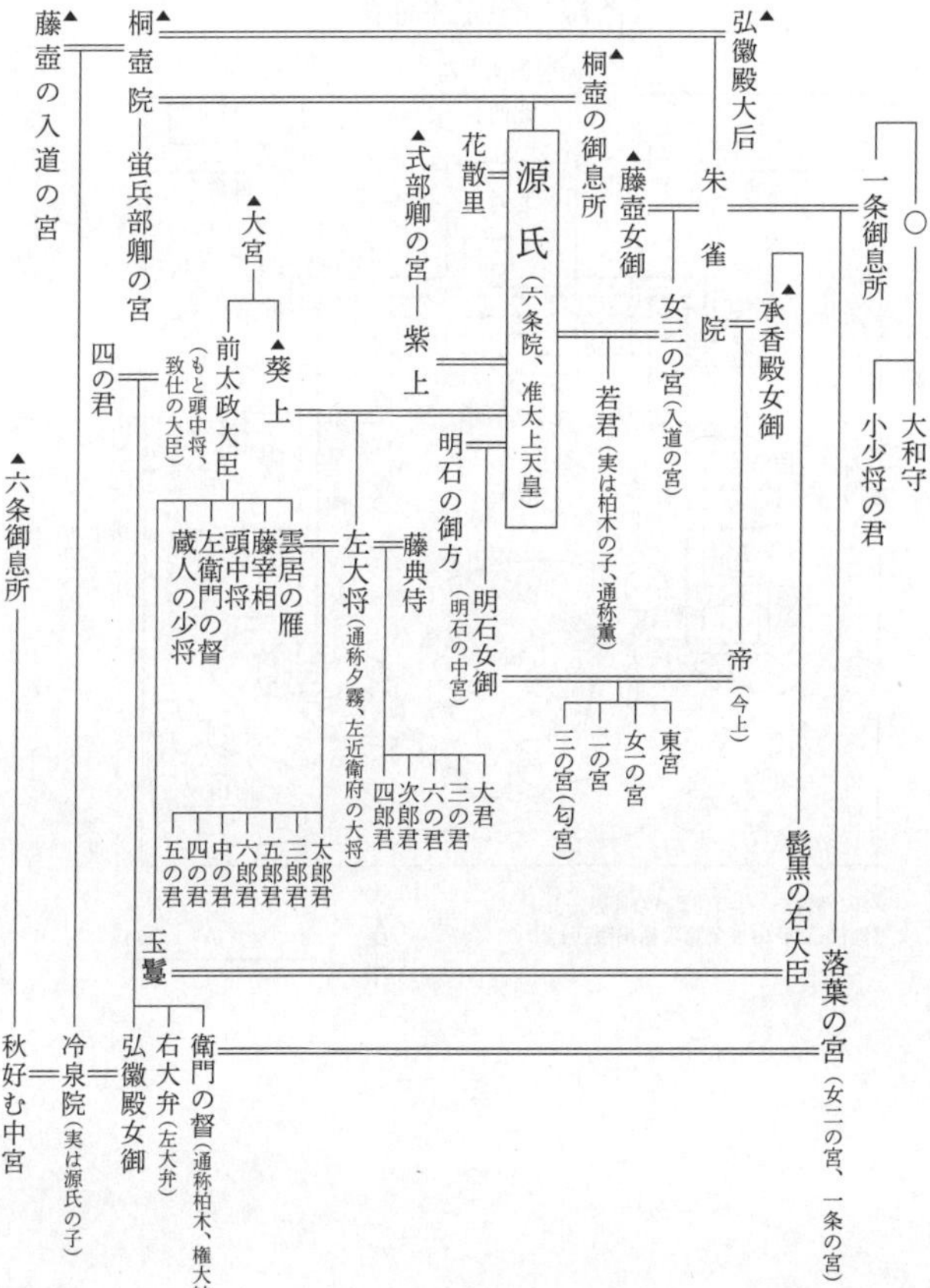

※▲は故人

二条院の想定平面図

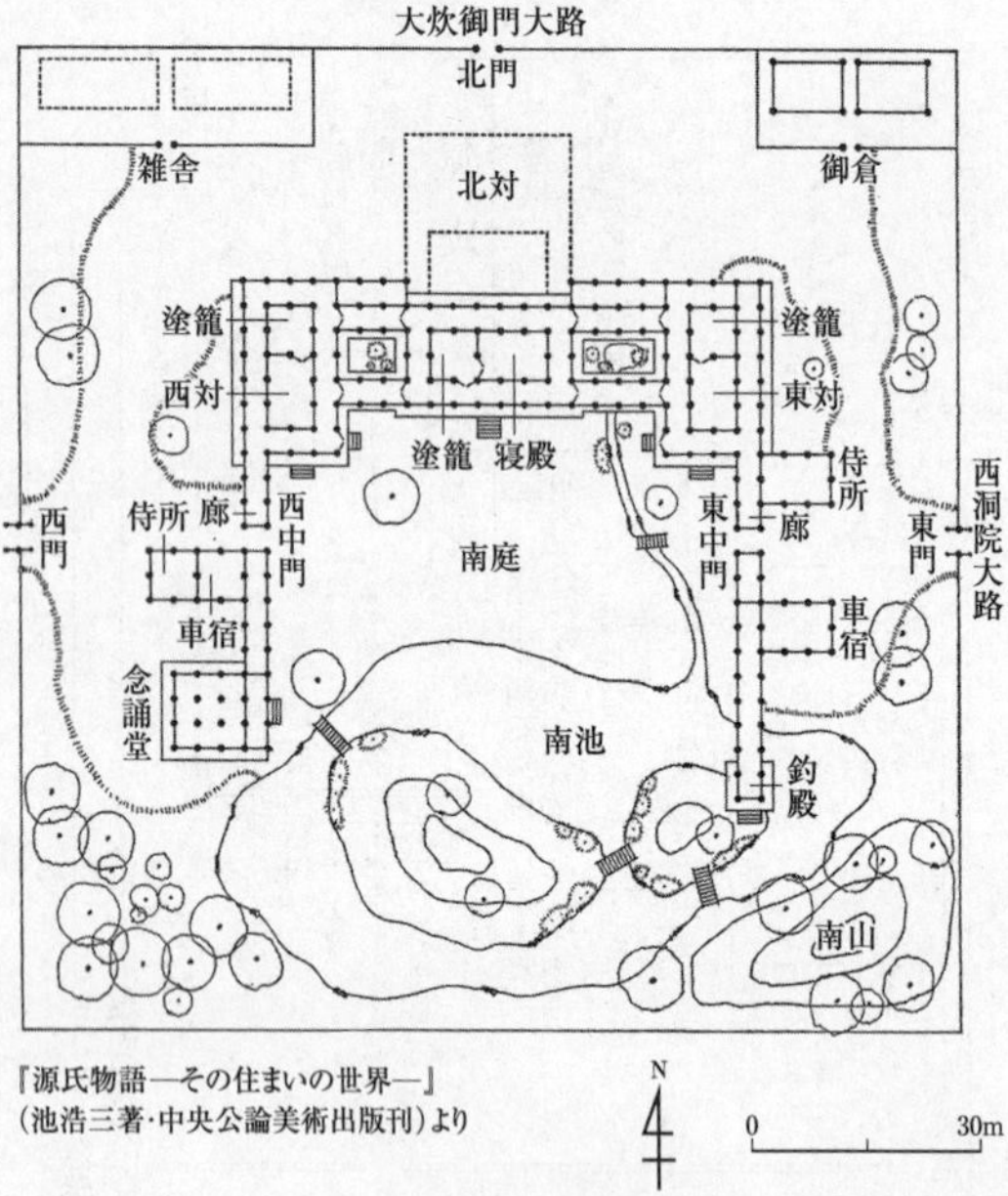

『源氏物語—その住まいの世界—』
（池浩三著・中央公論美術出版刊）より

六条院全体配置図

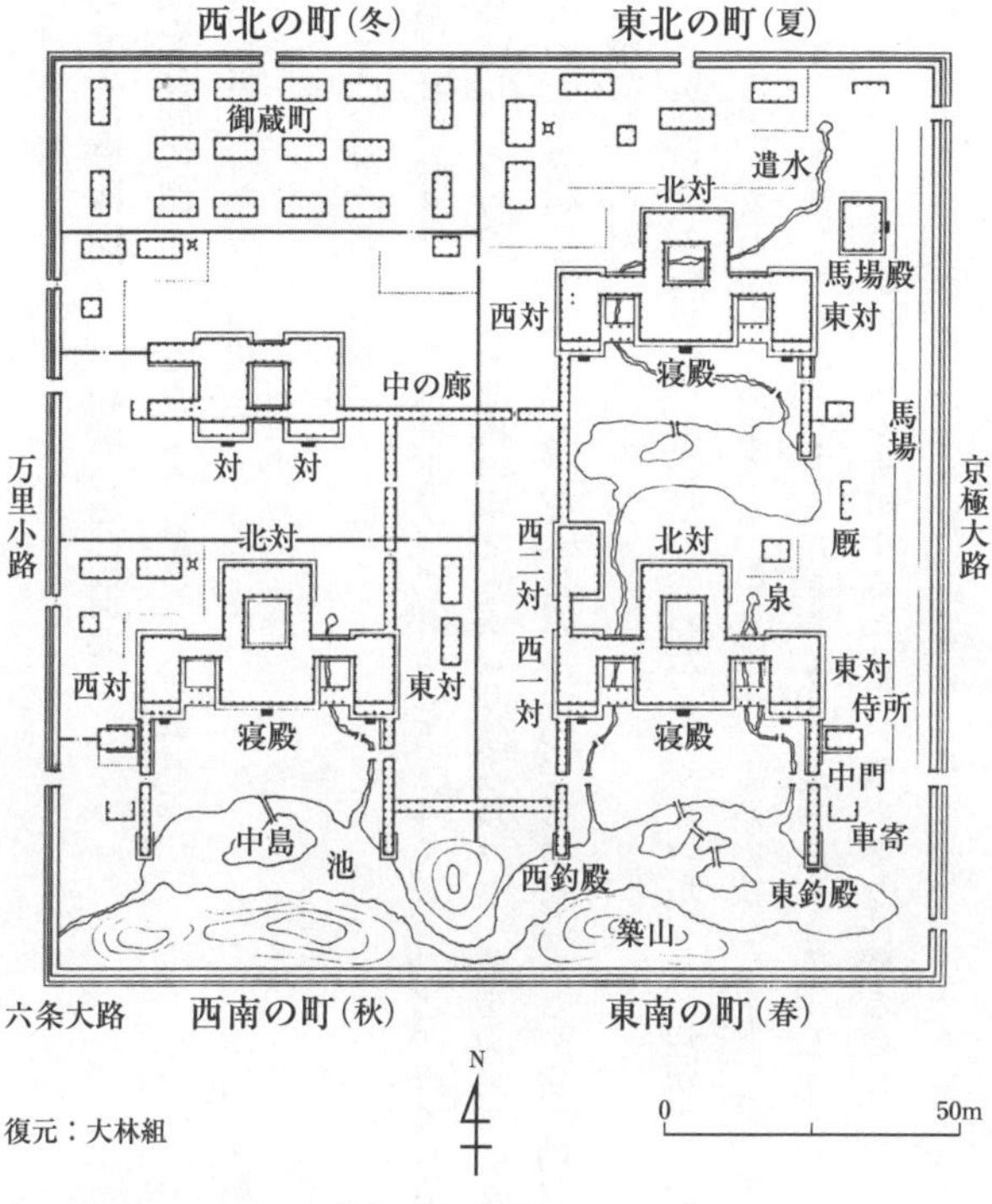

復元：大林組

解説

こまやかな場面描写と、和歌の深い情感。語間や行間に濃く淡くただよう〈艶《えん》〉と〈哀れ〉。本質を訳し得た現代語訳

小島《こじま》ゆかり（歌人）

『源氏物語』は、歌物語である。

ところが、壮大なスケールの人間ドラマのおもしろさゆえに、読者の多くはさりげなく歌を読み飛ばし、ついでにその前後の本文もかなり読み飛ばして先を急いでしまう。これは本当にもったいないことだと思う。そうは言いつつ、じつはわたしも学生時代はじゃんじゃん読み飛ばしていた。

それはなぜか。和歌の解釈がややこしくてめんどうくさいからだ。注釈書の訳を見たところで、わかるようなわからないような。引き歌や、細かい技法（掛詞《かけことば》や縁語《えんご》など）に気をとられるとなおさら難しくなり、ひとまたぎして先へ進みたくなる。しかし、考えてみるとおかしなことである。歌の内容を理解するための、訳であり注釈なのに。

和歌は五句三十一音（五七五七七）の短い詩形ゆえに、表現の工夫が必要であるとも言

えるが、もっとも大事なのは、その表現にこめられた心である。和歌を解釈するとき、一語一語の意味を正確に訳し連ねてゆくと、しばしばその心とはちぐはぐな内容になる。一語一語の意味は、歌の一部分にしか過ぎないからだ。

言葉の意味、言葉のつながりかたや間合《まあ》い、表現のニュアンスや韻律、そして、言葉にはしていないけれど作者がそこにこめたであろう気配や情感。これらをひとつのものとして読みとることが、和歌の鑑賞である。

たとえば、『源氏物語』のなかで最初に登場する歌、光源氏の母・桐壺更衣の一首(「桐壺」の巻)を見てみよう。

限りとて別るる道の悲しきにいかまほしきは命なりけり　　更衣

容体が悪化して宮中を退出する際に、最後の力をふりしぼって詠んだ歌。退出後ほどなくこの世を去る更衣の、いまわの歌である。

「いまを限りにお別れします悲しさ。お別れせずに生きながらえとうございます」。言葉に忠実に訳せばこんな内容である。「限り」は、この歌に先立つ帝の言葉「限りあらむ道にも、おくれ先だたじと契らせ給ひけるを」の「限りあらむ道」（死出の旅路）を受けた言葉であり、「限りある命」また「いまを限りに」でもあり、さらに、死を禁忌とする宮中の掟《おきて》（宮中で死を迎えてはならない）の意も含まれる。そして「いかまほしき」は、「行きたい」と「生きたい」の掛詞。注釈書では、同じ趣向の掛詞を用いた道命《どうみよう》法師の歌（『新古今和歌集』）が引き歌としてあげられている。

ああ、やはりめんどうくさい。それより、もっとこの歌の心を読みたい。この歌にこめられた呪力にも似た本当の力を感じたい。

さあ、『謹訳 源氏物語』を開いてみよう。林先生は、こんなふうに訳している。「しょせん限りのある命ゆえ、こうして別れていく道の悲しいにつけても、いきたいのは死出の旅路ではなくて、この命をこそいきたいのでございますものを」。さらに続く文章のなかで記す。「〈ままよ、宮中は死を忌むとは承知ながら、もうこのままここで看取《みと》ってやろう〉とまで帝は思われた」

わたしがくだくだ説明したさまざまな意味を、いかにも無理なく伝え、しかも、いまわの更衣の肉声が聞こえてくるような息づかい。続いてさりげなく歌を補足しつつ、なんと心憎い自然体の語りだろうか。

「しょせん限りのある命ゆえ、こうして別れていく道の悲しいにつけても」という、これまでの更衣のイメージどおりのはかない物言いから、「いきたいのは死出の旅路ではなくて、この命をこそいきたいのでございますものを」という強い意思表示と情念のたゆたい。一首の要にある「悲しきに」の「に」は、順接の助詞でありながら、ここでしばしリズムがたゆたうことによって、ともすれば逆接のように、まるでたましいの声を導くように暗くゆらめく。そして、この不穏な「に」を受けた詠嘆「命なりけり」を、「ございますものを」という言いさしの表現で訳すことにより、言い果《おお》せずに留《とど》まった悲しみと無念の余情が、いつまでもこの世に漂うのである。

桐壺更衣は、物語のはじめに登場し、あっけなくこの世を去る。しかし、その後に登場する物語の中心をなす女たち、藤壺も紫上も、いわば更衣の身代わりとして桐壺帝や源氏に愛されるのだ。すると、この物語を動かしてゆくのは、亡くなった更衣の面影。更衣は死後もずっと、物語の陰に生き続けるのである。なによりも彼女は、死とひきかえに主人公・光源氏をこの世に置いていった。光源氏の物語は、この歌から始まるのである。だからこそ、読み飛ばしてはいけない。

ドラマのダイナミズムと同時に、歌の呼吸にひそむものを、語りの行間にたゆたうものを、それと感じさせないほどの自然さで、ひだ深く読みとる。『謹訳 源氏物語』が他の訳書と圧倒的に異なるのはここにある。

ところで、『源氏物語』は歌物語であるとはじめに書いたけれど、それには二つの要素が考えられる。登場人物たちの人物像や、愛の場面を想像するうえで、歌が重要な役割を果たしていることは言うまでもないが、もうひとつ、散文部分にも和歌の伝統をふまえた高い文学意識が見えることである。つまり、季節の情感を主とする自然描写と、幾重《いくえ》にも屈折する心理描写とが、重なり合い溶け合うように進行する文脈。和歌の上句と下句のあり様《よう》にも似た、美意識・文学意識に貫かれていることである。

それをもっとも強く感じさせるのは、『源氏物語』屈指の名文と言われる、野宮《ののみや》の場面（「賢木」）と思う。伊勢下向を目前に控え、嵯峨野の野宮で潔斎の日々を過ごす六条御息所のもとを訪ねる源氏。禍々《まがまが》しくも悲しい二人の恋を終わりにする、別れの名場面である。

林先生の訳文を、引用してみる。

「遥かに遠い野辺《のべ》を分け入っていくにつれて、源氏は、万感胸に迫る思いがした。秋の花はもうすっかり衰え、茅萱《ちがや》の原には、枯れ枯れとした草葉の陰に、残《のこ》んの虫が声も嗄れ嗄れに鳴き、そこへ松風《まつかぜ》がぞっとするような音を立てて吹いてくる。

その風音に紛《まぎ》れるようにして、かすかに、絶《た》え絶《だ》えに、楽《がく》の音《ね》が聞こえてくる……たいそう雅《みや》びやかな趣《おもむき》があった」

「月も山の端《は》に沈み果てたのであろうか、いつしか廂の間に忍び入った源氏が、しんみりとした空を眺《なが》めながら、思いの丈《たけ》、別れの辛《つら》さなどをかきくどくのを聞けば、女心のうちにぎっしりとつまっていた恨めしさも消えたことであろう。

いや、せっかくこうして、源氏との縁《えん》も今を限りと思い切ったというのに、やはり逢えばこんなことだったたと、生半可に心が動いてしまったのを、御息所は思い悩むのであった」

「風がひやりと吹き渡り、松虫（今の鈴虫）の声もかすれがちに、まるでこの場の悲しさを知っているかのようであった。かかる虫の声は、さしたる物思いをせぬ者にすら、聞き過ごすことのできぬほどの哀れさであったから、ましてや別離の情迫《じよう》って苦悩する二人にとっては、なまじっか歌など詠んでも、さまで良い歌はできなかったのでもあろうか」

とびとびの引用にもかかわらず、胸がしめつけられるほどに哀切な気分になる。とりわけ最初の引用部分で、虫の音や風音や楽の音なかにふと差し挟まれる「……」（原文は「ものの音《ね》どもたえだえきこえたる、いとえんなり」）。訳文でありながら、言葉なき心情表現の粋《すい》を見る思いがする。

原文に忠実であろうとすれば、現代文としての文脈に不自然なひずみが生まれ、また、現代文としての生き生きとした流れに重きをおけば、原文のそこはかとない〈艶《えん》〉が失われる。『源氏物語』の現代語訳ほど難しいものはないと思われるのに、林先生のこの文章はどうだろう。これほど原文に寄り添いつつ、しかも現代文としてのしなやかな緩急のリズムをもつ。そしてなにより、〈艶〉なこと。

散文による語りの、こまやかな場面描写と、登場人物たちの心の奥底の声を代弁する、和歌の深い情感。そのいずれにも、語間や行間に濃く淡くただよう〈艶〉があり〈哀れ〉がある。これこそが王朝文学である『源氏物語』の本質だと、わたしは思う。『謹訳 源氏物語』ほどに、この本質を訳し得た現代語訳をほかに知らない。

さて、文庫版・第七巻の本書には、単行本・第七巻と同様、「柏木」の巻から「幻」の巻までが収められている。すばらしき主人公・光源氏がいよいよ物語の表舞台から姿を消す。

「幻」の巻は、紫上の死の翌年一年間の源氏の姿を描く。新春から歳晩まで、紫上追慕の悲しみのなかで、身辺を整理し心を鎮め、出家への覚悟を定める一年である。物語の舞台に源氏が登場する最後となるこの巻は、季節の情感とともに、源氏の心境が歌をもってつづられてゆく。歌物語の面目躍如とした巻と言えるだろう。

六条院・春の町の女主人であった紫上。その遺愛の紅梅が咲き、桜が咲き、夏四月の更衣《ころもがえ》。葵祭、五月雨、時鳥《ほととぎす》の忍び音《ね》をなつかしみながら、やがて蜩《ひぐらし》、蛍。秋七夕の夜。そして八月、紫上一周忌の曼荼羅供養。九月重陽《ちょうよう》の日の菊。そうして歳晩、ようやく出家の思いが定まる。大晦日の追儺《おにやらい》にはしゃぐ匂宮の愛らしい姿を目にとどめて、最後の一首を詠む。

もうやめておこう。長すぎるおしゃべりは無粋だから、林先生の本には似合わない。本書の見事な訳を、多くの読者に味わっていただければよい。

単行本　平成二十三年十二月　祥伝社刊『謹訳　源氏物語　七』に、
増補修訂をほどこし、書名に副題（改訂新修）をつけた。
なお、本書は、新潮日本古典集成『源氏物語』（新潮社）を
一応の底本としたが、諸本校合の上、適宜取捨校訂して解釈した。
「訳者のひとこと」初出　単行本付月報

祥伝社文庫

謹訳《きんやく》 源氏物語《げんじものがたり》 七《なな》
改訂新修

平成30年 8 月20日 初版第 1 刷発行
令和 6 年 5 月15日 第 2 刷発行

著 者 林 望《はやしのぞむ》
発行者 辻 浩明
発行所 祥伝社《しょうでんしゃ》
東京都千代田区神田神保町 3-3 〒101-8701
電話 03 (3265) 2081 (販売部)
電話 03 (3265) 2080 (編集部)
電話 03 (3265) 3622 (業務部)
www.shodensha.co.jp

印刷所 図書印刷
製本所 ナショナル製本

Printed in Japan ©2018, Nozomu Hayashi ISBN978-4-396-31739-3 C0193

林望『謹訳 源氏物語 改訂新修』全十巻

【一巻】桐壺／帚木／空蟬／夕顔／若紫
【二巻】末摘花／紅葉賀／花宴／葵／賢木／花散里
【三巻】須磨／明石／澪標／蓬生／関屋／絵合／松風
【四巻】薄雲／朝顔／少女／玉鬘／初音／胡蝶
【五巻】蛍／常夏／篝火／野分／行幸／藤袴／真木柱／梅枝／藤裏葉
【六巻】若菜上／若菜下
【七巻】柏木／横笛／鈴虫／夕霧／御法／幻／雲隠
【八巻】匂兵部卿／紅梅／竹河／橋姫／椎本／総角
【九巻】早蕨／宿木／東屋
【十巻】浮舟／蜻蛉／手習／夢浮橋